Instagram : @_sianell_
Couverture : Pitipeton
Mise en page : Camellia T.
(www.camelliat.ca)
Correction : Nathalie Karst
Dépôt légal :
Octobre 2025
ISBN broché : 979-10-978516-0-6
ISBN ePub : 979-10-978516-1-3

Café Latte

ANAÏS NAJAR

À tous ceux qui m'ont laissé tomber,
de vous, une nouvelle force est née.

1.
Besoin d'un café

J'accélère le pas, je dois me rendre à l'hôpital le plus rapidement possible. Je ne sais pas comment se porte Eliott, tout ce qu'on m'a dit c'est que la voiture l'a fait voler a près de trois mètres. Je sens l'angoisse me nouer le creux du ventre, mon estomac se tord alors que je mets difficilement un pied devant l'autre.

Quand j'ai répondu à l'appel, j'ai bien failli faire un malaise et laisser mon gobelet cartonné rempli de café s'échouer sur le sol de *l'Aristote*. Ils font le meilleur latte noisette de la ville et j'ai besoin de ma dose de caféine le matin, le midi, le soir et plusieurs fois entre les deux aussi, mais c'est un détail.

Malgré le fait que je vienne souvent, je suis si chamboulée que je dois m'y prendre par deux fois pour sortir et pousser le battant de la porte au lieu de le tirer. Je passe finalement la baie vitrée, saluée par la clochette qui habituellement me fait sourire, mais pas aujourd'hui.

Je suis accueillie par une bourrasque qui vient fouetter mon visage alors qu'autour de moi, les feuilles orangées tombent des arbres. L'une d'elles glisse lentement au rythme de la vie. Le temps s'arrête l'espace d'un instant, je l'observe quitter sa ramure pour se laisser emporter au loin, virevoltant autour de moi. C'est bête, mais ça, ça suffit à me faire sourire malgré la situation. Mon esprit se repose quelques secondes devant ce spectacle, *de temps en temps, j'aimerais être une feuille voguant au rythme du vent.*

Parfois, il ne faut pas grand-chose pour me réchauffer le cœur, même quand je suis au plus bas. À l'enterrement de Mémé, c'est l'odeur de tajine qui régnait dans l'église qui a réussi à m'arracher un sourire alors que les larmes ne s'arrêtaient pas de couler. Quand j'ai enterré mon petit lapin à l'âge de seize ans, c'est le premier macchiato[1] de ma vie qui a réchauffé mon cœur brisé en miettes.

Sauf que là, il n'y a pas que mon cœur qui est réchauffé par un macchiato noisette.

Je sens un violent coup contre mon épaule, suivi d'une chaleur qui se répand le long de ma poitrine. En baissant le regard, je remarque que mon café latte s'est imprégné dans

---

[1] *Espresso sur lequel on dépose une noisette de mousse de lait chaud fouetté au milieu.*

ma robe pull blanche, *anciennement blanche*. J'aurais dû mettre une veste.

Des picotements me traversent la peau tandis que j'admire la tache marron qui se propage un peu plus. *C'est joli une tache qui se déploie et la couleur est incroyable.*

Je suis comme hypnotisée, déconnectée de la réalité, toujours sous le choc de l'appel reçu par l'hôpital. Mais tiens, est-ce que je vais avoir des petites cloques ?

— Merde, je suis désolé.

Mes iris noisette quittent le joli désastre pour se poser sur le jeune homme face à moi. Ses cheveux blonds sont en désordre, mélangés par les bourrasques d'automne. Une feuille morte est coincée entre deux mèches sur le haut de son crâne, mais je ne lui dis pas, j'ai trouvé une nouvelle chose à observer.

Sa main passant devant mes yeux me ramène à son visage. Je peux lire, dans son regard, un mélange de regret et d'amusement. Ça l'amuse ? J'aurais pu être ébouillantée et ça l'amuse ? L'homme de ma vie est dans un lit d'hôpital je suis en panique totale et ça l'amuse ? Ce drôle de mélange me cloue sur place. Je suis encore tellement choquée par le coup de téléphone que j'ai reçu plus tôt, que mes réactions sont complètement aléatoires, ou plutôt comme paralysées. J'aimerais lui crier dessus, je crois, mais je n'en fais rien.

— Ça va ?

Sortie de mes pensées par cette voix chaude, *un chocolat chaud en hiver*, et semblant inquiète, je suis de retour dans l'instant présent.

J'admire à nouveau réellement la tache. C'est brûlant, mais toujours joli, enfin oui et non, ça reste une tache de café sur ma robe blanche neuve que je mets pour la première fois. Je crois que l'étiquette est encore accrochée, je pourrais toujours l'échanger ?

Du bout des doigts, je décolle le tissu humide qui accroche à ma peau devenue poisseuse et sûrement rougeoyante. Je dois ressembler au jour où je suis allée à la plage en plein été sans crème solaire, pire erreur de ma vie. Les légendes sur les peaux de rousses qui font mauvais ménage avec le soleil, ce ne sont pas des légendes. Je n'ai rien pour me changer et je n'ai pas de temps à perdre donc hors de question de rentrer chez moi.

Ma seule réponse pour l'inconnu est un profond soupir. Je ne sais pas ce que je ressens au fond de moi, je suis exaspérée, je crois. Peut-être un peu en colère, c'est possible vu la situation. Je ne pense pas ressentir de tristesse, j'en ai trop eu tout à l'heure, mon corps ne peut pas en produire ne serait-ce qu'une goutte de plus. J'ai mal, je veux dire physiquement, mais c'est tout à fait supportable. Je ne comprends donc pas pourquoi des larmes se forment au coin de mes yeux. Possiblement la goutte de lait qui fait déborder le mug de café.

Les sourcils de mon agresseur d'épaule se froncent devant mon mutisme. Ses yeux verts traduisent une autre pointe d'amusement qui se transforme vite en une tornade.

Le jeune homme défait l'écharpe verte enroulée autour de son cou avant de me la tendre.

— Ça cachera un peu les dégâts. J'espère que vous n'aviez pas de rendez-vous important.

Non, je dois juste aller à l'hôpital pour savoir si mon fiancé est en vie.

Je ne bouge pas, si ce n'est mes cils qui battent dans le vide, inondés de stupeur et de larmes sèchent. Je n'arrive même pas à l'insulter tant je suis prise de court par tout ce qui me tombe dessus en quelques minutes.

Le ciel me desarçonne, la feuille dans ses cheveux, mon téléphone fissuré parce que je l'ai fait tomber hier, la douleur dans mon ventre, l'angoisse pour Eliott, la tache sur ma robe. Je crois que même respirer me prend de court.

Voyant que je ne remue toujours pas, l'inconnu vient lui-même enrouler le bout de laine autour de moi, de façon à recouvrir la tache envahissant tout mon abdomen. Délicatement, il vient ensuite sortir mes boucles rousses, sans les casser, comme s'il avait fait ça toute sa vie. Un coiffeur peut-être ? Non, leur passion, c'est de malmener les cheveux bouclés.

— Ça va super bien avec vos cheveux !

Je voulais encore admirer le chef-d'œuvre de la tache, mais à la place, je fixe un tricot vert sapin sur lequel retombent délicatement mes longues boucles rousses. Elles ont l'air encore plus vives que d'habitude. Je sais que le vert me va bien, il a toujours fait ressortir la couleur de ma chevelure, depuis l'enfance. C'est pour cette raison que je n'en porte pas. Les autres se moquaient de moi quand j'étais petite, puis *Disney* a sorti son film sur Mérida, c'est devenu mon prénom pendant des années, ça l'est même encore parfois.

Je lève la tête pour enfin m'adresser au jeune homme, mais il n'est plus devant moi. Je finis alors par réveiller mon corps et me tourner pour l'interpeler, mais je fais face à une rue complètement vide. Le jeune blond a disparu, aussi vite que mon café a élu domicile sur ma robe, laissant derrière lui une odeur d'arabica.

En ce moment, tout est compliqué, rien ne se passe comme prévu. Les préparatifs du mariage n'avancent pas, des ventes me passent sous le nez, ma robe est fichue… Mon téléphone vibre, je regarde l'écran et tombe nez à nez avec la photo d'Eliott et moi. Eliott, l'accident, l'hôpital. Je reprends ma course.

J'avais vraiment besoin de ce café.

Le visage rouge, toute essoufflée, je me présente à l'accueil des urgences.

— Je suis Nora Lynch, la fiancée d'Eliott Grainville. On m'a appelé pour me dire qu'il avait eu un accident de voiture.

J'observe la secrétaire devant moi, ses longs ongles bleus aux motifs dansants pianotent sur son clavier, c'est beaucoup trop lent à mon goût.

Nerveusement, je tapote le passe document, pendant que la jeune femme replace ses lunettes triangulaires. Ça plus son affreux tailleur, elle est le cliché de l'idée qu'on se fait d'une secrétaire. *Horripilante.* Elle détourne son attention de son écran pour se tourner vers quelqu'un assis à un bureau à sa droite. Je m'attends à ce qu'elle l'interroge sur l'état d'Eliott, mais la discussion lunaire se jouant devant moi, me cloue à nouveau sur place.

— Et toi, Camille, tu pars où en vacances ?

— J'hésite entre la Côte d'Azur et l'Espagne. Mais en tout cas du soleil !

Mais elle se fout de moi ? Je suis morte d'inquiétude et elle planifie les vacances de sa collègue ? Lui laissant le bénéfice du doute, j'attends un peu, elle tâtait peut-être le terrain avant d'en venir à une discussion plus professionnelle ? Les entendant divaguer sur de potentiels lieux de location, je comprends que je n'ai pas choisi le bon guichet.

Timidement, mais exaspérée, je me racle la gorge et les yeux mis-clos de la secrétaire se posent sur moi avec dédain, un éclat de surprise sur le visage. Elle penche sa tête de côté, son chignon choisit ce moment pour commencer à dangereusement pencher. Elle semble chercher ce que je fais plantée devant elle.

— Ha, oui.

Elle m'avait visiblement oubliée. Je sens la colère monter en moi et difficilement, je tente de garder mon calme, m'énerver ne m'apportera aucune réponse.

— Comment va Eliott ?

— On ne peut fournir ce genre d'information qu'à sa famille.

— Mais *je suis sa famille.*

Je plaque violemment ma main contre la vitre de plexiglas qui nous sépare, lui collant sous les yeux ma bague de fiançailles en émeraude. *Je n'aime pas le vert, je n'aime pas l'émeraude et je me le dis dès que je la vois, mais Eliott l'a choisie avec amour, alors j'ai appris à l'aimer cette bague.*

— Troisième étage. Chambre trois cent trente.

C'est mal, mais je ne la remercie pas. À la place, je me précipite en direction de l'ascenseur. J'entends le chignon de la jeune femme finir de s'effondrer pendant qu'elle marmonne que la politesse ce n'est pas pour les chiens, *l'hôpital qui se fout de la charité.*

J'attends face à un grand miroir d'arriver au bon étage. Difficilement, je tente de dompter mes boucles pour me redonner une allure convenable. Je ressemble actuellement à une folle.

On ne me prend déjà pas au sérieux en temps normal, alors heureusement que l'écharpe de l'inconnu masque la tache sur mon vêtement. De mon mieux, j'essaye d'essuyer le mascara qui a coulé sous mes yeux, je suis un panda roux, mais pas un panda mignon, un affreux panda qui aurait fait quelques tours dans une machine à laver.

J'arrive au troisième et l'étau en moi se resserre un peu plus, *je crois que je vais vomir*. Je pourrais me diriger vers la chambre d'Eliott, mais j'ai peur. À tâtons, je cherche le bureau des infirmières. Chaque pas me donne l'impression de traîner un poids de plusieurs tonnes sur mes épaules.

Après une grande inspiration, je toque contre la vitre du bureau, je n'expire pas. Le temps s'arrête, je n'ose plus bouger, et si l'on m'annonçait qu'il était parti ? Et s'il était dans le coma ? Et s'il ne pouvait plus jamais marcher ? Lui qui s'est récemment découvert une grande passion pour la course à pied.

Ce n'est pas une infirmière qui ouvre, mais un vieil homme à la barbe blanche et à la moustache en trait de crayon merveilleusement bien entretenues. Il me regarde d'un air grave, une expression interrogatrice dans le regard.

J'expulse l'air de mes poumons et articule difficilement, la peur me consumant dans mon entièreté :

— Eliott Grainville ?

J'aurais aimé être plus polie avec ce médecin, faire une vraie phrase ou au moins lui souhaiter une bonne journée, mais impossible. Toutes les théories imaginables sur le sort de l'homme que j'aime tournent en boucle dans ma tête. Je ne peux pas réfléchir à des phrases cohérentes tant que je ne sais pas comment il se porte. Les yeux gris de l'homme s'illuminent et son visage se détend, le nœud en moi commence à se desserrer. Je lis à ses expressions que mon bien-aimé va bien.

— Il ne fait que demander après vous depuis qu'il s'est réveillé ! Il sera ravi de vous voir, mademoiselle.

À l'entente de cette phase au fort accent anglais, je sens mes jambes me lâcher et je tombe au milieu du couloir. Une infirmière se précipite pour voir ce que j'ai. Les larmes aux yeux, je lève la tête pour parler au médecin :

— Donc il va bien ? On m'a juste dit qu'il avait été renversé.

— Deux côtes cassées, une jambe dans le plâtre et une potentielle commotion cérébrale. Rien d'inquiétant à signaler. Nous allons le garder en observation. Dans l'ensemble, il va bien. J'allais justement le voir.

Il me tend la main pour m'aider à me relever puis m'indique de le suivre à travers différents couloirs. Après quelques coups à la porte, j'entends sa voix qui nous autorise à entrer, en cet instant, c'est pour moi la plus douce des mélodies.

Il est là, assis dans un lit, les yeux bien ouverts. Ses lèvres ont l'air sèches, son teint est plus pâle que d'habitude et ses yeux bleus vitreux, mais il est là, en vie.

Instinctivement, je cours vers lui pour l'embrasser. Notre échange ne dure que quelques secondes avant qu'il me repousse. Son regard traduit une incompréhension totale. Il va du médecin à moi, puis il m'analyse de bas en haut et de haut en bas. Mon cœur s'émiette, *il m'a repoussé et s'essuie la bouche.* Après avoir cligné à maintes reprises des yeux, il penche la tête avant d'ouvrir la bouche, la refermer, pour enfin s'exprimer, confus :

— Excusez-moi, mais est-ce qu'on se connait ?

Le médecin écarquille les yeux et commence à bégayer, tout en me regardant avec une méfiance non dissimulée :

— Il a réclamé une certaine Estelle Salazar. Ce n'est pas vous ?

Je reste bouche bée de stupeur. L'information heurte violemment chaque partie de mon corps, créant une profonde douleur dans mon cœur et mon ventre. Je sens un couteau me tordre les boyaux alors que tout va trop vite dans ma tête. Le poids sur mes épaules est revenu, bien plus lourd qu'avant, et de petites paillettes dorées dansent devant mes yeux.

Estelle ? Mais comment ? Pourquoi ? La voix d'Eliott bourdonne dans mes oreilles tandis que son " on se connait ? " tourbillonne inlassablement, venant s'entrechoquer contre tous les coins de mon esprit. Je le revois me repousser après mon baiser rempli d'amour. Je revis en boucle l'instant où j'ai découvert son expression confuse.

Le médecin se racle la gorge et je remarque ses sourcils touffus qui se froncent tandis qu'il joue avec sa moustache. À son tour, il m'analyse de bas en haut. Pour me donner une meilleure allure, je replace correctement l'écharpe de laine à l'odeur d'arabica pour masquer la tache marron sur ma robe.

J'humidifie mes lèvres, c'est difficile de remettre mes idées en place, mais vu le regard du vieil homme, je n'ai plus le temps d'assimiler quoi que ce soit. Dans un soupir, j'essaye de m'expliquer le plus intelligemment possible, les larmes aux coins des yeux prêtes à s'échapper.

— Estelle était son ex-copine, ils ne sont plus ensemble depuis plusieurs années. Moi, je suis Nora.

Je glisse mes yeux vers le visage pâle d'Eliott, il semble perdu, sa bouche s'entrouvre à la nouvelle de sa vieille séparation d'avec sa copine de lycée. *Tu n'es pas au bout de tes surprises.* Son regard se fixe sur moi. Yeux dans les yeux, j'articule difficilement quelque chose que, pour moi, il ne peut pas avoir oublié :

— Je suis ta fiancée.

Il rit.

Pour toute réponse, il me rit au nez. Il prend ma déclaration pour une blague et malgré les larmes s'échappant de mes prunelles, il ne réprime pas son amusement.

— Où sont les caméras ?

J'ai mal.

J'ai vraiment besoin d'un café.

2.
Cappuccino

Je fixe le plafond, ce serait joli si les ombres des arbres dansaient dessus. J'aimerais que la lumière orangée du soleil traverse les branches pour les renvoyer contre le plafond blanc et triste de notre appartement.

À la place, je ne vois que la mélancolie et la monotonie du blanc, nu. C'est ça d'habiter au cinquième étage. La vue est incroyable lorsque le soleil se couche, mais c'est tout. Pas de jolis arbres en vue, pas de lumière dansant sur les murs ou ailleurs. *La maison de mes parents, perdue en pleine campagne, me manque*. Lorsque j'étais petite, je grimpais au noyer planté dans le milieu du jardin, ma sœur et moi faisions des concours pour savoir qui escaladerait le plus haut. C'était beau l'enfance, c'était beau l'insouciance. *Ça me manque*. L'enfance me manque.

Dès le matin, je me sens prise d'une profonde nostalgie, c'est pourquoi je roule sur moi-même pour me tourner vers Eliott. *Qui n'est pas là*.

C'est vrai, il est encore à l'hôpital, *sans aucun souvenir de moi*. Je colle mon visage contre son oreiller pour sentir un peu de son odeur. Oh, j'ai oublié, mais j'ai lavé les draps avant de partir hier matin…

Les yeux clos, je sens mes narines commencer à piquer, je sais que si j'ouvre les paupières, je vais pleurer. Je vois bien Mel me dire de penser à de jolies petites licornes, *je n'aime pas les licornes.*

Mon réveil résonne, le signe qu'il est temps de me lever et d'arrêter de ressasser tout ça. De toute évidence, pleurer ne m'apportera rien. Je vais faire exactement ce que m'a conseillé le médecin, aller travailler normalement pour m'occuper l'esprit. Puis, à la pause de midi, j'irai à l'hôpital avec des photos, des vidéos et des souvenirs pour tenter de raviver la mémoire d'Eliott sur moi, sur nous.

D'un bond, je quitte le lit pour me diriger vers la cuisine. Il me faut du café, vraiment.

Sauf que… Je n'ai pas racheté de café hier. Je n'ai même rien acheté, je ne suis pas allée faire de courses avec tout ce qui s'est passé, j'ai été tellement chamboulée que ça m'est sorti de la tête. Les placards n'ont pas été aussi vides depuis le jour où l'on a emménagé ici. Quoique, cette fois-là, on eût de quoi se préparer du riz blanc, pas le grand luxe, mais ça nous avait suffi à être les plus heureux du monde.

Avec douceur, je colle mon front contre un des murs froids de la cuisine, ça fait du bien. C'est grâce à ce mouvement que je remarque la migraine qui me martèle la tête depuis que je suis réveillée. La semaine s'annonce très compliquée.

Difficilement, je traîne mes pieds jusqu'à la salle de bain. Au vu des traces noires toujours présentes sous mes yeux, je me suis mal démaquillée hier soir, *tant pis*. J'attache mes cheveux de façon aléatoire avant de me glisser sous le jet d'eau, j'accueille cette douce chaleur avec bonheur. Jusqu'à ce qu'elle devienne glacée. Je hurle à pleins poumons avant de sortir précipitamment de la douche. J'enroule une serviette autour de mon corps nu et grelottant pour suivre les drôles de bruits de travaux commençant à raisonner dans l'immeuble. Je tombe nez à nez avec un ouvrier. Un gamin d'à peine seize ans vêtu d'un de ces gilets fluorescents à l'ignoble couleur flashy, peut-être un stagiaire ? Ou un apprenti ? Je suis énervée, mais visiblement lui, il est très heureux de ma tenue, bien que gêné vu la teinte rosée de ses joues.

— Pourquoi je n’ai plus d’eau chaude ?

— C’est coupé pour la journée, on change le chauffe-eau général.

— Vous comptiez prévenir les locataires quand ?

Face à mon ton excédé, le gamin aplatit ses épaules. En voyant ses yeux se remplir de larmes, je m’en veux de lui avoir mal parlé.

— Quand ils s’habilleront avant de venir voir mes jeunes.

Un homme plus vieux s’interpose entre son apprenti (?) et moi. Je réalise pleinement ma petite tenue et à mon tour le rouge me monte aux joues. Néanmoins, je ne me démonte pas.

— Ce n’est vraiment pas possible de remettre l’eau chaude juste cinq minutes ?

— Non, on a déjà commencé. Un mot a été placardé devant les boîtes aux lettres hier.

Bien sûr, la seule fois où je ne relève pas le courrier, la seule fois où je suis rentrée chez moi pour me rouler en boule dans mon lit et pleurer toutes les larmes de mon corps. La seule fois où mon fiancé perd la mémoire et ne peut pas me prévenir.

Semaine de merde.

J'offre un hochement de tête aux deux hommes avant de faire demi-tour et de retourner sous ma douche pour me laver. À l'eau froide, aussi glacée que le dernier regard qu'Eliott a posé sur moi.

Une fois propre, je grelotte en me séchant. Mon reflet dans le miroir traduit mon état mental, mes cernes sont plus abyssaux que la Seine. Dans un profond soupir, j'applique quelques produits pour masquer ce carnage et rendre mon teint de rousse moins blafard. Je fais de mon mieux pour laisser mes taches de rousseur visibles, elles aussi, je les ai longtemps détestées, mais par chance, elles ont fini par devenir un effet de mode, *ça m'arrange bien.*

Je m'empare délibérément des vêtements que je portais le jour où j'ai rencontré Eliott, on ne sait jamais, ça pourrait ranimer quelque chose en lui. Il m'a toujours dit avoir eu le coup de foudre au premier regard, donc je dois essayer de reproduire cet éclair en lui. Une fois mon pull brun vintage et mon short en velours marron mis au-dessus de mes collants, je dompte ma crinière rousse en un chignon, laissant volontairement quelques mèches s'échapper. J'enfile mes bottes *Dr Martens* avant d'attraper mon sac et de me précipiter dehors.

Sur le palier, je me rends compte que j'ai oublié la pochette du projet *rue des Archers,* je retourne à l'intérieur pour fouiller. Je n'ai aucune idée de l'endroit où je l'ai mise, mais je sais que j'en ai besoin. Les clients viennent pour une contre-visite de la maison cet après-midi et je dois avoir tous les documents au cas où cette fois-ci, ils feraient une offre.

Je finis par l'apercevoir sous le short de sport d'Eliott. Je m'en empare et la glisse dans ma sacoche assortie à mes chaussures. Après une seconde de réflexion, je mets aussi le vêtement dans mon sac. Peut-être que ça l'aidera à se souvenir des fois où j'ai pitoyablement tenté de l'accompagner courir avant de lâchement abandonner l'idée. Le grognement de mon ventre creux me ramène à l'urgence de passer prendre un café et de quoi manger avant d'aller au travail.

L'ascenseur est encore en panne, je dévale les cinq étages d'escalier à toute allure, *j'en fais du sport finalement*, et croise au rez-de-chaussée le petit jeune avec sa veste de chantier orange fluo. Ses joues prennent la couleur d'une pivoine tandis qu'il me fait un signe de main accompagné d'un grand sourire béa laissant apercevoir les bagues sur ses dents d'adolescent.

Sans que je le contrôle, ma paume rentre en contact avec mon front alors que je prends la direction du café. *Ça va être une longue journée.*

J'arrive devant la belle façade en vieux bois foncé. Je me sens déjà un peu mieux rien que de voir que je suis ici. Les lettres dorées inscrivant *l'Aristote* ressortent merveilleusement bien. Je prends le temps de regarder à droite puis à gauche pour être sûr de ne pas recroiser l'inconnu qui a vidé mon café sur ma robe devenue bonne à jeter. Je l'ai mise à tremper hier soir, c'est bien la chose que j'ai fait, mais j'ai oublié de vérifier ce matin. J'espère sincèrement avoir une bonne surprise en rentrant et qu'elle sera à nouveau portable. Mais vu ce début de semaine catastrophique, il vaut mieux ne pas m'attendre à grand-chose.

Je passe la grande baie vitrée et cette fois, la petite clochette m'arrache un demi-sourire. *C'est mieux que rien.* Il y a trois personnes qui font la queue devant moi, je fais semblant de m'attarder sur la carte, comme si je ne la connaissais pas par cœur, au moment où je reçois un message de Mel. Elle me prévient que j'ai une visite rue Saint-Anne à dix heures. Parfait, le temps de faire un crochet par l'agence et j'arriverai là-bas une demi-heure en avance. Je vais rajouter des chouquettes à ma commande, ça fait toujours bonne impression. J'ajoute ça à mon agenda de la journée quand vint mon tour. Tout en continuant de pianoter, sans lever la tête, j'annonce ma commande :

— Bonjour, je vais vous prendre un cappuccino au lait de noisette, sans sucre s'il vous plaît. Ajoutez aussi une dizaine de chouquettes et un cinnamon roll.

— Bien sûr, à quel nom ?

— Nora.

Je finis de mettre mon agenda à jour, m'excusant auprès de mon interlocuteur :

— Désolée, c'était important pour le travail.

— Le travail ? Tu n'es pas lycéenne ?

Je suis piquée au vif par cette remarque. Une fois le patron prévenu que je risque d'être en retard cette après-midi et mon téléphone glissé dans une des poches de mon short, je lève enfin le regard vers la personne qui prend ma commande. J'ai toujours fait jeune, même la vingtaine passée depuis un moment, on continue de me demander ma carte d'identité lorsque je commande un verre. Au début, c'était vexant, mais je m'y suis fait, sauf aujourd'hui.

J'analyse la personne devant moi et je suis clouée sur place. Des cheveux blonds en bataille, un sourire espiègle et un regard moqueur. L'agresseur d'épaule est derrière le comptoir, un tablier noir trône au-dessus de son pull vert sapin, *il a l'air très doux ce pull.*

Il s'affale sur le comptoir, les coudes posés sur le bois et la tête entre ses mains, souriant de toutes ses dents, il semble heureux de ce qui se produit sous ses yeux. Mes paupières clignent à plusieurs reprises tandis que d'une voix amusée, le barista rompt mon étonnement :

— Tu es venue me rapporter mon écharpe, *Nora* ?

Il prononce mon prénom d'une façon si inhabituelle, comme si ce simple mot lui offrait le plus grand plaisir du monde. Son regard est planté dans le mien et je remarque que finalement, il n'a pas tout à fait les yeux verts. Son œil droit l'est, un vert profond, un champ d'herbe fraiche du début de printemps. Mais son œil gauche, c'est un ciel d'hiver, sans aucun nuage. Glacé, mais d'une fraicheur agréable. Je perds mes mots, je ne m'attendais pas à le revoir, je ne m'attendais pas à ces yeux aussi, objectivement parlant, ils sont magnifiques.

Instinctivement, je porte la main à mon cou. Mes doigts caressent le pendentif en forme de serpent que m'a offert Eliott le mois dernier. J'ai peur des reptiles, donc je n'ai pas vraiment aimé sur le coup, mais l'intention était louable, puis j'espère qu'il se souviendra du moment où il l'a choisi… Mais non, je n'ai pas d'écharpe sur moi, mince. Elle doit être quelque part par terre entre mon collant et mes sous-vêtements de la veille. À cette pensée, le rouge me monte aux joues. *Je devrais la laver avant de lui rendre.*

— Je vous rapporterai l'écharpe au plus vite. Désolée, je ne pensais pas vous recroiser.

Il hoche la tête, un sourire joueur plaqué sur ses lèvres fines. Je reste un instant supplémentaire, hypnotisée par ses yeux. Il a l'air de savoir qu'ils sont remarquables, car il en joue. Cette malice dans le regard, c'est forcément pour ça. Son œil vert semble moqueur de la situation, là où le bleu paraît me déshabiller du regard, cherchant comment amuser encore plus son compagnon. Je me racle légèrement la gorge et reprends la discussion pour dissiper la gêne naissante dans mon estomac.

— Je vous dois combien ?

— Rien, c'est gratuit pour toi, *Nora.*

Sa façon de prononcer mon prénom dans chacune de ses phrases et de me tutoyer m'interpelle. Ce n'est pas désagréable, mais étrange. L'expression peinte sur mon visage le fait sourire, il aime le malaise qu'il crée et sa manière de me rendre perplexe. Sous les yeux d'un autre employé, le jeune homme reprend un peu de professionnalisme, se remettant droit et adoptant une posture plus sobre avant de poursuivre, le temps que ma commande soit prête.

— On va dire que ça remboursera la robe, j'imagine que la tache n'est pas partie ?

— Je ne sais pas, elle est en train d'être nettoyée.

— Une petite riche qui emmène tous ses vêtements au pressing ?

Mes sourcils se froncent automatiquement. Je n'aime pas sa manière de me juger suite à une simple phrase qui ne veut rien dire. Je n'aime pas la moquerie dans son regard braqué sur moi. Je n'aime pas que l'on me juge injustement.

— Une femme soigneuse qui a mis elle-même sa robe à tremper dans un mélange de vinaigre blanc et de jus de citron.

Sa pique m'a touchée. Mes parents ont de l'argent, ils en ont toujours eu. Pas moi. J'ai travaillé pour arriver où j'en suis en refusant toujours leur aide financière. J'ai moi-même financé mon BTS, puis ma licence en m'acharnant à la tâche. On m'a inculqué, dès le plus jeune âge, la valeur de l'argent et la fierté d'un travail accompli soi-même. Ce gamin me crache au visage l'image que j'ai toujours tout fait pour ne pas renvoyer.

Il hoche la tête, semblant perdu dans ses pensées. Ses sourcils se sont relevés, il a vraisemblablement remarqué que je n'ai pas aimé sa déduction foireuse. Aucun de nous deux n'ajoute quoi que ce soit les minutes qui suivent jusqu'à ce que ma commande arrive.

— *Nora*, c'est prêt.

Je m'approche éternellement silencieuse et m'empare en priorité de mon café pour en avaler une longue gorgée. La chaleur descendant le long de ma gorge m'apaise immédiatement et mes épaules se détendent dans l'instant. Tandis que je savoure ce dont j'avais tant besoin, le jeune homme se penche à nouveau en avant.

— Je suis désolé. Pas pour hier, pour ce que j'ai dit. Enfin, pour hier aussi, un petit peu. Mais pas trop non plus.

Je ne comprends pas tout, mes yeux sont tellement exorbités que je dois ressembler à un merlan frit. Ou peut-être un fugu. Oui, mes yeux noisette doivent être deux fugus prêts à la découpe. C'est pourquoi, sous l'incompréhension, je me contente de hocher la tête. Essayant de comprendre et d'analyser ses mots, je reprends une gorgée de ce doux nectar. Je ne m'attendais pas à la suite de son discours auquel je n'étais clairement pas préparé.

— Ça te dirait d'être ma petite amie ?

Sous l'effet de surprise, je recrache la gorgée de mon cappuccino, qui vient trouver une place sur le tablier noir face à moi. *Astucieux le choix de la couleur.* Cette fois-ci, ce sont ses orbites qui lui donnent un air de merlan frit. *Et c'est plutôt comique*. Entre deux rires, j'arrive à m'exprimer :

— Chacun son tour.

À moi de me moquer de lui. Néanmoins, j'attends qu'il s'énerve, qu'il coupe court à mon rire avec une insulte ou autres. Mais à la place, il part à son tour dans un fou rire, avant de reprendre :

— C'est un oui, *Nora* ?

Je me racle la gorge, le feu aux joues, ma main gauche se tend alors vers lui pour lui montrer l'affreuse émeraude à mon annulaire :

— Je suis une femme fiancée.

Pour combien de temps ? Ton fiancé ne se souvient même pas de toi.

Touchée. Ça, je vais me garder de le lui dire.

Je sors un billet de vingt de mon sac avant de le déposer sur le plan de travail. *Tant pis pour la monnaie*. Je m'empare ensuite de mes sachets avant de m'en aller sans me retourner, le saluant de mon majeur, malgré ses derniers mots, allumant sûrement plus encore mes joues rougies.

— Je t'offrirai une plus jolie bague, tu sais !

Je devrais peut-être penser à arrêter le café.

3.
Odeurs

Le couloir est d'un blanc immaculé et l'odeur de désinfectant me retrousse le nez. Je prends une profonde inspiration avant de donner trois petits coups à la porte. Ils sont discrets, une part de moi souhaite qu'ils ne lui soient pas parvenus, parce que je sais que ça va être une discussion compliquée.

Raté, Eliott m'autorise à entrer, sa voix me fait frissonner, *elle me manquait tant.* Je veux entrer, courir vers lui, qu'il m'accueille d'un baiser langoureux, sauf que je sens un poids m'ancrer dans le sol. La porte grande ouverte, je le vois toujours aussi pâle dans ce lit blanc. Sa brosse n'est pas entretenue et c'est si étrange de le voir ainsi négligé, comme si ce n'était pas lui. Je fixe son regard empli de culpabilité, et, là, je comprends qu'il ne me reconnait toujours pas.

Je le connais, je vois bien qu'il s'en veut, je remarque bien qu'il détourne ses yeux bleus pour ne pas fixer les miens. Je la perçois sa main passée à multiples reprises dans ses cheveux blonds à l'absence de brosse.

Sans me regarder, doucement, sa main quitte sa tignasse pour me faire signe de m'approcher. Mes pieds obéissent sans que je m'en rende compte. Je me retrouve devant le lit d'hôpital, à quelques petits centimètres d'un homme qui n'a aucun souvenir de moi. *J'ai mal.*

La tête baissée, je lui tends timidement le paquet de chouquettes encore à moitié rempli, les visiteurs ont à peine pioché dedans. Il l'accueille avec un sourire poli. C'est lui qui brise la glace pesante de cette entrevue :

— Au moins, j'ai bon goût en matière de fille.

Je pouffe légèrement avant de prendre mon courage en main. Jouant avec ma bague pour me donner de la force, je me lance :

— Tu ne te souviens vraiment pas de moi ? Pas du tout ?

— Non. Je suis désolé… En fait, je me souviens d'absolument tout.

Mon cœur accélère, prise d'un élan de joie, je me redresse pour lui faire un câlin. Malheureusement, ce bonheur meurt dans l'œuf.

— Sauf de vous.

Son vouvoiement tire une flèche empoisonnée dans ma cage thoracique.

— On va voir ça autrement. Tu as fait quoi l'été dernier ?

Ses yeux se plissent et je l'observe réfléchir avant de s'exclamer fièrement comme un enfant qui aurait trouvé que deux plus deux font quatre.

— Je suis allé visiter Rome avec Estelle. Il a tellement plu le premier jour qu'on a décidé d'imiter une scène de série en dansant sous la pluie. C'était magique. Ses cheveux collaient à son front, lui donnant une tête affreuse, mais elle restait magnifique.

Je vois son regard briller, il brille d'amour, pour son ex, pas pour moi.

— Alors oui, tu es allé en Italie. Avec moi, Estelle n'était pas là. Tu n'as plus aucun contact avec elle depuis cinq ans.

Son visage n'en démord pas, il n'en démord pas. Nous continuons à explorer nos souvenirs communs et dans chacun d'entre eux, j'ai été remplacée par cette femme.

Après une bonne demi-heure de torture pour moi, je me redresse de ma chaise inconfortable, sentant les larmes piquer le coin de mes yeux et je ne veux pas qu'Eliott me voie ainsi.

— Tu veux que j'aille te chercher un jus de chaussette à la “ machine à café ” ?

Il rit doucement avant de hocher la tête. Je me lève et avec un signe de main, je me dirige vers le couloir. Discrètement, j'épie derrière moi, il ne me regarde pas m'éloigner. Aucune trace d'amour, aucun regard fixé sur moi, pas même sur mes fesses alors que ce short m'en fait des incroyables. Même si elles sont toujours incroyables.

Après avoir sélectionné un café noisette, j'appuie lourdement mon front contre la machine, *ça commence à devenir une mauvaise habitude.*

Je traîne des pieds pour retourner vers sa chambre, je veux passer du temps avec lui, mais c'est si difficile de ne pas pouvoir l'embrasser, ni le toucher ou lui dire que je l'aime. C'est si dur de l'entendre me vouvoyer comme au premier jour, de ne pas l'entendre me susurrer qu'il m'aime.

Le jour où je l'ai rencontré, j'étais une étudiante de vingt-et-un ans, j'entamais ma première année de licence pro après mon BTS professions immobilières. C'était ma première matinée de stage au sein d'une agence quand j'ai croisé Eliott. Un jeune architecte bourré de talent qui collaborait avec mon maître de stage. Bien que légèrement plus âgé que moi, je sentais ses yeux bleus qui ne me quittaient pas. J'ai immédiatement senti quelque chose entre nous, j'ai eu raison.

Après deux semaines d'échanges visuels peu discrets, il a fini par m'inviter à sortir. Quatre ans plus tard, il me demandait ma main. L'année suivante, il m'oubliait complètement.

Une odeur de vanille persiste dans le couloir, elle me dit quelque chose, mais pas moyens de me rappeler où je l'ai senti. *Maintenant, j'ai envie d'un macchiato vanille.*

Les mains tremblantes, j'attrape le petit gobelet en carton avant de retourner essayer de réanimer mon couple, de raviver ce brasier ardent dont il ne reste même pas quelques cendres.

Je passe doucement la tête par l'embrasure de la porte, me forçant à sourire pour changer l'ambiance lourde et pesante qui régnait un peu plus tôt.

Ce qui me saute aux yeux, c'est le sourire d'Eliott devant son téléphone. Ses joues sont rougissantes et son teint bien moins blafard que tout à l'heure, *ça me rassure un peu.*

— Toc toc. Voilà le jus de chaussette !

Monsieur sursaute, me faisant légèrement rire.

— Désolé, j'ai eu peur ! Ma mère prenait de mes nouvelles et elle m'a demandé comment vous alliez.

— Oh ! Et tu lui as dit quoi ?

— Que vous aviez l'air de tenir le coup, mais que pour moi, vous étiez toujours une, bien que jolie, inconnue.

— Au moins, tu me trouves jolie, c'est déjà ça. Elle n'a pas dû être très triste de la nouvelle.

Il rit à ma remarque et à mes yeux roulant exagérément. S'il ne se rappelle jamais de moi, peut-être que ça va être ça ma vie, le faire retomber sous mon charme au fur et à mesure ?

— Moins qu'Estelle, mais vous êtes jolie.

Le retour de la douche froide. Il faut croire que celle de ce matin n'a pas suffi. Je sens mon visage perdre toute trace de bonne humeur. Il ne sait pas qui je suis, il se croit encore avec elle et en est sûrement fou amoureux.

Mon cœur palpite douloureusement. J'ai l'impression qu'il essaye de battre à l'envers, quitte à me broyer de l'intérieur. Parce que c'est ça que je ressens, une force qui me broie le cœur et les entrailles. Je lis sur ses traits qu'il devine m'avoir blessé et s'en veut. Pas comme s'il avait blessé sa fiancée, mais plutôt de la même façon que lorsque dans la rue, on bouscule quelqu'un par inadvertance.

— Je vais te laisser, je dois retourner travailler.

— Réviser pour des examens ?

— Non, travailler, au travail. Pour payer le loyer à ta mère vu qu'on loue un de ses appartements.

Je vois son visage embarrassé, se détendre et légèrement s'adoucir.

— Oh, je pensais que vous étiez étudiante.

Encore une fois, j'ai mal. J'ai l'habitude qu'on me trouve l'air plus jeune, mais il sait, *il savait,* à quel point ça m'a longtemps handicapé et blessé. En temps normal, il fait tout pour m'épargner ce genre de remarque. C'est peut-être la perche qu'il fallait pour lui rendre quelques souvenirs ?

— On s'est rencontré au travail, j'étais en stage pour mon diplôme chez un de tes collaborateurs. C'est toi qui as fait le premier pas vers moi.

Il hoche la tête, pensif. Il doit chercher quels souvenirs d'Estelle pourraient correspondre à notre rencontre. Au vu de son haussement d'épaules, rien ne lui vient à ce sujet.

— Donc tu es dans l'architecture aussi ?

— Non, dans l'immobilier, chez *Venson.*

Un autre hochement de tête. Probablement qu'il cherche encore, au fond de lui, mon image associée à un rendez-vous d'affaire ou autre. Voyant que ça ne mène nulle part, je lui tends le gobelet cartonné, nos mains s'effleurent, mais rien. Aucune réaction de sa part, pas de magie, pas de roses et de paillettes volant autour de nous.

— Je repasserai après le boulot.

Arrivée au seuil de la porte, sa voix vibre jusqu'au plus profond de moi :

— Nora ?

Je me retourne pleine d'espoir.

— Merci, mais ne revenez pas. S'il vous plaît. C'est dur de voir une inconnue me regarder de la sorte.

Encore rongée de chagrin et de colère, je complète le dossier de ce matin. La visite de l'après-midi a été annulée à la dernière minute. Ce qui n'est pas plus mal vu mon état mental et ma bonne humeur semblable à une porte de prison après une émeute.

Il ne veut même pas me voir.

Je me retrouve donc coincée au bureau à grommeler dans la barbe que je n'ai pas, face à Mel qui me fixe de ses yeux ronds.

— Aucun souvenir du genre t'existe plus dans sa tête ?

— Aucun du genre, j'ai été remplacée par son ex dans tous ses souvenirs.

Elle secoue vivement la tête, faisant danser ses longues tresses noires autour d'elle.

— Même au lit, il se rappelle tout, mais c'est elle et pas toi ?

Le rouge aux joues, je lui lance le scotch en plein visage, manque de chance, ses deux bambins l'ont rodée, elle l'attrape en plein vol.

— Il me vouvoie et m'a demandé de ne pas revenir le voir, Mel. Je ne vais pas me mettre à poil devant lui pour voir si ça il s'en souvient.

— Ton ouvrier, lui, il ne l'oubliera pas de sitôt.

Elle lève les yeux au ciel en évitant cette fois l'agrafeuse. *Je n'aurais pas dû lui raconter le coup du chauffe-eau.*

J'ai comme l'impression que le monde s'effondre sur mes épaules alors que je laisse ma tête se glisser dans mes bras. Cette fois-ci mon front est collé au bureau froid, ça fait du bien.

J'entends Mel s'affairer un peu plus loin, mais je n'y prête pas attention. Qu'est-ce que je suis censée faire ? Je continue de réfléchir quand un bruit de tasse posée contre le bois me fait relever la tête. Une fade odeur d'arabica bas de gamme s'échappe de la boisson que Mélanie m'a glissée. Délicatement, elle passe une main réconfortante dans mon dos.

— Si tu l'aimes, essaye au moins de discuter avec lui. Tu es trop géniale pour qu'on t'oublie, même hors du lit.

Elle m'offre un clin d'œil et nous rions avant de faire trinquer nos mugs. J'avale une longue et chaleureuse gorgée d'un café tout juste passable, laissant mon index caresser le “ best mom ever ” gravé sur la tasse, l'ironie de la situation m'arrache un rire amer. Puis le travail nous rattrape et nous nous replongeons chacune dans nos dossiers.

Malgré les paroles d'Eliott, je décide de suivre les conseils de Mélanie et de passer une dernière fois à l'hôpital. Ensuite, j'agirai en fonction de notre discussion. J'ai acheté ses chocolats préférés, ça lui fera peut-être plaisir. Avec un peu de chance, il se souviendra de notre première Saint-Valentin. J'avais voulu lui en faire moi-même en faisant fondre une plaquette pour la couler dans des moules en forme de cœur avec des bouts de fruit dedans. J'ai fait brûler le chocolat et la cuisine a pué pendant des mois. On avait bien ri ce jour-là.

Je suis pathétique, ce n'est pas avec des chocolats qu'il va retomber amoureux.

Ou peut-être que si ?

Probablement pas…

Déambulant dans les couloirs, j'aperçois une tignasse blonde semblant s'être fait prendre dans une tornade. Des yeux vairons se posent sur moi, j'y lis un mélange d'amusement et de surprise. Le barista est devant moi, son horrible pull vert sapin à l'allure si douce toujours sur le dos.

— *Nora* ! Tu es déjà folle de moi à ce point ?

Je cligne des paupières à plusieurs reprises avant de tourner les talons, faisant comme si je ne l'avais pas vu. Ce n'est pas poli, je l'admets, mais la discussion de ce matin me revient à l'esprit et je rougis de plus belle en me souvenant qu'il m'a demandé de sortir avec lui. Alors que je ne connais même pas son prénom.

J'accélère le pas. Je sais qu'Eliott ne veut pas me voir, mais je compte lui déposer quelques vêtements et les chocolats. C'est plus une nécessité qu'autre chose non ? De toute façon la situation pourrait difficilement être pire entre nous.

Par pitié, je dois apprendre à me taire.

Arrivée au bon étage et une fois dans le couloir, j'entends des voix s'échapper de la chambre trois cent trente. J'avance doucement, me préparant à croiser Sylvie, la mère d'Eliott, me préparant à affronter ses larmes de crocodile, elle qui ne m'a jamais appréciée, me trouvant trop jeune pour son fils. Il n'a que quatre ans de plus et nous sommes tous deux adultes, mais madame doit être ravie d'avoir une possibilité de m'évincer de la vie de mon cher et tendre.

Mais plus je m'approche, moins je reconnais la voix de ma belle-mère. Plus je m'approche et plus je me rends compte que les voix sont en réalité des chuchotements bien mal gérés.

Plus je m'approche et plus je sais que je devrais reculer.

Trop tard.

— Tu comptes la quitter quand ?

Je ne voulais pas entendre ça.

— Si je ne sais pas qui elle est, je n'ai pas à rompre, ça se fera naturellement. Si je pense être encore avec toi et que tu m'aimes, on peut se remettre ensemble sans que personne passe pour le méchant de l'histoire.

Ça non plus, je ne voulais pas l'entendre.

Mon cœur ne m'a jamais fait aussi mal de toute ma vie. Pas même le jour où Dylan Varle a rompu avec moi uniquement à cause de mes taches de rousseur. J'avais quinze ans et ce fut un coup dur, mais moins que de perdre l'homme que j'aime depuis cinq ans.

Le sol semble se dérober sous mes pieds, pendant que je glisse la tête pour apercevoir l'intérieur de la pièce. Je tombe nez à nez avec l'image d'Eliott, main dans la main avec Estelle, en pleine séance de bécotage. Je reste paralysée lorsqu'il passe une main sous le pull de son ex-ex. Ils arrêtent un instant leurs embrassades pour se regarder, tous deux un sourire radieux collé sur le visage. La main de la jeune femme glisse lentement le long du torse nu de mon fiancé, pour venir se perdre sous les couvertures. L'expression de celui qui devait devenir mon mari me laisse difficilement le doute sur ce qui se déroule sous mes yeux. Pourtant, je ne bouge pas. J'en suis incapable.

Il m'a oublié.

Il veut être avec une autre.

Il n'y aura pas de mariage.

Je sens l'air me manquer, le monde tourne autour de moi malgré le fait que je reste bien ancrée dans le sol, dans l'instant présent, face à ce spectacle que je ne veux pas voir. Un marteau-piqueur tambourine dans ma poitrine, comme pour y faire un trou et venir m'arracher le cœur, ou du moins ce qu'il en reste. *Il aurait pu attendre d'avoir rompu en bonne et due forme.*

Après un autre baiser langoureux, j'entends, de loin, la voix féminine susurrer :

— Je vais fermer la porte, je n'en ai pas fini avec toi.

Tandis qu'elle s'approche, roulant exagérément des hanches, la brune me remarque. Je peux clairement distinguer ses prunelles bleues s'allumer. Les flammes de l'enfer, les cheveux d'Hadès dans *l'Hercule* de *Disney*. Je fais face à un cauchemar, je fais face à un démon, une vipère, je fais face à l'incarnation même de l'enfer. *Mon enfer.*

Estelle pourrait être gênée d'avoir été prise sur le fait, elle devrait même l'être. Pourtant, au contraire, son expression se rapproche de la béatitude pendant qu'elle s'avance vers la porte. Elle est désormais si près de moi que son parfum vanillé agresse mes narines.

À présent, je sais où j'ai senti cette odeur auparavant. Sur le t-shirt d'Eliott, *après son jogging de fin de journée.* Sa main parfaitement manucurée s'approche de moi avant d'attraper mon pendentif en forme de serpent et de violemment m'arracher la chaine.

— Je me permets de récupérer ce qui m'appartient. Tout ce qui m'appartient et m'a toujours appartenu.

Une vipère, ça lui va si bien.

Cette information tourne dans ma tête. Il me trompait avec elle ? Ce serait pour ça que son image m'a remplacé dans tous nos souvenirs ?

Ses yeux perçants se fixent fièrement sur moi alors qu'elle attrape mon bras pour me tirer à l'intérieur de la chambre, sous le regard démuni, *mais est-ce réel*, d'Eliott.

J'aurais dû rester au lit ce matin.

Du mieux possible, je me dégage de son emprise. Dans un mouvement de rage, je libère mon annulaire de l'affreuse bague en émeraude qui trônait dessus et la lance en plein dans l'œil d'Eliott.

— Va te faire foutre.

Je n'aurais pas dû dire oui l'année dernière.

Puis, je tourne les talons. D'abord lentement, je ne veux pas montrer que je suis affectée par ce que j'ai vu. Je ne veux pas fondre en larmes immédiatement. Je garde la tête haute, tentant encore de comprendre ce qu'il s'est déroulé sous mes yeux. Une fois dans l'ascenseur, je m'effondre, le visage inondé de larmes.

Je finis par atteindre le rez-de-chaussée. Difficilement, je trouve la force de me remettre debout.

Je déambule à travers le hall de l'hôpital, lorsque mon épaule rendre en contact avec quelque chose de dur, me faisant tomber à la renverse. Je pleure tellement que je remarque avec difficulté les yeux vairons emplis de pitié fixés dans mes noisettes noyées. Je suis pathétique, mais je m'accroche à cet inconnu. Enrobée d'une douce odeur d'arabica, je pose mon front contre un torse emmitouflé dans un pull vert sapin.

Oui, il est tout doux ce pull.

4.
Un café matcha

Je suis pitoyable. Face au miroir de la salle de bain, simplement vêtue d'une serviette aussi rousse que mes cheveux, j'observe mes lourds cernes noirs et mes yeux rougis. J'ai tant pleuré que je ne crois plus être capable de verser une seule larme, jusqu'à la fin de mes jours.

Cette fois-ci, c'est contre la vitre que mon front vient s'appuyer, je crois que ça y est, c'est devenu une sale habitude. *Qu'est-ce que je vais faire* ?

Pour commencer, je vais sûrement devoir me chercher un appartement. Celui-là est incroyable, mais il appartient à la mère d'Eliott. Il ne se souvient pas de moi donc lui, ça ne lui brisera pas trop le cœur d'emménager ici avec sa nouvelle ancienne ex-copine. Ici, je suis chez lui, pas chez moi, plus chez nous… Juste chez lui, chez eux.

Trouver un logement ne devrait pas être le plus compliqué pour moi, je regarderai ça à l'agence. Mais qu'est-ce que je raconte, bien sûr que ça va être compliqué. Intérieurement, je veux dire. On habitait à deux ici depuis quatre ans et demi. Je n'ai pas vécu seule depuis quatre ans et demi. Et encore, je n'ai vécu seule que six petits mois sur les vingt-six ans de ma vie.

Je sais qu'Eliott sort de l'hôpital dans la semaine, peut-être que Mel acceptera de m'héberger chez elle le temps que je me retourne ? *Quelle bonne idée, tu pourras dormir avec les gosses.* Ou je peux possiblement demander à Eliott d'aller passer quelque temps chez sa nouvelle ancienne ex… ? Le temps pour moi de déménager ?

Non.

Tu ne veux pas et ne vas pas lui parler.

Il a tenté de me téléphoner hier soir, je n'ai pas répondu. Mais j'ai écouté au moins huit fois le message vocal qu'il m'a laissé. C'était certainement quatre fois de trop, mais bon, ce qui est fait est fait.

“ Nora, tu as l'air d'une femme incroyable, vraiment. Mais je ne pourrai pas t'apporter ce que tu désires, car même si tu es formidable, à mes yeux, tu en as juste l'air.

Je ne sais plus rien de toi, je ne saurais même pas dire quelle est ta couleur préférée… Dans ma tête et dans mon cœur, Estelle est là, elle est toujours là. Je t'ai sûrement aimé un jour, j'en suis certain, mais pas aujourd'hui et j'en suis désolé. Je sais que tu ne décrocheras pas ce téléphone et c'est peut-être mieux ainsi. Restons-en la Nora et vivez heureuse, une belle vie vous attend. Mais avec un autre qui saura ne pas, vous oublier. ”

Est-ce que j'ai appris ce message par cœur ? Oui. Est-ce que je l'ai supprimé ? Non. Est-ce qu'il me fait mal ? Oui. Est-ce que je pleure à nouveau ? Bien sûr. *Tu vois qu'il te restait des larmes, menteuse.*

Je fais couler l'eau du robinet pour m'asperger le visage, je veux chasser ces preuves de mon pathétisme.

Cinq ans de relation et au premier accident, il m'oublie. Cinq ans de relation et il ne nous laisse pas de seconde chance, au premier coup dur. Mari en carton.

Mais il te manque.

Bien sûr qu'il me manque. Je l'aime, sinon je n'aurai pas dit oui lorsqu'il a mis un genou à terre.

Je redresse ma tête et dans le miroir, je ne suis plus capable de distinguer mes larmes des gouttes d'eau perlant le long de mes joues. Rageusement, je jette une serviette sur le verre pour masquer le reflet risible qu'il me renvoie.

Je dois vraiment aller travailler ?

Oui, tu le dois.

Ça va encore être une dure journée.

Je me traîne jusqu'à la chambre, ce n'est pas la mienne, ce n'est plus la nôtre. C'est juste une chambre. M'habiller va être difficile, *c'est le jeune ouvrier qui serait content.* J'arrive à me faire sourire intérieurement.

J'ai le choix entre faire un effort pour ma vie professionnelle ou ressembler à un nugget mal frit toute la journée. Peut-être que si je ne suis assez pas cuite, on me laissera prendre ma journée ? J'ai le droit à un congé pour ça ? Enfin pas pour la rupture de fiançailles, mais pour le fait que mon fiancé ait été renversé par une voiture puis amnésique. Ha et que par la suite, il m'ait largué par message audio, pour son ex, parce qu'il m'a oublié, mais pas elle ? Point bonus, ex avec qui il semblait entretenir une liaison.

J'ai presque envie de rire de la situation. *Presque.*

Je devrais faire comme d'habitude, le travail m'occupera probablement suffisamment l'esprit pour tenir le coup toute la journée ? Je devrais me diriger vers l'armoire et pourtant je m'effondre sur le lit. Ou je pourrais rester en boule sous la couette, une seringue de café plantée dans les veines ?

Café.

Le Barista.

L'écharpe.

La crise de larmes a l'hôpital.

Et merde.

D'un bond, je me redresse pour vite aller fouiller le salon. Mon petit doigt de pied rencontre un coin de meuble, me faisant lâcher ma serviette partiellement enroulée autour de mon corps pour sautiller à cloche-pied, de nouvelles larmes aux yeux, mais pour une tout autre raison. *Semaine de merde.*

Je finis par trébucher et m'étaler entièrement sur le sol. À quelques centimètres de mon visage, je remarque l'écharpe en laine verte, cachée sous un collant, certainement troué, que je n'ai pas rangé. *Au moins j'ai trouvé ce que je cherchais.*

Honteuse, je me relève, m'attendant à entendre le rire d'Eliott avant qu'il ne me saute dessus au vu de ma petite tenue. Puis je me souviens. Alors, je me redresse et cette fois, je pars m'habiller, sans oublier de mettre la cafetière en route, *il me faut un espresso.*

Après avoir longuement cherché et difficilement trouvé une paire de collants en bon état, je l'enfile. Je devrais vraiment en racheter. Avec tout le mal du monde, je parvins ensuite à mettre une jupe patineuse couverte de carreaux gris marron. Après avoir mis un débardeur marron, j'enfile par-dessus un gros pull en laine d'un orange qui lui aussi a un air de marron. Une rousse automnale. Mes boucles ne ressemblent à rien, donc j'en fais une tresse épaisse.

J'observe le miroir et suis plutôt satisfaite, le maquillage a masqué mes cernes et les traînées salées laissées par mes larmes et le blush me donne un air moins catastrophique.

Je verse mon café dans un thermos et une fois ma sacoche récupérée, je m'avance vers l'entrée. Mes pas s'arrêtent net. *L'écharpe.* Je fais demi-tour pour m'en emparer et sentir son parfum, *une odeur d'arabica, c'est apaisant.* J'enroule la laine verte autour de mon cou et je m'élance faire croire au monde que je me porte à merveille. J'irais à *l'Aristote* pour manger à midi et je rendrais son vêtement au serveur, ainsi, il quittera définitivement ma vie, c*omme Eliott.*

Je t'en supplie, arrête de penser.

— Bonjour. Un *Affogato*, un *avocado toast* et une bouteille d'eau s'il vous plaît. Et avant que vous demandiez, non, je ne veux toujours pas être votre petite amie et oui, je suis de mauvaise humeur.

— Dans ce cas, il faudrait peut-être réduire le café *Nora* ? Pour l'humeur, pas pour être ma copine. Quoique, à force de te voir ici, je vais vraiment croire que tu es folle de moi.

Son éternelle étincelle de moquerie brille dans son regard alors qu'il pianote ma commande. Dans un roulement exagéré de mes yeux, je pose l'argent sur le comptoir, attendant sa prochaine remarque. Qui ne se fait pas attendre alors qu'il quitte des yeux sa machine pour les lever vers moi. Ses lèvres se relèvent en un petit sourire en coin, la lueur dans le bleu de son œil change l'espace d'un instant, je n'en suis même pas sûre.

— Jolie écharpe.

— Oui, je ne sais plus où je l'ai eue, mais elle n'est pas trop mal.

— Pas trop mal ? Enfile des lunettes !

Il réussit à m'arracher un vrai rire, avant de changer cette conversation légère et agréable en quelque chose de plus lourd et dur à porter.

— Plus sérieusement, ça va ? Tu es partie comme une furie hier, je me suis inquiété.

— Tu ne me connais pas.

C'est vrai.

— Et donc je n'ai pas le droit de m'inquiéter, tu veux m'interdire quelque chose ? Il faut croire qu'on est déjà ensemble finalement.

Un bon point pour lui.

Cette fois, son sourire est si grand, que je me demande s'il n'a pas mal aux joues. En levant une nouvelle fois le regard vers le ciel, je m'empare du plateau m'étant destiné pour aller m'asseoir à une table un peu plus loin. Je laisserai l'écharpe sur le dos de la chaise, et tout cela sera fini. Je repense au fait qu'elle ait passé une journée et une nuit sous mes collants et sous-vêtements et le rouge me monte aux joues. *Mince, je ne l'ai pas lavé.* Oh ! et je n'ai pas vérifié ma robe non plus, si elle était rattrapable, je pense qu'à présent, elle est fichue. Dommage, je crois que je l'aimais bien cette robe. *C'est faux, Eliott l'aimait bien, et sa mère encore plus.*

Perdue dans mes pensées, fixant la boule de crème glacée à la vanille flottant dans mon café, j'entends de loin la clochette de la porte sonnée. *C'est un joli son, je l'aime bien.*

J'aurais dû y prêter plus d'attention. *Je n'aime plus ce son.*

J'admire la petite boule blanche saupoudrée d'un cœur en cacao qui se fait peu à peu aspirer par ma boisson, c'est si hypnotisant comme spectacle que ça en devient difficile de le boire. *L'a-t-il fait exprès ? Il savait que c'était pour moi et voulait me tracasser* ? C'est difficile à dire. Après tout, c'est moi qui ai commandé ça, je savais à quoi m'attendre.

Distraitement, je quitte la tasse du regard pour le poser sur la laine verte. Oui, c'est décidé, je vais la laisser là en partant et j'irai acheter mon café ailleurs, comme ça je n'aurai plus à croiser ces yeux moqueurs qu'il pose sans arrêt sur moi. Je les sens actuellement, les petits cheveux roux de ma nuque se dressent sous la chaleur d'être observée, tandis que je prends une première bouchée de mon assiette.

J'arrête de piocher dans ma nourriture pour d'un mouvement brusque me tourner afin de l'attraper en flagrant délit, *je devrais vraiment apprendre à réfléchir avant d'agir*.

— Nora ?

Ce ne sont pas des yeux vairons qui sont posés sur moi, mais deux paires bleues. Eliott et Estelle. C'est une blague ? Il est déjà sorti ? Je n'ai jamais été aussi heureuse de ne pas être habillée comme un nugget mal cuit.

La jolie brune, c'est rageant, mais oui, elle est jolie en plus, passe sans aucune discrétion son bras autour de mon fiancé, *ex-fiancé,* pour marquer son territoire et certainement me remettre à ma place. C'est elle qui est assise à la même table que lui, tandis que moi, je suis seule. Au vu de l'air presque abattu du briseur de cœur, je dois réellement faire pitié parce qu'on ne regarde pas une inconnue comme ça, *même si on a été une merde avec.* C'est lui qui vient rompre le silence gênant, *comme il a rompu notre relation*, s'étant installé, le tout sous le sourire fier de sa nouvelle et ancienne conquête :

— Tu es toute seule ? Tu peux te joindre à nous si tu veux.

Aïe. Touchée. Bien sûr que je suis seule, je n'ai pas d'amis et mon fiancé est devant moi avec la fille avec qui il me trompait. *Bien entendu, ça, je ne le dis pas.* Et cerise sur le gâteau, il veut que je mange avec eux. *Je dois faire bien plus pitié que je ne le pensais.* Je ne sais pas si, dans l'instant, je me hais moi-même, ou si je le hais lui.

Je n'ai pas le temps de répondre ou de réfléchir à quoi dire qu'un verre transparent, laissant apercevoir un liquide verdâtre, se pose devant moi. Visiblement, il semble rempli d'un matcha latte.

— Désolée *cuore mio*, il y avait du monde. Je t'ai pris une serviette.

Son rire transperce mon cœur alors que son regard se rit de moi. Abasourdie, je cligne des yeux à plusieurs reprises. Un jeune blond a l'air angélique s'assied sur la chaise libre face à moi.

— Mais je crois que je vais devoir aller en chercher une autre.

Délicatement, il vient essuyer une tache de café que je n'avais même pas remarqué avoir renversée, *il m'observait bel et bien.*

Le plus naturellement du monde, il s'empare ensuite de ma main avant de la porter à ses lèvres pour venir lécher une goutte de café y étant resté accroché, *mais quand est-ce que je l'ai renversée ?* Ensuite, il y pose un chaste baiser avant de la reposer à sa place. Je sens le rouge me monter aux joues en même temps que la colère transparait sur le visage trop poudré d'Estelle. *Mais pourquoi est-elle en colère ?*

— Tu ne nous présentes pas ?

Je reste silencieuse, les yeux allant d'Eliott à Estelle en passant par le serveur assis à ma table. C'est d'ailleurs lui qui me sort de cette impasse :

— Orion. Enchanté, enfin, je crois ?

Il fixe à nouveau ses yeux sur moi, plaçant cette fois sa main devant sa bouche pour m'interroger discrètement, malgré le fait que tout le monde l'entende :

— Je dois être enchanté ?

Je hoche la tête de droite à gauche en signe de négation. J'entends la brune lâcher un rire mauvais à ma gauche et je peux très bien imaginer le malaise visible sur le visage pourpre d'Eliott. Le raclement de gorge de celui-ci attire mon attention dans sa direction, *je me suis trompée,* il ne semble pas mal à l'aise, mais en colère lui aussi. *Et ça me plait.* Cette fois, c'est lui qui s'adresse au serveur, d'un ton rempli de reproche :

— Et tu es ?

L'occasion est trop belle, j'approche discrètement ma main de celle d'Orion pour venir enlacer nos doigts. De la façon la plus naturelle possible, je souris tendrement, une lueur de défi dans le regard, je me reprends. Cette fois, je mène la danse.

— Mon copain. Tu m'as oublié, alors j'ai fait de même.

Au vu de l'expression qu'il prend, je l'ai piquée au vif. *C'était méchant.* Peut-être, mais m'effacer de sa mémoire, ce n'était pas très sympa non plus.

Aucun de nous n'ajoute quoi que ce soit. Au bar, une serveuse annonce que leur commande est prête. C'est donc avec un signe de tête qu'ils s'avancent, prennent leurs boissons et s'en vont vers la sortie. Sans quitter ma table du regard, ne serait-ce qu'une seconde.

Pendant ce temps, *Orion* mélange sa boisson et les glaçons du matcha latte carillonnent contre le verre. Il vient ensuite en boire une grande gorgée avant de tirer la langue, une expression de dégout peinte sur le visage.

— C'est vraiment dégueulasse. Qui boit ça sérieux. Tu viens dans un café, prends au moins du café. Je vais devoir aller en refaire un pour la fille de la six.

— Merci beaucoup. Vraiment, merci, *Orion*, c'est ça ?

Il hoche la tête, toujours avec un sourire et ce même regard moqueur dans lequel transparait une lueur de joie. Parce que je l'ai appelé par son prénom ? J'ai tenté de prendre la même intonation que lui quand il prononce le mien, mais j'ai peur d'avoir eu l'air ridicule. Si c'était le cas, il rirait non ? En l'occurrence, il me fixe simplement en souriant, sans arrêter de mélanger la mixture verdâtre.

— Mes parents veulent que j'aie une copine à ramener au diner du samedi. Ton… ex ? Je n'en sais rien, mais tu veux qu'il pense que tu as un copain. Nos besoins convergent. Donc, je te redemande, tu veux sortir avec moi, *Nora* ?

Dehors, à travers la grande baie vitrée, j'aperçois Eliott, main dans la main avec Estelle, leurs lèvres scellées. Je ne sais pas ce qui me prend, je ne me reconnais pas, cependant, le rouge aux joues, je hoche lentement la tête, reconcentrant mon attention sur les yeux vairons assis devant moi.

— Super ! Maintenant, ils nous regardent. Je peux ?

Encore sous l'incompréhension de ma décision, je ne prête attention à rien et ne réfléchis pas, tout va à la fois vite et lentement dans ma tête. Je ne sais pas qui est ce " ils ", ni ce que le barista demande à faire, mais une nouvelle fois, je hoche simplement la tête en signe d'accord.

Sa main se pose avec délicatesse sur ma joue pour la caresser, de petits cercles très peu désagréables. Son regard, toujours plus moqueur, ne quitte pas le mien alors qu'il s'approche progressivement, par-dessus la table. Je vois ses yeux se fermer donc je l'imite, pile à l'instant où il dépose ses lèvres sur les miennes.

Une odeur de café nous entoure. Un baiser café.

Je ne le connais pas, mais ce baiser, bien que court, est le meilleur de toute ma vie. J'en veux plus. J'entrouvre les lèvres pour réclamer que ça ne s'arrête jamais, mais non, il se détache de moi et recule doucement, replaçant au passage une mèche de mes cheveux échappée de ma tresse. Ses doigts reprennent leurs petits cercles sur ma joue, ses prunelles sont allumées d'un éclat que je n'ai jamais vu. Je crois qu'il s'amuse, et qu'il n'est pas prêt d'arrêter.

— C'est chaud ici.

Son index indique ma joue sûrement couleur pivoine.

Ce n'est pas le seul endroit chaud.

5.
Irish Coffee

Aujourd'hui, Mélanie n'a plus de tresses, elle a retrouvé ces magnifiques cheveux crépus à la couleur de jais. Depuis la première fois que je les ai aperçus, je les trouve incroyables. Cette femme est magnifique. Peut-être que si je lui dis et que je la noie de compliments, elle ne me criera pas trop dessus après tout ce que je viens de lui raconter ?

— Pardon ? Tu te moques de moi ?

Elle a pris son intonation de maman, c'est mort, peu importe ce que je dis, je suis morte. *Adieu Papa, adieu Maman et adieu Élie. Je vous aimais et vous avez été une super famille. Je vais de ce pas aller rejoindre Mémé.*

Je me masse les tempes du mieux possible pour tenter de faire fuir ma migraine. Elle ne m'a pas quittée depuis la fin de ma pause déjeuner. Je n'en avais jamais eue avant, mais depuis l'annonce de l'accident d'Eliott, je n'ai pas passé une demi-journée sans douleur cérébrale.

Orion a pris une de mes cartes de visite pour me recontacter après son service. *J'ai vraiment fait ce que j'ai fait ?* Je suis un monstre. Hier, j'étais fiancée, aujourd'hui, j'embrasse un inconnu dans un café juste parce qu'il a de beaux yeux. OK, il n'a pas que ça de beau, mais ce n'est pas une raison merde !

En parlant d'yeux, ceux de ma collègue sont si ouverts qu'ils pourraient quitter ses globes oculaires. Honteuse, je fixe le grain de beauté dans sa prunelle gauche, tout en continuant mon vain massage des tempes. Sa bouche, formant un O parfait, ne semble pas parvenir à se refermer. *Elle m'en voudrait si je lance des boulettes de papier dedans ? Certainement.* Ou si celle-ci se clôt, c'est pour immédiatement se rouvrir sans qu'aucun son n'en sorte dans un autre O tout aussi parfait que le précédent. Inconsciemment, je sens ma main droite arracher un post-it pour tenter de le transformer en une balle improvisée. *Quitte à mourir.* Cette pensée me fait mollement hausser les épaules.

Le silence en devient presque comique, on se croirait dans une de ces mauvaises pièces de théâtre où les comédiens surjouent chaque action, sauf que Mel ne surjoue pas, elle est juste complètement abasourdie, *et je la comprends.* C'est donc moi qui, d'une toute petite voix, me décide à rompre ce mutisme, devenant pesant :

— J'ai fait une connerie, c'est ça ?

Je m'apprête à lancer ma boule de papier froissé quand mon amie clôt ses lèvres et reprend son calme en appuyant sa tête contre son siège. Je vois bien qu'elle tourne la cuillère dans son café pour s'aider à se concentrer et mieux réfléchir.

— C'est plutôt Eliott qui a fait une connerie. La plus grosse de sa vie.

— Et s'il était mieux avec elle ?

— C'est que toi, tu seras mieux sans lui. Tu mérites quelqu'un de bien.

À présent, ses ongles tapotent l'anse de sa tasse qu'elle a reposée sur son bureau.

— Vois le positif, ton “ mec ” te fera peut-être des cafés gratuits.

Je ne peux m'empêcher de pouffer de rire, son petit sourire en coin montre qu'elle n'est pas énervée, *ça me rassure un peu de ne pas me faire crier dessus et de rester un peu plus longtemps parmi les vivants.*

— Tu es adulte Nora, tu fais tes propres choix, ce n'est pas à moi de juger s'ils sont bons ou non. Juste, fais attention à toi s'il te plait.

— Je sais ce que je fais, ne t'en fais pas.

Alain, notre patron, entre dans l'agence, suivi d'un couple et de leurs deux enfants. Mel se lève pour accueillir la petite famille tandis que je baisse la tête pour me cacher derrière mes dossiers.

C'est complètement faux, je ne sais absolument pas dans quoi je m'embarque et pourtant je saute en plein dedans, les deux pieds joints, sans aucune idée de si je m'apprête à faire un plat ou le plongeon de l'année.

J'arrive devant ma porte et je m'apprête à mettre les clefs dans la serrure, quand elle s'ouvre soudainement.

Je me retrouve face à Eliott, il a repris des couleurs et ses cheveux sont de nouveau parfaitement coiffés en une brosse impeccable. Il semble aussi surpris de me voir que je le suis.

— J'espérais que tu rentrerais tard. Je suis passée prendre quelques vêtements.

J'aurais dû aller voir Orion pour annuler notre marché, j'aurais dû aller boire un verre avec Mélanie, j'aurais dû aller refaire des courses. Peu importe quoi, mais j'aurais dû faire autre chose plutôt que de rentrer directement.

Un lourd silence s'installe entre nous. Je le sens rebondir contre mes épaules qui ont du mal à rester droites et à me donner une prestance dont j'ai cruellement besoin dans l'instant. L'ambiance est pesante tandis que nos regards s'évitent minutieusement. Je ne peux pas rester là comme ça, bêtement et prête à fléchir sous le poids de cette entrevue.

— Je repasserai plus tard.

Je m'apprête à faire demi-tour quand Eliott enlace mon poignet de sa main. Au moins, je sais où fixer mes yeux, sur cette main qui m'empoigne, *celle qui a caressé à maintes reprises le corps d'une autre.* Je veux qu'il me lâche, je veux m'en aller, je ne veux pas le voir. *Je veux pleurer.*

— Je peux t'embrasser Nora ?

— Non.

Je n'ai même pas réfléchi, j'ai entendu sa demande, mais la réponse est sortie avant même que je ne la comprenne. Visiblement, ça ne lui a pas plu, ses yeux bleus se troublent légèrement, il respire la frustration.

— Pourquoi ? Ça aiderait peut-être ma mémoire.

— Parce que je pense que tu me trompais et que j'ai décidé d'enfin commencer à me respecter.

Sous le choc, sa main relâche mon bras qui retombe mollement le long de mon corps. Le visage face à moi se décompose, puis prend un air outré avant de paraître énervé et de finalement se radoucir. Il fait un pas vers moi, un deuxième, encore un, jusqu'à ce que je me retrouve coincé entre le mur du couloir et lui. Je lève à peine la tête pour fixer ses yeux mécontents et déçus, Eliott n'a jamais été très grand, mais je m'en fichais, je me sentais en sécurité avec lui. Je me sentais aimée. Là, tout de suite, je me sens comme une idiote.

Il s'approche un peu plus, rompant les quelques centimètres qui nous séparaient, ses pieds touchent presque les miens, mais ce qui retient mon attention, c'est son parfum. Cette odeur de vanille est aussi présente qu'après son jogging, aussi présente que dans la chambre d'hôpital quand Estelle s'est collée à moi. Et pourtant, il tente de se défendre.

— Je suis peut-être amnésique, mais je sais que je ne suis pas comme ça.

Et si je faisais fausse route ? Et si mon imagination avait créé cette idée ? Mais l'odeur aussi présente que mon parfum sur lui après nos doux moments au lit, la réaction d'Estelle, sa soudaine passion pour la course alors qu'il avait toujours détesté ça…

— Non. Tu n'étais pas comme ça, mais tu l'es devenu. Je sais que tu m'as trompé et crois-moi, j'aurais préféré que ce soit moi qui t'ai oublié.

— Je sais que tu en as envie Nora. Tu en meurs d'envie.

Oui ? Non ? Mon cerveau en ébullition est en manque de caféine donc bien incapable de fonctionner convenablement.

— Je meurs d'envie…

— Je sais, alors laisse-toi faire.

Sa main dégage une boucle rebelle devant mes yeux, je me délecte de l'instant, je me délecte de ce qui va suivre, comme une enfant savourant une petite vengeance nulle, mais lui étant indispensable.

— D'un café.

Je murmure non loin de ses lèvres, mon regard planté dans le sien. Il semble troublé, mais continu de s'approcher. Mes paumes se posent à plat sur son torse vanillé et je le repousse.

— Je meurs d'envie d'un café.

Sans attendre sa réponse, je profite de son moment de choc pour passer sous son bras et tourner les talons afin de me diriger vers la cage d'escalier. J'attendrai qu'il soit parti pour rentrer. Je dois aussi penser à déménager le plus rapidement possible. Plus vite, je m'en vais, plus vite, je n'aurai plus à le revoir, ni à sentir cette odeur de vanille qui me tord les boyaux.

Mais pour le moment, je veux un café.

Instinctivement, je prends la direction de *l'Aristote*. J'y vais par nécessité, il me faut ma dose d'arabica et Orion m'a remis son écharpe autour du cou avant que je ne parte, je dois bien la lui rendre. Puis il faut s'expliquer sur tout ça, c'est insensé cette idée de faux couple.

Je suis si énervée que j'arrive en seulement quelques minutes devant la belle bâtisse, je n'ai jamais marché aussi vite de ma vie. Pas même quand j'ai couru après Dylan Varle pour lui expliquer que je pourrais les masquer mes taches de rousseur, *j'étais vraiment stupide, étais. Cette terminologie me fait doucement rire.* Mais visiblement, mes standards en matière d'homme n'ont pas changé : quelqu'un qui ne me respectera pas.

Je reste un instant sans bouger, à fixer le panneau *ouvert.* Eliott m'a-t-il aimée un jour ? Peut-on complètement oublier quelqu'un qu'on a aimé ? Qu'on a voulu épouser… Il voulait m'embrasser… Ça ne se fait pas pour Estelle, *même si je ne l'aime pas.* S'il était prêt à m'embrasser alors que je ne suis personne et qu'il est avec elle, il a tout à fait été capable de coucher avec son ex, même s'il était avec moi. Des petits coups contre la porte vitrée me sortent de mes pensées. J'observe un garçon, sûrement un étudiant, avec des dreadlocks me montrer le comptoir du doigt. Orion me fait de grands signes de la main, envoyant des baisers tout en souriant fièrement. C'est malin, il m'a arraché un rire.

J'inspire un grand coup avant de pousser la porte et d'être entourée par une douce odeur de café mêlée à celle du chocolat.

Ça fait du bien.

Je m'avance jusqu'au bar pour m'asseoir sur un des hauts tabourets face à mon nouveau barista préféré, *c'est faux, je ne le connais toujours pas, mais bon, il paraît que c'est mon copain.*

— Comment ça va mon petit grain de café sans sucre adoré ?

Lui, il a compris qu'on était " ensemble " mais il a dû oublier les guillemets. Je mime une nausée sous le rire d'Orion.

— Ça ira mieux avec un *Irish coffee*, sans le coffee si possible. Et surtout par pitié, pas de vanille.

Son regard rit toujours, bien que le reste de son visage semble déstabilisé et interrogatif.

— Un souci, ma douceur arabiquée ?

— Mon fiancé, qui sort avec son ex-ex, va certainement me mettre à la porte de notr… **son** appartement dans les prochaines heures. Je pète la forme quoi.

Il hoche la tête, comme pour analyser ce que je viens de dire. Pendant ce temps, moi, je l'observe préparer un pumpkin spice latte, *ça sent bon*, tout en me massant à nouveau les tempes. La migraine revient, il faut croire que je me suis fait une nouvelle amie.

— Tu vas aller vivre où ?

Ça, c'est une bonne question. J'exécute mon nouveau mouvement préféré, mon front rentre en contact avec le bar en bois. Je réfléchis un peu avant de répondre. Ma tête se tourne et je finis la joue effondrée sur le comptoir alors que je conscientise tout ça en observant des miettes sur une table plus loin. Du pain ? Une viennoiserie ? Un cookie peut-être ?

Bon, concentre-toi : où est-ce que je vais bien pouvoir aller ? Je n'ai pas osé demander à Mélanie de m'héberger. Ma sœur habite trop loin pour le boulot et hors de question de retourner chez mes parents. Trouver un appartement en vingt-quatre heures, ça va être compliqué.

— J'en sais rien. Il y a des ponts sympas dans le parc Saint-Pierre.

Je tourne à nouveau la tête pour l'observer et je remarque qu'il est confus, il ne sait pas si je suis sérieuse ou non. À vrai dire, même moi, je ne suis plus sûre de rien.

Orion finit par me tendre le gobelet cartonné dans lequel il a glissé le café à la citrouille. Voyant que je ne bouge pas, il se penche par-dessus le comptoir pour s'emparer de mon pull à la couleur toujours inconnue. Orange ? Marron ?

Exactement le même mouvement qu'Eliott tout à l'heure, je sens mes narines me piquer et mes yeux se remplir d'eau.

Non, non, non. Je ne pleurerai pas, pas ici, pas comme ça. Bref, il attrape ma manche pour relever mon bras, pose ma main sur le bar en bois et glisse le gobelet dedans avant de me tapoter la tête comme pour me féliciter. Voyant que je ne remue toujours pas, sa main enlace mon poignet avec une douceur déconcertante.

Le même mouvement, mais deux façons si différentes de l'exécuter. Il porte mon bras pour amener la boisson plus près de mon visage. Il avance un peu et la paille entre en contact avec ma joue. Il s'y reprend à deux reprises avant d'atteindre mes lèvres qui restent closes. Les sourcils froncés, le blond se penche un peu plus sur le comptoir et son autre main enserre mon visage pour venir appuyer sur mes joues, offrant à ma bouche la forme d'un magnifique cul de poule dans lequel la paille parvient enfin à se frayer un chemin.

Fière de lui, il s'éloigne. Cette fois seule, je traîne mon visage jusqu'au gobelet avant de renifler, il sent bon le café, la citrouille, la cannelle et je relève un soupçon de lait. Il n'y a pas de vanille, mais surtout, pas de whisky. Je braque mes prunelles marron vers lui, un sourcil interrogateur levé.

— Où est mon Irish ?

— Je ne veux pas d'une petite amie alcoolique.

Il cligne son œil vert tandis que je prends une longue gorgée. Je sens la chaleur glisser le long de ma gorge et le délicieux goût de citrouille me réconforte légèrement. C'est chaud comme les câlins de ma maman après une mauvaise journée à l'école. Comme le fameux jour de la rupture avec Dylan, *oui, j'en suis toujours très marquée, et bientôt Eliott va m'avoir autant impacté, même plus que monsieur Varle.*

Ces saveurs, c'est pourquoi j'adore l'automne. Rien de mieux qu'être assise sur un banc à regarder les feuilles tomber en buvant ce délice, *même s'il est sans whisky*. Si ça se trouve, Eliott va réussir à me dégouter de ma saison préférée avec tout ça.

Il n'y a pas de feuilles orangées à observer donc à la place, je fixe les pailles de la bonne teinte dans le pot en verre non loin de là. J'en attrape une que je fais rouler entre mes doigts tout en continuant de boire ma boisson comme une enfant, *après tout, j'ai déjà l'air d'une gamine, je ne suis pas à ça près.*

Je suis sortie de mon retour en enfance et de mes pensées sur les feuilles par le mouvement d'Orion qui enlève son tablier, ça attire mon regard tant il fait de grands gestes pour pas grand-chose.

— Je prends ma pause. Sisi, tu diriges.

Une fille aux cheveux verts hoche la tête, un grand sourire aux lèvres de commander pour un petit temps l'équipe, tandis que le garçon aux dreadlocks semble mécontent et marmonne des choses incompréhensibles à voix basse. La barista passe de l'autre côté du bar et une fois devant moi me tend la main.

— Si madame veut bien me suivre, j'ai peut-être une solution à son problème.

Soit il m'aide, soit il m'assassine *et tous mes problèmes seront réglés*. Je ne réfléchis pas plus longtemps avant de sauter du tabouret pour attraper la paume tendue. Elle est douce et chaude.

Celle d'Eliott aussi l'était.

Je t'en prie, arrête de penser cinq minutes.

Je secoue la tête comme une folle pour remettre mes idées en place avant de sourire à un Orion à l'air hébété. Ensuite, je me dirige vers la porte, mais je suis retenue par la main dans la mienne.

— Non, c'est par là, enfin si tu veux toujours *Nora*.

Toujours cette façon de prononcer mon nom.

Tandis qu'il me montre un escalier en colimaçon au fond du café, je m'interroge. Il m'a demandé si je voulais toujours, il parlait de le suivre ou de me faire passer pour sa copine ? Je devrais vraiment remettre mes choix de vie en question, mais à la place, j'avance simplement vers ces marches que je n'avais jamais réellement remarquées. Elles se marient si bien avec l'endroit qu'on n'y prête presque aucune attention.

Orion passe devant et commence à grimper, je le suis de près, *au moins s'il veut me tuer, je n'aurai qu'à hurler.* En haut de l'escalier, il ouvre une porte et s'introduit dans la pièce, une fois de plus, je le suis sans poser de question.

Je suis éblouie. Juste au-dessus de *l'Aristote* se trouve un appartement aussi spacieux que le café au rez-de-chaussée. Je me suis toujours demandé ce qu'il pouvait bien y avoir ici. Les grandes fenêtres sont visibles depuis la rue, mais je pensais qu'il s'agissait d'une réserve pour le café, j'avais tout faux.

La porte donne sur un salon en vieux bois et pierres, assortis au reste de la bâtisse, le tout décoré très joliment. La grande baie vitrée sans rideau offre une superbe luminosité à la pièce. Sur la droite, j'admire une splendide cuisine ouverte aux meubles vert pâle, *pour une fois qu'un vert est joli.* De l'autre côté, j'aperçois un couloir, dans lequel s'engage le barista. Je reste quelques secondes sur le pas de la porte avant de m'avancer, laissant la porte entrouverte, on ne sait jamais. *Finalement, il me reste une petite dose d'instinct de survie.*

Le blond ouvre une porte et me fait une révérence pour que j'entre, je m'exécute et je suis émerveillée. Je tombe face à une très jolie chambre assortie au reste de l'appartement, belle, mais poussiéreuse. Je sens une chaleur se propager dans mon cœur, *j'adore cet endroit,* mais je ne comprends pas ce que je fais là.

— Tu voulais me montrer ta chambre ?

Il rit en secouant la tête de droite à gauche, ça m'intrigue.

— Pas tout à fait. Je comptais chercher un coloc, cette chambre est libre et le loyer plus que correct.

— Ne te moque pas de moi, vu l'emplacement et la bâtisse, on est facilement sur mille six par mois.

Pour toute réponse, il lève les épaules avec nonchalance.

— Le proprio en demande huit cents par mois et je suis juste au-dessus du taf, parfait quoi.

Mes yeux s'écarquillent, je n'ai jamais vu ça avant.

— Où est l'arnaque ? C'est impossible à ce prix-là.

Quelle agence s'occupe de la location ?

— Aucune, c'est un vieil homme qui n'arrivait plus à entretenir, il est parti en maison de retraite et voilà. Les charges sont au compte des locataires.

Je hoche la tête, tout en étant éberluée.

— Je peux faire le tour ?

— Bien sûr.

D'une nouvelle révérence, il me montre la salle de bain, puis sa chambre. J'observe minutieusement le tout.

— On est sûr du 70 mètres carré ?

— Tu as un compas dans l'œil ?

Cette fois, c'est à mon tour de rire, un sourire en coin. J'aime cette remarque, je prends ça comme un compliment.

Je retourne vers la cuisine examiner les placards, les potentielles traces de moisi ou autres vices cachés, mais rien. Ce logement est en parfait état. *Je n'imagine même pas la commission que je pourrais prendre si je devais le vendre.*

Pendant que j'examine le bar servant d'îlot central,

j'entends un bruit de bouteille. En me tournant, j'observe Orion qui sort un verre dans lequel il verse une goutte de whisky.

— Ton Irish sans coffee, *cuore mio.*

Je ne peux m'empêcher de pouffer de rire en posant mon gobelet de café pour m'emparer du verre. Il se sert également un shot pendant que j'admire un placard dans lequel sont rangées des assiettes creuses, mais je suis interrompue dans mes observations en détail, *tout est réellement parfait ici, même la douce odeur d'arabica.* Je sens quelque chose se poser sur mon pied, je sursaute en lâchant un petit cri avant de voir que c'est un adorable lapin bélier qui met des petits coups de tête sur ma chaussure.

— Ah oui, voilà Cinna, enfin Cinnamon mais c'est trop long et elle est minuscule donc Cinna.

Le verre toujours à la main, je m'accroupis au sol pour tendre un doigt vers la frimousse de l'adorable lapine. Elle le renifle et part en courant à l'autre bout de la pièce se cacher dans un tunnel auquel je n'avais pas fait attention plus tôt, *je suis censée tout remarquer dans une maison.* La petite bête est vraiment mignonne. Son museau sort du tunnel, nous espionnant comme le ferait un enfant mal caché. *Adorable.*

— Je crois qu'elle t'aime bien, c'est rare, elle n'aime que moi. Elle passe son temps à faire pipi sur mon frère quand il vient.

Je tique sur sa phrase, me relevant, je relisse ma jupe de ma main libre.

— Tu as un frère ?

— Non, j'en ai deux.

Encore une preuve que je ne connais rien de lui, tout cela est-il sérieux ?

— Orion, je ne connais que ton prénom en fait.

— Orion De Luca ! J'aime le café, les pâtes carbonara, les italiennes, pas votre hérésie à la crème. Ma couleur préférée, c'est l'orange, exactement comme celui de tes cheveux. J'adore les lapins et…

— Tu vas trop vite !

Je ris face à la rapidité de son débit de parole. Je note que ça le fait sourire, il est mignon. Puis, il se racle la gorge avant d'essayer de prendre un air sérieux, au vu de son éternel regard rempli de malice, c'est raté.

— Ma *Nora* chérie dont je ne sais absolument rien, pas même la couleur préférée, veux-tu emménager avec nous, ou dormir sous un pont du parc ?

Il accentue sa phrase, montrant la lapine de sa main libre, son verre toujours dans l'autre, il ressemble à un magicien qui me fait découvrir ce qui se cache sous son chapeau.

Je réfléchis un instant. Ce qu'il dit se tient. Son regard toujours aussi rieur est fixé sur moi, attendant impatiemment ma réponse. Eliott, lui, il va emménager avec Estelle, chez nous.

— Le marron, dans toutes ses nuances.

Je fais sûrement une connerie, je le sais. Pourtant, je serre la main que me tend mon faux copain et futur colocataire, que je ne connais même pas.

— Santé, *mon cœur !*

Il trinque nos verres avant de boire le sien d'une traite, je le suis très vite dans son mouvement.

Je suis complètement folle.

6.
Un déménagement latte

Je profite de ce samedi pour faire mes cartons. Hier soir, j'ai vidé toutes mes affaires et j'ai tout étalé au sol en différents petits tas. Après mon café de ce matin, j'ai fait le tour des rues pour récupérer les boîtes vides devant les commerces et me voila assise par terre, des larmes aux coins des yeux.

Je n'ai pas encore prévenu Eliott que je partais et que je lui rendais son logement. Je crois que c'est mieux comme ça. Après réflexion, je pense simplement laisser mes clefs dans la boîte aux lettres, il s'en rendra compte quand il s'en rendra compte, hors de question de le revoir après le coup de l'autre jour dans le couloir.

La dernière fois que j'ai dû emballer toute ma vie, c'est lorsque j'ai quitté mon petit studio miteux pour venir emménager ici avec l'homme que j'aimais, c'était une toute autre ambiance. À ce souvenir, une larme solitaire coule le long de ma joue. *Ah non, je ne pleurerai pas.* Mélanie a raison, je mérite mieux. *Je mérite surtout plus de café.*

Je porte mon mug à mes lèvres et bois une longue gorgée libératrice. C'est dur d'ainsi enfermer toutes mes affaires. De trier ce qui est à moi et ce qui ne l'est pas, ce qui est trop douloureux à garder et que je préfère laisser à celui qui ne s'en souviendra pas. C'est dur, oui, trop pour le faire sobre. C'est pourquoi je mets le café de côté et me permets d'ouvrir un petit *Saint-Émilion* que se gardait Eliott pour impressionner une quelconque personne. C'est son truc ça de vouloir montrer ce qu'il a, mais que les autres n'ont pas. Je n'avais pas réalisé ça avant aujourd'hui et ça me frappe avec une certaine violence. *C'est beau, c'est que je suis déjà en train de guérir non ?*

Je nous revois aller au repas de son entreprise, je le revois, lui, choisir avec soin nos tenues à tous les deux. Je le revois me présenter fièrement à ses collègues en soulignant à quel point j'étais magnifique. Je le revois vanter nos vacances en Italie à son collègue à qui il a arraché un contrat coûteux. Même moi, sa fiancée, j'étais un trophée. Au même titre que ses montres, que sa moto, la voiture qu'il voulait s'acheter ou encore les vacances luxueuses qu'il nous offrait. Des trophées pour étaler sa réussite professionnelle.

Pour notre mariage, j'ai toujours voulu quelque chose de simple. J'aurais adoré faire ça dans les jardins du manoir de mes parents en petit comité, juste la famille et nos amis proches, avec un buffet de ce qu'on aime. La journée aurait été parfaite. Non, il a décidé qu'on louerait un château, avec une liste d'invités à rallonge dont je ne connais que quelques noms. Même ma robe de mariée, c'est lui et sa mère qui l'ont choisie, celles qui m'intéressaient n'étant pas assez. Assez quoi ? Je ne sais pas, juste pas assez d'après ex-belle-maman.

Donc, s'il demande où est sa bonne bouteille qu'il gardait comme le trophée que j'étais, je lui dirai juste qu'il a oublié qu'on l'a bue. Comme il m'a oublié et comme il a oublié qu'il me trompait. *Comme c'est arrangeant.*

Oui, je lui en veux. Pas de m'avoir oublié, ça il n'y peut rien, mais pour le reste. Pour Estelle, pour l'odeur de vanille, pour avoir demandé à m'embrasser.

La chaîne hifi est à lui alors, je connecte mon téléphone pour en profiter une dernière fois. Je lance *Boyfriend* de Dove Cameron à fond dans l'appartement,

Orion me vient à l'esprit, je trouve ça ironique, au pire les voisins feront quoi ? Se plaindre ? Je pars. Cette pensée me fait rire jaune.

C'est comme ça que je me retrouve en t-shirt trop grand, avec une demi-bouteille de vin dans le sang, à danser en culotte au milieu du salon en jetant les vêtements d'Eliott partout dans la pièce. Pas très mature, je sais, mais ça fait un bien fou.

Je vois la robe de notre premier rendez-vous. Ça, je ne peux pas la lui laisser, mais je n'ai pas envie de la garder. Je sors un nouveau carton sur lequel j'inscris en grosse lettre *"À DONNER"*. Je compte bien le lui laisser celui-là, il en fera ce qu'il veut.

Les verres à vin, nous les avions achetés ensemble, donc je ne peux pas les prendre, mais tout lui laisser serait injuste. Pourtant, je vais le faire. À quoi bon garder des choses qui vont me faire penser au fait qu'il m'ait brisé le cœur ? Dans tous les cas, lui, il ne se le rappellera pas.

Soudain, j'entends sonner à la porte, je pose ma bouteille bien entamée et slalomant entre deux cartons, je vais ouvrir. Je suis surprise de tomber nez à nez avec le gamin du chauffe-eau, cette foi-ci habillé de bleu et non pas d'orange fluo. Il semble tout timide, une rose à la main.

— Bonjour, j'ai fait tout l'immeuble pour te retrouver. Tes parents ne sont pas là ? Je ne voudrais pas déranger.

Ah, je vois.

— Tu as quel âge ?

— Seize ans la semaine prochaine, pourquoi ?

— Dix.

— Quoi dix ?

Je lis sur son visage qu'il est perplexe, il ne comprend pas où je veux en venir. Le vin commence à créer de petits nuages dans mon esprit, *sur le coup, ça fait du bien.*

— C'est le nombre d'années que j'ai de plus que toi. Mes parents, ça fait longtemps que je ne vis plus chez eux.

Sa bouche s'ouvre de stupeur alors qui me détaille de haut en bas.

— Tu ne les fais pas. Mais tu sais, ça ne me dérange pas les plus vieilles.

Une nouvelle fois, mon front entre en contact avec le bâti de porte, les nuages dansent dans ma tête et j'ai un mélange d'envie, rire et pleurer.

— Mais moi ça me dérange les adolescents en pleine puberté. Je pense que tu peux le comprendre.

J'ai peut-être dit ça trop violemment au vu de son visage qui se décompose devant moi. Je vois même une larme se former dans son œil humide. *Merde*, je sens la culpabilité se former au creux de mon ventre. Je n'aime pas mentir, même si je ne suis réduite qu'à ça depuis que je " sors " avec Orion. Il faut bien que ce " couple " me soit utile, alors je vais mentir sur un fond de vérité. Ou dire une vérité sur un fond de mensonge ? Je ne suis plus très sûre et le monde paraît tout cotonneux autour de moi.

Je tends la main et m'y reprends à deux fois avant de parvenir à attraper la rose rouge. Je la porte à mon nez pour sentir son parfum, *elle est en plastique,* j'explose de rire.

— La fleur, c'est adorable et vraiment merci, c'est très mignon. Tu es très mignon. Mais je suis déjà prise. Là, je fais mes cartons pour aller emménager chez mon conjoint.

— Tu es saoule ? On est censé être saoul quand on va habiter chez quelqu'un qu'on aime ? Tu es sûre que c'est quelqu'un de mieux que moi ?

Ce n'est plus une discussion, mais un interrogatoire. Puis, il me pose une colle. Qu'est-ce que c'est que cette question et qu'est-ce que je suis supposée répondre ? Je ne connais aucun des deux.

— Désolé, je n'aurais pas dû demander ça.

Je crois qu'il a compris être allé trop loin.

— Mais moi, je suis tombé amoureux de vous, madame.

— On n'appelle pas quelqu'un qu'on aime, madame. Je t'en prie, rentre chez toi petit, j'ai du vin et des cartons à finir.

Je sais pertinemment que je vais regretter d'avoir été si sèche avec lui, et pourtant, je le suis. Il n'y est pour rien, mais il prend toute ma mauvaise humeur de ces derniers jours en plein visage. *Je suis horrible.*

Le blondinet fait demi-tour, la tête baissée, il se dirige vers l'ascenseur. Je crois entendre un sanglot pendant qu'il martèle le bouton d'appel.

— Il ne fonctionne pas.

Au son de ma voix, il se tourne à nouveau vers moi, me laissant remarquer son visage s'attrister tandis que ses épaules s'affaissent un peu plus. Il disparait dans l'escalier et moi, je retourne à mes cartons et ma bouteille volée, réalisant seulement que j'ai ouvert la porte à moitié nue. *Je suis un vrai monstre.*

Je ne sais pas quand Eliott risque de débarquer, le camion, lui, arrivera dans deux heures. Je bois une longue gorgée et je me remets au travail, pleurant devant la première peluche qu'il m'a offerte. *Ça va être long comme journée.*

Je continue mollement mon tri quand je suis soudainement rongée par la culpabilité. C'est pourquoi je me mets à plier tous les vêtements d'Eliott que j'ai lancés partout. *Je vaux mieux que lui.* Une fois ceci fait, je saute sur mes deux pieds et tangue légèrement, riant stupidement en voyant le sol bouger un peu. Je tourne lentement sur moi-même, pour observer la bibliothèque défiler sous mes yeux.

Elle est complètement vide, je suis la seule de nous deux à lire, tout ce qui la remplissait est à moi, mais le meuble à lui. Mes pieds s'emmêlent et je m'étale sur le tapis. Quelque chose brille parmi les franges de celui-ci et ça attire mon attention. Du bout des doigts, je ramasse, *une boucle d'oreille*, qui n'est pas à moi.

— " Je ne suis pas comme ça. " Mon cul oui.

J'aurais dû laisser ses affaires au sol.

Je fais le tour du logement, les tiroirs de la salle de bain n'ont plus rien à moi et par petite vengeance, j'emporte le dernier rouleau de papier toilette. Ma partie du dressing est presque entièrement vide, tout ce qu'il m'a offert est au fond du carton à donner. Il ne reste à l'intérieur que ma robe de mariée. *Ça fait mal.* Je l'observe, je caresse le tissu, *je la hais*. Elle est exactement comme je ne la voulais pas.

Une nouvelle fois, c'est enfantin, mais sur un bout de papier que j'accroche à la housse de la robe, j'inscris

"Estelle pourra porter cette horreur." Je plante ensuite dans le papier le bijou trouvé dans le salon.

J'attrape les vêtements que j'avais gardés pour aujourd'hui et je quitte, je l'espère, définitivement cette chambre, laissant une autre vie derrière moi.

Le camion est arrivé avant moi et visiblement mon colocataire / faux copain l'a déjà complètement vidé et a même monté tous mes cartons. *Il n'est peut-être pas si mal comme mec ?*

J'entre dans le café pour me diriger vers l'escalier sous le regard assassin de la serveuse aux cheveux verts. Je grimpe les marches et après un seul coup contre le bois de la porte, Orion m'ouvre tout souriant.

— Café café café ![1]

Puis, il m'examine de haut en bas avant de froncer les sourcils.

— Tu as bu ?

Je lis dans ses *magnifiques* yeux qu'il désapprouve.

[1] *Référence au personnage de Lorelai Gilmore dans la série* Gilmore Girls.

— Mon fiancé m'a oubliée, il a oublié qu'il me trompait. Dans sa tête, j'ai été remplacée par sa maitresse avec qui il va emménager chez nous, donc j'ai dû faire mes cartons. En plus de ça, le gamin de seize ans qui a changé mon chauffe-eau est venu me draguer en pensant que j'avais son âge. Et pour finir, j'emménage chez mon faux mec dont je sais juste qu'il aime mes cheveux et les carbonaras. Je peux avoir mon café maintenant ?

Je lui offre mes plus beaux yeux de cocker, auquel il répond par un long silence soudain coupé par un sifflement impressionné.

— Tu ne veux pas un autre verre plutôt ?

Tandis que son visage se détend, je lâche un léger rire accompagné d'une montée de larmes aux yeux. Toute ma vie est là, dans des boîtes entassées dans le salon de ce type que je ne connais pas, parce qu'Eliott ne veut plus de moi. Mon cœur explose, je crois que je ne réalise que maintenant.

Eliott m'a largué. Il ne reviendra pas. Il me trompait. Je n'ai plus ma maison et je ne vais pas me marier.

— Je dois annuler la salle.

— Quoi ?

— Pour le mariage.

Je ne retiens plus les larmes, elles glissent le long de mes joues.

— Je dois appeler la mairie aussi, le traiteur qu'on avait sélectionné. Tu crois que je dois envoyer des contre faire part ? " Bonjour, Eliott m'a oublié et sort avec sa trainée, donc c'est annulé. Bisous bisous, Nora la cocue oubliée " ?

— Toi, tu as vraiment une vie de merde.

Je ne me comprends pas, je passe littéralement des larmes au rire suite à sa remarque. *Oui, il faut croire qu'en ce moment, j'ai une vie de merde.*

Une fois ma drôle de crise passée, j'aperçois Orion jouer avec ses mains. Ça se voit comme le nez au milieu du visage qu'il est mal à l'aise, *ça y est, lui aussi, il va me mettre dehors.* Si je vais chez Mel, je dormirai dans un lit en forme de carrosse, ça peut être sympa comme idée, plus que de dormir sous un pont. Mais moins que ce loft incroyable. Au moins ça me donnerait des airs de princesse.

J'inspire un grand coup, attirant son attention et je me lance.

— Il y a un problème ?

— Pas vraiment. Ce n'est peut-être pas le bon moment, mais j'ai un repas de famille bientôt. Je leur ai dit que je viendrai avec ma copine. Je peux toujours annuler si tu préfères.

Un profond soulagement me traverse de part et d'autre, je ne suis pas encore une fois à la rue.

— Non. Tu m'as aidée devant Eliott, c'est à moi de remplir ma part, *mon cœur*.

Je lève les yeux au ciel sur ces derniers mots. Eliott ne me donnait aucun surnom, il trouvait ça futile parce que d'après lui mon prénom était déjà le plus doux des mots. Maintenant, j'ai compris qu'il les réservait à Estelle ces surnoms niais et mignons. *Caféine, tout de suite*.

— Je peux me faire un café ?

— Laisse, *amore mio,* je vais le préparer.

Mon cœur s'emballe, je crois que je pourrais m'y faire aux surnoms mignons, surtout lorsqu'ils roulent si naturellement sur sa langue. D'un clin d'œil, Orion contourne les cartons entassés dans son salon cuisine ouvert pour se diriger vers un placard. Je n'ai jamais observé une telle collection de différents cafés de toute ma vie. *Je suis au paradis. C'est moi qui ai eu cet accident de voiture et je suis morte et arrivée tout droit au paradis du café.* Je cligne des yeux pour chasser les étoiles qui doivent y danser et je redeviens civilisée.

— Tu parles italien ?

— De Luca, tu penses que ça vient d'où ?

— Lynch c'est irlandais, ce n'est pas pour autant que je parle la langue !

Je lis plus d'amusement en lui alors que je le regarde s'affairer à la tâche, le visage détendu et tout souriant.

— Chaud ou glacé ?

— Glacé, si ça ne te dérange pas.

Peut-être que ça apaisera la chaleur au niveau de mes joues, j'ai possiblement bu trop de vin, rien à voir avec ses mots et sa voix qui résonnent en moi. Il lève le pouce dans ma direction, un doux parfum s'élève peu à peu. D'un mouvement lent, je m'accroupis pour ouvrir le premier carton. Des livres.

— Tu as une bibliothèque ou tu préfères que je mette mes bouquins dans ma chambre ?

Je le regarde s'emparer d'un joli mug fleuri, *j'espère que ma collection personnelle lui plaira, parce que moi j'y tiens,* quand il se met à rire sincèrement. Comme si j'avais posé la question la plus bête qui soit.

— À côté de la fenêtre, il reste pas mal de place. Mais j'espère que tu lis des trucs intéressants !

À voir ce qu'il appelle intéressant. Je pousse le carton rempli de romance plus niaise les unes que les autres jusqu'à l'endroit qu'il m'a indiqué, me trainant au sol sous son regard ébahi et un nouveau rire. *Au moins, j'ai beaucoup de reliés, ça fera joli.*

Je cherche du regard la petite lapine bélier, mais ne la vois pas, *dommage*, j'ai toujours aimé les lapins.

Orion m'apporte le café latte glacé, une paille marron dedans, *il s'en est souvenu, c'est gentil.* Sauf qu'il trébuche sur une des boîtes et le mélange à l'odeur exquise vient imprégner ma chemise blanche, *au moins cette fois, c'est froid.*

— Ça va devenir une habitude ?

À l'unisson, nous explosons de rire. Il se dirige vers la salle de bain pendant que je défais les boutons de ma pauvre chemise, *va-t-elle rejoindre la robe dans la poubelle ?*

Orion revient vers moi, une serviette à la main. Il s'accroupit à ma hauteur, les joues rougissantes face à mon soutien-gorge en dentelle rose pâle.

— Je peux ?

Je me moque de lui avec un petit sourire en coin.

— Je pense pouvoir le faire moi-même, *chéri*.

L'étincelle d'amusement dans son regard s'allume plus fort que je ne l'ai jamais vue tandis qu'il hoche la tête me donnant la serviette. Nos doigts se frôlent et c'est étrange cette chaleur qui remonte tout le long de ma main, de mon bras, elle se propage à mes épaules puis parcours le reste de mon corps. Il lâche le tissu qui s'écrase au sol. Ses yeux quittent les miens pour suivre le mouvement.

— Bah alors, tu n'es pas censée pouvoir le faire ?

Le souffle coupé, je me perds à nouveau dans son regard. Je ne sais pas comment je suis censé l'observer, ses deux yeux ? Le vert ? Le bleu ? Je sens des gouttes fraiches couler le long de ma peau, mais je ne bouge pas. J'entrouvre les lèvres, mais aucun son ne sort, *pour dire quoi de toute façon ?*

Il ramasse la serviette et lie à nouveau nos regards, le temps semble se figer l'espace d'un instant. Instinctivement, je ne sais pas pourquoi, je viens enlacer nos doigts sur le tissu. Il sourit, puis remonte lentement depuis mon bas ventre vers ma poitrine, essuyant une partie de mon corps qui n'en a pas besoin. Par la suite, je vois ses yeux glisser des miens à mes seins à plusieurs reprises. D'un mouvement lent, il approche son visage de mon corps et voyant que je ne recule pas, que je ne le repousse pas, il approche toujours aussi doucement son visage de ma poitrine, couverte de dentelle. Sa langue vient parcourir mes clavicules pour lécher les gouttes de café sur ma peau. Je frissonne à ce contact. Elle continue de s'aventurer progressivement, de plus en plus près de ma poitrine, puis la porte d'entrée s'ouvre à la volée dans un grand fracas.

— Tu es nul en conseil. Elle a déjà un mec et m'a recalé ! En plus elle a ri devant ma rose en plastique.

Orion se détache immédiatement de moi, ses joues rouges et la braise, *pas de l'amusement cette fois,* dans son regard vairon traduisent sa surprise et sa frustration.

Mais qu'allait-on faire ?

— Val ? Qu'est-ce que tu fous là ? C'est pas trop le moment !

Je me redresse, prenant une position plus correcte et refermant les boutons ouverts de ma chemise tachée de brun avant de regarder en direction de l'intrus. Le garçon du chauffe-eau est dans le salon d'Orion, les yeux aussi rouges que nos joues à tous les trois, tandis qu'il me fixe.

— Ne me dis pas que c'est mon frère ton mec ?

Mais dans quoi je me suis encore embarquée.

7.
Gilmore Girls

Assise sur le canapé, la tête baissée, j'observe la tasse de café que m'a refait Orion. Mes cartons de vêtements n'étant pas encore déballés, mon “ copain ” a eu la bonté d'âme de me prêter un long pull marron avec quelques citrouilles dessus. Il est vraiment pas mal ce pull, j'ai une folle envie de le garder. *Si c'est mon copain, j'ai le droit de lui voler des vêtements non ? Si oui, je vais vraiment l'apprécier.*

Sa main est posée sur ma cuisse et je sens sa chaleur transpercer mon épais collant noir. Le pull est si long pour moi que j'ai préféré enlever ma jupe crayon. Au vu du regard que me lance le frère d'Orion, ce n'était sûrement pas une bonne idée. Est-ce qu'un jour, il me verra dans une tenue décente ?

— Je t'ai dit que j'avais des frères, voilà Valentin, le plus jeune.

Maintenant que je l'observe réellement, je me sens stupide de ne pas avoir fait le rapprochement. Ses cheveux blonds en bataille, la forme de leurs yeux ou encore le même vert, *je suis stupide.*

— J'en conclus que c'est lui, le fameux gamin qui est venu te draguer ?

— Je ne suis pas un gamin !

Orion fixe si intensément son frère que celui-ci s'enfonce dans le fauteuil et ne semble plus oser bouger ou parler. De mon côté, l'alcool est complètement descendu, j'ai bien les deux pieds sur terre en hochant la tête pour affirmer ce qu'il a compris tout seul.

Je suis là, mais mon esprit est encore dans ce qui s'est passé plus tôt. Est-ce que lui aussi, il n'arrive pas à enlever de son corps la sensation d'il y a quelques minutes ? Comment fait-il pour poser innocemment sa main sur moi alors qu'il y a peu, j'ai bien failli me déshabiller entièrement. *Mais qu'est-ce qui m'a pris, qu'est-ce qui me prend encore maintenant ?* C'est comme si son souffle chaud caressait toujours mes clavicules, je suis sûre que je rougis à nouveau. Je remarque que les deux garçons sont tournés vers moi. Je ne sais pas pourquoi, je n'ai rien écouté, trop occupée à me rejouer en boucle la vision d'Orion embrassant presque ma poitrine.

Je me racle la gorge et m'inclus à la discussion avant de partir dans des idées que je vais regretter d'avoir eues.

— Donc le repas de famille, j'imagine que c'est pour son anniversaire.

L'adolescent qui était jusque-là, je crois, resté silencieux relève brusquement la tête. Si l'on était dans un dessin animé, il serait un de ces personnages dont les yeux brillent atrocement pour montrer leur joie.

— Tu seras à mon anniversaire, madame ?

Il n'y a pas de mur à proximité, donc cette fois, c'est sur l'épaule la plus proche que mon front va se heurter, *celle d'Orion.* Son parfum m'entoure, une douce odeur de café, je relève autre chose, je ne sais pas quoi, mais je sais que j'apprécie cette senteur. Je reste un petit temps dans cette position, *après tout nous sommes en couple.*

— Tu vas vraiment appeler ma copine madame ?

Je vois du coin de l'œil que le plus jeune joue timidement avec ses doigts, cherchant visiblement ses mots. C'est étrange et mignon cette façon qu'il a d'observer son aîné. On lit de l'admiration sur son visage, mais aussi de la peur. Je la reconnais, cette peur de décevoir, de ne pas faire aussi bien. *Je te comprends, Valentin.*

J'adore ma sœur, du plus profond de mon cœur. Mais ç'a toujours été dur de faire aussi bien que l'avocate qu'elle est devenue. Dès sa première affaire, elle a fait parler d'elle. *En même temps, défendre un tueur en série, ça fait forcément de la pub.* Quand l'homme a été arrêté pour enlèvement, la jeune avocate lui a été commise d'office. Personne ne s'attendait à ce qu'il soit en réalité à l'origine d'une centaine de meurtres plus horribles les uns que les autres. Il a refusé de changer de défense, voulant garder Élie comme avocate.

Je quitte difficilement l'épaule sur laquelle je me reposais, *mon corps veut plus de cette odeur,* pour me redresser et me replacer convenablement dans le canapé, face au jeune homme. Je tends ensuite le bras dans sa direction, attendant qu'il attrape ma main.

— Nora. Enchanté Valentin. Orion m'a beaucoup parlé de toi.

Complètement faux, j'ai appris ton existence par hasard. Mais je suis supposée être la copine de son frère et visiblement, c'est du sérieux vu qu'on emménage ensemble, donc je ne me vois pas trop lui dire ça.

Il finit par attraper ma main et la secouer avec un peu trop d'entrain, ce qui me fait sourire. Bien que la force du mouvement soit légèrement douloureuse pour mon épaule.

— Il parle vraiment de moi ?

Sa voix brille autant que ses petits yeux heureux, mais pas longtemps.

— Oui, je lui ai raconté comment tu mangeais les coins des murs de la maison quand tu étais bébé.

Cette fois, son visage se décompose et j'explose de rire en même temps que mon nouveau colocataire. Je lui mets un léger coup de coude dans les côtes pour le réprimander, mais vu son sourire, je ne peux pas lui crier dessus.

— Oh oui, j'ai adoré cette histoire !

M'entendant enfoncer le couteau dans la plaie, Orion semble sur un petit nuage tandis que l'adolescent devant nous se recroqueville plus profondément dans son siège, le visage boudeur. Il ressemble à un bébé, c'est mignon et me conforte bien dans l'idée qu'il est beaucoup trop jeune. Son visage déjà triste se décompose un peu plus tandis qu'il parle si bas que nous ne parvenons pas à l'entendre. Il se redresse d'un coup, comme si le monde allait exploser dans l'instant.

— Mais je n'ai absolument aucune chance si ton copain, c'est Orion !

— N'essaye même pas, gamin.

Une nouvelle fois, l'aîné efface toute trace d'espoir d'une relation entre son petit frère et moi, fort heureusement.

La petite lapine choisit ce moment pour apparaître, sortant de sous un meuble, *elle était donc là.* Prenant appui sur ses pattes, elle s'élance et saute pour atterrir sur les genoux de Valentin. Il change d'expression, heureux de recevoir un peu d'amour. Jusqu'à ce qu'on entende un léger bruit et que son pantalon prenne une couleur plus foncée.

— Orion ! Elle m'a encore pissé dessus !

Je ne peux me retenir et me moque ouvertement de lui alors qu'il se relève pour courir vers la salle de bain, vite suivi de son frère.

Cinna s'approche de moi pour venir s'allonger contre mon mollet. Je bois une gorgée de mon café latte, gravant ce souvenir en moi. *Ce qui m'entoure est doux et respire la joie de vivre.* Ça change de l'ambiance austère qui m'oppressait avec Eliott. On riait parfois, mais pas souvent. *Normal, il devait bien assez rire avec Estelle.* En y réfléchissant, nos moments les plus heureux étaient lorsque nous étions à l'étranger, *normale Estelle n'était pas là, donc il t'accordait toute son attention, madame la roue de secours.*

Ça me fait bizarre de me rendre compte de tous ces problèmes dans notre couple aussi peu de temps après notre rupture. Nous sommes restés si longtemps ensemble, pourquoi je n'ai rien vu plus tôt ? Pourquoi je ne souffre pas plus que ça ? Je me suis toujours dit que s'il m'abandonnait, ça me détruirait. Pourtant, non. Est-ce qu'au fond de moi, je savais que je me mentais et que notre belle histoire ne durerait pas ?

Mon colocataire me rejoint vite dans le salon et je lis dans son regard que malgré son sourire, il semble inquiet pour son petit frère. Je comprends qu'il sent que je le fixe, car il prend la parole de lui-même, sans que je l'interroge :

— Je suis le deuxième de la fratrie et Val est le plus jeune. On a un grand frère, Roméo.

Il s'interrompt, laissant la pièce dans un silence, pour seul bruit de fond l'eau coulant du robinet dans la salle de bain. J'imagine que l'adolescent se nettoie du mieux possible.

Le visage habituellement si jovial d'Orion se ternit, je ne perçois pas son éternel éclat de rire, ni dans son œil vert, ni dans le bleu.

— Il y a quelques années, il y a eu un accident. Roméo a perdu l'usage de ses jambes. Il le vit très bien, toute la famille va bien. Mais Valentin s'est toujours senti coupable. Cette année, il est déscolarisé pour trouver ce qu'il veut faire de sa vie et surtout pour enfin s'en remettre.

Je hoche la tête, en signe de compréhension. Visiblement, ils en cachent des choses et ils sont loin d'être cette boule lisse de bonne humeur. Ç'a dû être dur pour eux, pour toute leur famille. Je lève la tête et vois Orion, me fixer étrangement. La moquerie est revenue et ça me soulage, *je commence à l'apprécier ce regard déstabilisant.*

— Tu ne demandes pas ce qu'il s'est passé ?

— Le jour où tu seras prêt et que tu voudras en parler plus en profondeur, j'écouterai. Ce n'est pas à moi de t'y obliger.

— Dans ce cas, ce sera à Valentin de t'expliquer.

Une nouvelle fois, j'acquiesce cette idée. Voyant qu'il semble perdu dans des pensées lointaines, je l'en sors en avançant mon poing en l'air vers lui. Dans un rire, le sien entre en collision. Je m'attends à ce que sa main aille se perdre dans le pelage blanc et crème de Cinna, mais non. Il déplie sa main pour attraper la mienne et la porter à ses lèvres.

— Merci, *Nora.*

Il l'embrasse tendrement, accélérant au passage mon cœur, avant de me lâcher délicatement et cette fois, j'inverse nos positions. M'emparant à mon tour de lui, je l'attire à moi. Je ne sais pas ce que je m'apprête à faire et je ne saurai jamais étant donné qu'une nouvelle fois, Valentin entre en trombe dans la pièce.

— Merci pour le pantalon propre !

Orion se redresse, séparant nos corps et laissant mourir un désir à peine né.

— Je vais le ramener chez nos parents. Ça va te laisser le temps de commencer à t'installer. Surtout, fais comme chez toi, *cuore mio*. Tu es chez toi.

Son clin d'œil me fait sourire, il est doué vu le regard de son frère, visiblement, il est persuadé que l'on peut participer au couple de l'année.

— Oh, en face de la salle de bain, c'est une pièce qui sert de dressing. Je t'ai fait de la place dedans.

Il embrasse tendrement ma joue, murmurant au passage qu'il est désolé. Mon cœur se sert à ce mot, il est doux, presque sensuel. Est-ce qu'il s'excuse de partir ? De m'avoir embrassé la joue ? Pour ce que l'on n'a pas fait tout à l'heure ? Ce qu'on s'apprêtait peut-être à faire ? D'avoir été interrompu ? Tellement de questions tournent en moi que lorsque je quitte mes pensées, je suis seule dans l'appartement.

Je m'assieds au milieu de ce salon qui devient le mien, Cinna se frottant à mon genou. Maintenant, ça va être l'heure de pleurer en défaisant les cartons qui m'ont déjà fait pleurer en les emballant. Je lui suis reconnaissante de me laisser cette intimité dont j'ai besoin.

J'aurais dû garder un peu de vin.

Il doit être aux alentours de vingt heures quand j'entends la clef tourner dans la serrure. Au début, je sursaute légèrement avant de me rappeler que je suis en colocation avec mon faux copain et que le lapin sur mes genoux n'est pas le mien.

Je suis contente qu'elle m'ait si vite adoptée. J'ai toujours aimé les lapins, j'en avais un quand j'étais plus jeune, il est resté une dizaine d'années à mes côtés avant que le temps ne l'emporte. J'ai pleuré toutes les larmes de mon corps lorsque j'ai moi-même creusé un petit trou sous le pommier du jardin. C'était à moi de le faire, à personne d'autre. Ensuite, ma maman et ma mémé m'ont fait boire une douceur si merveilleuse que j'en suis accro aujourd'hui : un macchiato. De là est né mon amour pour les cafés latte.

C'est sûrement à cause du souvenir de Poppy que je suis si touchée par les câlins de cette petite boule de poils qui au moins, moi, ne me fait pas pipi dessus. Je ris en repensant au cri de Valentin. Ce qui me vaut un regard interrogatif d'Orion qui doit probablement penser que je me moque de lui. Non, juste de son petit frère, *le pauvre d'ailleurs.*

— Mais tu es un ouragan toi !

Autour de moi, plusieurs dizaines de livres traînent, sur la table, le tapis et même le plancher. J'étais en train de déballer mes cartons littéraires quand Cinna m'a interrompu, réclamant des câlins. Je n'ai pas su résister. Légèrement honteuse, je relève mon visage vers lui, lui accordant enfin mon attention. J'essaye d'imiter le visage coupable d'un enfant à qui l'on n'ose pas remonter les bretelles. Ce qui semble fonctionner puisqu'il ne dit plus rien. Au vu de ses rougeurs aux joues, j'en déduis que les températures ont dû bien chuter. Puis, je suis surprise de voir plusieurs sacs cartonnés dans ses bras.

— Je ne savais pas ce que tu aimais, donc j'ai pris un peu de tout. J'espère que tu n'as pas mangé.

Tandis que mon ventre s'exclame, démontrant bien qu'il est vide, Orion ouvre le premier sac d'où il sort une barquette de sushi. Puis un autre dans lequel se trouvent des nuggets, s'ensuit ensuite des tapas, du guacamole avec des chips. Vint alors le sucré avec des cinnamon rolls, beignets et tout un tas d'autres choses me donnant le sourire.

Assis sur le tapis du salon, nous commençons à

manger ce repas fouillis qui n'a pas vraiment de sens gustativement parlant. Je me dis que maintenant, il serait peut-être temps d'apprendre à se connaître ?

— Un jeu de question-réponse, ça te dit ? *Chéri.*

Il sourit, la lumière dans ses yeux s'allume plus fort tandis que mon ventre papillonne étrangement. Je dois avoir extrêmement faim. Il se prend vite au jeu étant donné que pour réponse, il commence à m'interroger.

— Quel est ton plus grand rêve, *amore mio* ?

Je crois que je rougis, finalement le vin ne s'est probablement pas complètement évaporé. Je réfléchis un instant sans réellement trouver de réponse satisfaisante. Quand j'étais petite, mon rêve était de devenir une fée citrouille. Je ne suis pas sûre que ce soit la réponse à laquelle il s'attende. Je devrais dire quelque chose de plus adulte.

— Je veux pouvoir être fière de moi. Et toi ?

— Toute cette réflexion pour ça.

Ses sourcils relevés, il se moque ouvertement de moi, mais ça ne me vexe pas. Je crois que je passe un bon moment.

— Ok, je veux devenir une fée citrouille. Satisfait ?

— Ah ça, c'est une belle réponse que je valide !

Mon ventre tourbillonne alors que le son de son rire résonne contre moi. Ce n'est pas un rire de moquerie, plutôt un de ceux où la joie est trop forte pour la garder enfermée au fond de soi. J'aime ce rire. Puis il reprend son sérieux, bien que ses prunelles restent animées de cette étincelle dont, je crois, je ne me lasserai jamais.

— Je l'ai déjà réalisé mon rêve. Travailler dans un endroit comme *l'Aristote*, j'en rêvais depuis que j'ai découvert les petits cafés en Italie pendant les vacances chez *Nonna*. Mais j'ai sûrement trouvé un nouveau rêve. Tu es fille unique ?

Son regard est profondément ancré sur moi, ce qui fait s'accélérer futilement mon petit cœur, comme si j'étais une ado en chaleur. *Je me déteste pour ça.*

— J'ai une grande sœur, Élie, elle est avocate. Tu as une boisson préférée ?

— Le café, c'est certain, mais je cherche encore la recette parfaite. Peut-être que tu vas m'inspirer.

Son clin d'œil me fait rire niaisement, *j'ai envie de me frapper.*

— Ton plus beau souvenir *tesoro* ?

— Ça, je trouve que c'est une question compliquée ! Mais à y réfléchir, je dirais quand j'avais huit ans, Élie en avait dix et c'était l'automne. Une journée un peu comme aujourd'hui, un soleil doux qui réchauffe la peau. Les feuilles mortes avaient été rassemblées en un gros tas, le jardin était vraiment grand et toutes les feuilles étaient réunies au même endroit donc c'était impressionnant. Avec ma sœur, on a passé des heures à sauter au milieu de ce tas géant. Mémé était à côté à nous observer en riant. Elle a filmé la scène qui doit être quelque part sur une vieille cassette rangée dans un des meubles de notre salon.

Mémé, je n'ai pas vu son bracelet en faisant mes cartons. Mes sourcils se froncent automatiquement à cette pensée. J'avais vingt ans quand elle nous a quittés, me laissant ainsi son bracelet de perle, elle le portrait tous les jours sans relâche. Je devrais mieux fouiller ma boîte à bijoux demain.

Je l'aimais ma mémé, aussi fort que j'aime ma mère ou mon père et je continuerai de l'aimer chaque jour de ma vie et même après.

Voyant que mon expression a changé, Orion me tend la boîte de nuggets dans lequel je pioche avec joie. C'est comme ça que l'on passe une partie de la nuit à se poser des questions, des futiles et d'autres qui donnent le sourire.

J'apprends qu'il aime les comédies romantiques, mais déteste les comédies musicales, et qu'en plus nos goûts musicaux s'accordent plutôt bien. Son cœur s'accélère toujours en lisant *Dumas* et il ne se moque pas en apprenant que je suis plutôt *Morgane Moncomble* que *Maupassant*. Ensuite, l'on s'accorde sur le fait que *Gilmore Girls* est l'une des meilleures séries du monde et que le personnage de Tristan n'aurait pas dû quitter l'émission.

— Très Lorelai[1] ton entrée tout à l'heure.

— Merci Luke[2].

Son sourire redouble et je pose ma tête sur son épaule pour continuer le chaos de notre repas que je ne

[1] *Personnage de la série* Gilmore Girls.

[2] *Personnage de la série* Gilmore Girls, *gérant d'un café*.

changerais pour rien au monde. La soirée se passe ainsi, assis sur le tapis devant cette douce série, parfois interrompue par une question sortant de nulle part.

Ça fait du bien, malgré l'étrange tension de l'après-midi, la soirée s'écoule, sans dérapage. *Tant mieux parce qu'au fond, je crois que je ne sais pas si j'aurais pu m'arrêter.*

8.
Café américain

C'est étrange de se réveiller dans une nouvelle chambre et de se dire que c'est devenu la nôtre. Le matelas est très confortable et je ne pensais pas si bien dormir. Surtout qu'une fois couchée, je me suis vidée de toutes mes larmes restantes. J'espère sincèrement que mon nouveau colocataire ne m'a pas entendue. *Comment bien commencer une nouvelle vie.*

Je reste un instant assise sur le lit à observer la pièce. Les murs crème sont doux, ça change du bleu pétant et agressif qu'avait choisi la mère d'Eliott pour la chambre de l'appartement.

Je crois que je suis tombée amoureuse de la fenêtre ronde à droite de la couchette. Elle est ample et offre une magnifique luminosité à la chambre tout en lui donnant le côté cocooning dont j'ai besoin. Je suis chez moi, mais je ne me sens pas encore chez moi. Pas du tout même.

Dans un coin de la pièce, il me reste pas mal de cartons à défaire, que ce soit des vêtements ou mes affaires de cuisine. Est-ce que je peux vraiment envahir l'espace d'Orion avec tout ça ?

Je ne me souviens plus au bout de combien de temps on se sent chez soi, dans un nouveau chez-soi. Je n'aime pas ce sentiment d'imposture, de ne pas se sentir à sa place là où l'on va vivre. Tout autour de moi me paraît inconnu, *tout est inconnu.*

Difficilement, je sors les pieds du lit pour sauter sur le parquet. *J'aurais peut-être dû mieux ranger hier.* Je glisse sur mon collant de la veille et m'étale face contre terre. *Elle commence bien cette nouvelle vie.*

Je relève ma tête du tas de vêtements roulés en boule pour observer l'horloge qui indique neuf heures. Le dimanche matin, Eliott aime rester au lit très, très tard. Si je veux repasser là-bas et être sûr de ne pas le voir, c'est ce matin ou jamais. J'ai fouillé ma boîte à bijoux et ai vidé des cartons par terre sans forcément les ranger ensuite, mais pas moyen de trouver ce bracelet. C'est pourquoi, dans un profond soupir, je me redresse et attrape des affaires propres pour me diriger vers la salle de bain.

Après une rapide douche, j'enfile ma jupe plissée à carreau marron et mon cardigan couleur crème. Je dresse ma touffe rousse avec un gros nœud noir. *Quitte à potentiellement le croiser, montre-lui ce qu'il a perdu.* Alors que je finis de mettre mon mascara, j'entends un petit coup contre la porte.

— Nora, tu en as pour longtemps ?

— Non, mais tu peux entrer.

La porte s'ouvre timidement, laissant apercevoir une tête osant à peine regarder ce qui se passe ici.

— Je suis déçu, j'espérais autre chose. Tu es jolie hein, mais bon…

Je rallume le robinet pour l'éclabousser. Ses cheveux blonds sont encore plus en pagaille que d'habitude. Ses petits yeux tout juste ouverts rient de mon arrosage tandis qu'il se met à bâiller. Ça se voit clairement qu'il veut dormir. *Il est mignon.*

— On est dimanche, tu ne fais pas de grasse matinée ?

— Certains bossent le dimanche, *tesoro.*

Oh ! Je me sens bête de ne pas y avoir pensé donc je hoche simplement la tête, entamant mon brossage de dent.

— Je finis ça et je te laisse la salle de bain. Désolée.

Son sourire sous-entend que ce n'est rien alors qu'il m'imite en s'occupant lui aussi de ses dents. Sauf qu'il n'éteint pas le robinet. Et ça, ça m'énerve. Ça m'énerve beaucoup même.

— Tu as une conscience écologique Orion ?

— J'ai demandé à une femme fiancée si elle voulait bien sortir avec moi. Tu pouvais t'arrêter à conscience tout court.

Je lève les yeux au ciel à sa réponse, retenant un sourire en coin. Par contre, je remarque bien que l'air penaud, il éteint le lavabo. *C'est bête, mais ça me fait sourire.*

— Chu va chepart ?

Je cligne des yeux devant lui, j'essaye sincèrement d'interpréter son charabia, mais impossible, je n'ai absolument rien compris. Un jour, j'aurais peut-être le même traducteur intégré que mes parents, ils comprennent toujours ce que dit l'autre. Voyant que ses paroles ont sonné comme langue étrangère, Orion crache dans le lavabo avant de me montrer du bout de sa brosse à dents.

— Tu vas quelque part un dimanche matin ?

— Je dois aller vérifier quelque chose.

Je lui souris et lui ébouriffe les cheveux, *même si c'est compliqué de faire pire que leur coupe actuelle,* avant de sortir de la pièce.

— Surtout, frotte bien, tu pues !

Une serviette atterrit sur ma tête et je ris en allant me servir du café. Cinna me court après, suivant chacun de mes mouvements. Tandis que le bruit de la douche commence à résonner.

Finalement, je me sens peut-être un peu chez moi.

J'attrape ma sacoche, déposant le dossier de la rue des Archers sur la table basse avant de m'asseoir sur le canapé pour enfiler mes chaussettes hautes et mes mocassins. Puis, je m'élance douloureusement pour retourner là où je m'étais promis de ne plus mettre les pieds.

Notre séparation et la rupture de nos fiançailles ayant été discrètement faites, madame Mangin, la concierge de l'immeuble, n'est pas au courant. J'en profite pour lui faire croire que j'ai oublié mes clefs pour qu'elle puisse m'ouvrir. Avant tout, je l'interroge pour savoir si Eliott est là. Heureusement, elle me dit que non, mais qu'il a appelé pour savoir si moi, j'étais présente. *Aïe.*

— Je n'avais pas vraiment envie d'aborder la chose. Le camion hier, c'était pour moi.

Ses yeux traduisent un tel choc que je me sens obligée de l'aider à s'asseoir sur une chaise.

— Notre petit couple préféré déménage ?

Double aïe.

— Non, pas tout à fait. *Je* déménage.

Je lis sur ses traits qu'elle ne comprend pas, mais une part de moi sait qu'elle ne veut pas comprendre. Qu'elle ne puisse pas envisager cette option, moi non plus, *je ne le pouvais pas. Et pourtant…*

— Eliott a eu un accident et il ne se souvient plus de moi. Il se pense encore amoureux de son ex-copine qui en a profité pour revenir dans sa vie. Je déménage et elle emménage, j'imagine.

— Est-ce que ce ne serait pas la jeune femme brune qui venait souvent la journée ?

Le sale connard. Il me trompait bien avec elle, *chez moi.* Il la recevait dans mon lit. Dans mes draps que je nettoyais. Elle utilisait ma douche et mes serviettes, buvait mon café et se tapait mon mec.

Mon visage se ferme et mes traits se durcissent. Je comprends l'expression voir rouge, je suis tellement en colère que mes joues doivent être deux roses pourpres.

Cinq ans… Cinq ans de relation… Depuis quand la voyait-il ? Il m'a demandé en mariage il y a quatre ans.

Cette soirée avait été magique. Eliott m'avait emmené voir un feu d'artifice dans les jardins du château de Versailles. Pendant une balade sous un doux soleil, je me suis arrêtée pour admirer une fontaine et lorsque je me suis tournée vers lui, mon copain avait posé un genou à terre.

Ce jour-là, j'ai pleuré, mais pas les mêmes larmes qu'aujourd'hui.

Ça fait huit mois qu'il a commencé le jogging et qu'il s'est mis à rentrer, une odeur de vanille collée à la peau. Leur relation a débuté en même temps ? Avant ? Après ?

Mais ce que j'ai été conne de ne rien voir.

Madame Mangin me fixe, intriguée. Ça se comprend. Ce matin, nous étions son modèle de ce qu'est l'amour et maintenant, je suis le modèle de la femme qui a une folle envie de tuer son fiancé.

— Je veux juste récupérer ce que j'ai oublié et ne plus jamais revoir cette enflure.

À l'observer, je vois que cette vieille femme est rongée par la culpabilité. Celle d'avoir été témoin, mais de ne pas avoir compris. Celle d'avoir en quelque sorte couvert quelque chose en ne disant rien par naïveté. *Ce n'est pas à la concierge que j'en veux.*

Sous son regard dévasté, je prends une grande inspiration avant d'entrer dans ce qui fut chez moi. *Bravo, tu as tenu tout juste vingt-quatre heures avant de revenir ici, pitoyable.*

Instinctivement, je me dirige vers la chambre pour commencer à fouiller mes tiroirs, la table de nuit, les commodes. Tout y passe. Pendant au moins deux heures, je cherche partout sans trouver aucune perle. Je n'aime pas ça.

Après avoir passé tout le logement au peigne fin, je me fais une raison. Le bracelet de Mémé n'est pas ou plus ici. J'ai sûrement mal fouillé et vidé les cartons. Soudain, je me souviens dans quel état j'ai laissé l'appartement d'Orion, avec mes cartons à moitié éventrés et vidés au sol dans toutes les pièces et je suis prise d'une profonde honte.

Une nouvelle et dernière fois, je sors d'ici, *pour toujours.* Je me le promets à moi-même.

Je suis dépitée, ce bracelet est ce que j'ai de plus précieux, il a une valeur sentimentale incalculable.

La tête baissée, je franchis la porte vitrée de *l'Aristote* et à peine engouffrée dans le café, Orion saute devant moi, me traîne jusqu'au bar. Il m'assoit sur un tabouret et se dirige derrière le comptoir pour préparer quelque chose. Faisant attention de me cacher la vue de ce qu'il prépare. Après quelques secondes, tout souriant, il me tend une tasse, visiblement remplie de café.

— Tiens, j'ai fait ça rien que pour toi.

— Merci, c'est gentil !

Je suis surprise, cette attention me touche, c'est pourquoi, assise sur le tabouret du bar, je bois une gorgée. Avant de me faire violence pour l'avaler et ne pas tout recracher.

— Mais c'est dégueulasse ton truc !

— Oh zut alors ! j'ai dû confondre le lait et l'eau.

Il ne semble pas le moins du monde choqué ni dérangé de son “ erreur ”. Sa main posée devant ses lèvres faussement choquées me démontre bien qu'il surjoue.

— J'ai fait quelque chose de mal ?

— À part les chaussettes qui traînent dans le salon, *chérie* ? Peut-être, les dossiers éparpillés sur la table et surtout, le café que tu as fini avant de partir ce matin sans m'en refaire, *amore mio.*

Mon cœur s'accélère et je me déteste d'être ce cliché qui aime l'entendre parler italien.

— Tu vis au-dessus d'un café dans lequel tu travailles. Le mien doit avoir le même goût que cette merde si on le compare au tien *me amor*.

Je secoue sous ses yeux l'infamie qu'il m'a servie et je lis dans son regard que malgré tout, la situation l'amuse énormément. Il se penche au-dessus du comptoir, si proche de mon oreille que je sens son souffle chaud à chacune de ses respirations. *J'aime ça.*

— *Mi amor* c'est de l'espagnol, Nora.

Je me sens rougir de honte alors que ses yeux sourient. Ils sont toujours moqueurs, mais d'une façon différente, je ne saurais pas l'expliquer. *Je crois que j'aime bien.* J'aime remarquer ce genre de détail sur lui.

— Tu étais partie où *me amor* ?

Je lève les yeux au ciel, accompagnés de mon majeur face à ce surnom moqueur, mais très vite ma mine se renfrogne au souvenir de cette matinée… merdique…

— J'étais retournée à mon ancien appartement. Il manque quelque chose dans ma boîte à bijoux.

Je m'arrête un instant, sentant la peine et la colère monter un peu plus en moi.

— Je ne l'ai pas trouvé là-bas.

Où est-ce qu'il peut bien être ?

Bien que je sois pensive, je vois son visage se peiner pour moi tandis qu'il caresse son absence de barbe comme un vieil homme qui réfléchirait.

— Ça s'est peut-être glissé dans un autre carton. C'est important ?

— C'est un bracelet.

Je fais une pause, est-on assez proche pour ce genre de confidence ? Je ne suis pas certaine. Mais je sens au plus profond de moi que je veux qu'on le soit.

— Le bracelet de ma mémé, j'y tiens énormément, pas pour sa valeur même s'il en a, mais parce qu'il était à elle. C'est une part d'elle que je peux faire vivre lorsque je le porte et que je vis justement.

Il semble pensif.

— Il ressemble à quoi ?

— C'est un bracelet de perles.

De magnifiques perles blanches que ma mémé ne lâchait jamais. Habituellement, moi aussi, je ne m'en sépare pas, il m'a suffi d'une journée sans les porter pour les perdre… Quel piètre petite-fille, je fais. Elle doit avoir honte de moi là-haut. *Je n'espère pas.* En même temps, à côté d'Élie, c'est sûr que je lui fais honte… mes épaules s'affaissent.

Parfois, ça m'arrive, de juste penser que je suis, contrairement à la grande Élisabeth Lynch, une tache dans la famille. Mes parents ne m'ont jamais traitée de la sorte, ils n'ont jamais rien sous-entendu de tel et pourtant, ce sentiment me ronge depuis l'enfance.

Élie a toujours été brillante sans avoir besoin de fournir énormément d'efforts. Scolairement, sportivement, artistiquement, professionnellement. *Ce n'est pas elle que son fiancé aurait trompée puis oubliée.*

— Hé, ne t'en fais pas *tesoro*, on va le retrouver.

Son index essuie délicatement sur ma joue une larme silencieuse que je n'ai même pas sentie couler.

— Si je le vois, promis, je te le dis, *mia cara.*

Voyant que je ne comprends pas l'italien, Orion me fait un clin d'œil puis s'éloigne prendre une commande. Je sens mon cœur s'accélérer un peu et j'oublie complètement qu'il m'a servi une ignominie au moment où j'en bois une autre gorgée. Je l'entends rire de bon cœur à l'autre bout du café. Je redresse la tête et me vois dans une vitre derrière laquelle sont rangées des dizaines de petites tasses à expresso. Vu mon expression au goût de cette chose, c'est normal qu'il rie.

Lui levant à nouveau mon majeur, je remonte l'escalier en direction de chez nous, un *mi amor* résonnant à mes oreilles rougissantes. Le tout, toujours sous le regard courroucé de la serveuse aux cheveux verts, *je crois qu'elle ne m'apprécie pas.*

Je suis étonnée, en ouvrant la porte, de voir que la plupart des cartons vides ont disparu, il n'était vraiment pas obligé, c'est mon bazar… Je comprends mieux son café au goût de jus de chaussettes maintenant.

J'ai envie de le remercier, sincèrement. Donc, je commence à fouiller les placards et le réfrigérateur, visiblement, Orion semble aimer cuisiner vu tout ce qu'il a. Il est italien, et d'après la recette de *Marmiton*, la cuisine contient tout le nécessaire pour préparer des lasagnes, ainsi, je me lance.

Parfois, je ferais mieux de rester assise et de ne pas me lancer du tout.

Au moment où la porte d'entrée s'ouvre, je vois mon " copain " se pincer le nez et froncer les sourcils. À l'aide d'un torchon, je tente de faire sortir la mauvaise odeur par la fenêtre grande ouverte. Cinna est partie se cacher dans son tunnel depuis un moment déjà, *traîtresse.*

— Je voulais te remercier pour tout, donc j'ai *essayé* de te faire à manger.

Le visage méfiant, Orion s'assoit à table au moment où je dépose une assiette face à lui. Du bout de sa fourchette, il met des petits coups intrigués dans le plat noirci. Au vu de la texture de la nourriture, il n'y parvient pas. Je le vois analyser l'assiette sous tous les angles, avant de planter ses yeux sur moi. Le vert s'interroge là où je sens le bleu me juger.

— Mais qu'est-ce que c'est censé être au juste ?

Le rouge me monte aux joues, loin des rougeurs agréables qui me réchauffent le cœur. Je me sens envahie d'un profond sentiment de honte face à cette question. *Ça fait mal.*

— J'ai voulu essayer de faire des lasagnes…

— Dans mes souvenirs, les lasagnes, ce n'est pas noir.

Là, tu as plutôt maltraité de pauvres aliments sans défense.

Il explose de rire, appuyant sur la part dure comme de la pierre.

— Je te promets que j'ai suivi la recette à la lettre !

Son rire redouble et je peux même apercevoir quelques larmes se former au coin de ses yeux.

Mais qu'est-ce qui m'a pris, je sais très bien que je ne sais pas cuisiner. C'est Eliott qui préparait les repas, moi, je m'en tenais au café. *Mais ici impossible, celui d'Orion est si délicieux que mes talents culinaires sont proches de zéro, mais dans le négatif.*

Alors qu'il continue de rire, le pouce du blond vient délicatement caresser ma joue.

— Ne t'inquiète pas, *amore*, la prochaine fois, on le fera ensemble et je vais te transformer en vrai petit chef, d'accord ?

Son sourire me réchauffe tout le corps alors que je sens mon cœur étrangement s'emballer. Je hoche timidement la tête avant qu'il ne vienne déposer un tendre baiser sur mon front.

Eliott, lui, il m'aurait crié dessus, pas embrassé le front, ou il se serait moqué, mais pas comme Orion.

Orion a une façon de rire de vous, il rit avec vous. C'est étrange comme sentiment, car bien que honteuse, ma seule envie est de l'accompagner dans sa joie.

— En attendant, tu veux bien laver une salade ? Elles sont dans le tiroir en bas du frigo.

Une nouvelle fois, je hoche la tête, accompagnant mon geste d'un sourire franc.

Tandis que je m'attelle à la tâche, je l'admire émincer des champignons, puis concasser quelques noix avant de hacher une échalote et du persil. J'essore ma feuille de chêne et mets quelques feuilles de côtés pour Cinna avant de tendre le reste à mon *faux* copain. Sa main effleure la mienne, me rappelant son contact à quelques centimètres de ma poitrine.

Je prends une couleur pivoine pendant que, dans un saladier, il ajoute toutes ses découpes ainsi que quelques raisins, des olives noires et des morceaux de feta. Il arrose le tout d'huile de noix, de xérès, de vinaigre, d'huile d'olive et assaisonne en sel et en poivre avant de mélanger.

À son tour, il dépose une assiette devant moi et ça n'a rien à voir avec ce que j'ai osé lui présenter. Les couleurs sont sublimes et si bien accordées, contrairement à mon plat carbonisé.

— *Buon appetito, cuore mio!*

Il pose sa tête dans ses mains me regardant prendre la première bouchée et elle est incroyable cette bouchée.

— Tu crois qu'on peut avoir un orgasme en mangeant une salade ?

Il explose de rire, avant de se calmer et à son tour commencer à manger.

Une chose me rassure, le repas n'est pas entouré d'un lourd et pesant silence. Entre chaque bouchée, chacun notre tour, on parle, de tout, de rien, c'est parfait comme déjeuner.

— *Nora* ?

Je me tourne vers lui et je suis surprise de voir que sa tête est allongée sur la table, ses yeux fixés sur moi semblent m'observer depuis un moment. Il est beau, incroyablement beau et plus encore. Il est mignon aussi, avec malgré tout un côté sexy. En réalité, Orion est juste l'homme le plus séduisant qu'il m'ait été donné de voir.

— Merci d'avoir essayé.

Mon cœur rate un battement tandis que j'aimerais que nous restions figés dans le temps.

9.
Un latte art fantomatique

Le soleil se lève à peine, mais ça fait longtemps que je suis debout, inquiète pour mon bracelet, le sommeil a été compliqué.

La lumière s'insère par la vitre du salon, ses rayons venant réchauffer et parsemer ma peau de rousse. Inconsciemment, je bouge mes doigts entre les lignes lumineuses, espérant l'espace d'un instant me transformer en une fée de la lumière, *bye la fée des citrouilles,* pouvant attraper celle-ci et la laisser me réchauffer de l'intérieur. Je n'ai jamais eu aussi froid, pas physiquement, mais dedans. J'ai froid à mon cœur, j'ai froid à l'esprit. J'ai froid d'amour, je crois.

Je lève le petit papier que je viens de finir de découper et le place juste devant la fenêtre. Laissant la lumière passer à travers l'œil que j'ai difficilement fabriqué à ce petit fantôme en journal, j'approche ma pupille comme pour voir le monde à travers lui, observer si les fantômes aussi ont froid.

— C'est pas beaucoup plus passionnant d'être à ta place.

Je lâche le fantôme, le laissant virevolter et retomber sur un tas de confrère que je lui ai déjà fait. Par la suite, mon regard s'attarde sur l'heure, je finis par décider qu'il est temps de me bouger pour ne pas être en retard.

Je n'aime pas les lundis. Un peu comme *Garfield*. Ma mère me surnommait ainsi quand j'étais au collège, deux roux haïssant le même jour de la semaine. *Très originale Maman.*

C'est un lundi que Dylan Varle m'a plaqué. C'est un lundi qu'Eliott m'a oublié, c'est un lundi que je me suis rendue compte que mes camarades se moquaient de moi parce que j'étais la seule rousse. Et c'est un lundi que mon patron obsédé m'a forcé à aller au restaurant avec lui. Plus précisément, ce lundi, *aujourd'hui*.

Quand j'ai franchi la porte de l'agence ce matin, pour une fois, j'étais plutôt de bonne humeur, ça n'a pas duré longtemps. Je ne pensais pas le croiser, ni qu'il m'inviterait à parler soi-disant de mes chiffres, autour d'un déjeuner.

Le front posé sur mon bureau, Mel face à moi, je me masse à nouveau les tempes. *Une nouvelle semaine qui s'annonce longue, j'aurai dû rester avec mes fantômes en papier journal.*

Je veux un café, un vrai, pas le jus de chaussette de notre vieille machine.

Je sens quelque chose rebondir sur ma tête et en la relevant, j'aperçois Mélanie, une boule de papier à la main prête à faire feu de nouveau.

— Il n'a pas dit où il t'emmenait ?

— C'est à moi de choisir, quel cadeau.

— Va chez ton " mec ". Ils font des menus le midi non ?

Je me redresse d'un bond, si Alain voit Orion, avec un peu de chance, il comprendra que non, je ne suis toujours pas ouverte à quoi que ce soit avec lui. J'ai deviné qu'il avait appris qu'Eliott et moi, c'était terminé, surtout lorsqu'il m'a dit, je cite : " nous parlerons de vos ventes et qui sait peut-être de plus si affinités ". Un frisson de dégout m'a parcouru de la tête aux pieds.

— Mel, je t'aime et tu es un génie.

Je sors mon portable de la poche de mon pantalon taille haute marron. Si je veux que ça fonctionne, il vaut mieux informer le principal concerné.

Mon patron me force à déjeuner avec lui à midi.

Nora

Tu dînes avec un autre, ça me brise le cœur, tesoro.

Tesoro

On va venir à *l'Aristote.*

Je t'en supplie, sors le paquet du copain parfait, tesoro ♥

Nora

Je lis ma discussion à Mel qui lève les yeux au ciel avant de me faire un clin d'œil complice en remarquant Alain me fixer depuis son bureau.

— Tu lui donnes des petits surnoms maintenant ?

— Lui m'en donne bien, pourquoi m'en priver ?

Je hausse les épaules, reprenant ma lecture d'une offre pour un bien rue Sainte-Anne.

— Nora, le jour où tu ne feras plus semblant, tu me le diras ?

Je secoue la tête dans tous les sens, mes boucles suivant mon mouvement.

— Tu dis n'importe quoi.

— Nora, je suis maman, je sais quand les enfants mentent, que ce soit à moi ou à eux-mêmes.

— Je le connais à peine Mel, tu t'inquiètes pour rien. C'est mon coloc et il m'aide, c'est tout.

— Non, c'est ton faux copain, et rien que dire ça c'est dingue, qui t'héberge.

Elle s'interrompt, ne paraissant pourtant pas avoir fini sa phrase. En la fixant, j'aperçois ses yeux s'écarquiller tandis que son index gauche passe dans un rond effectué par sa main droite.

— Est-ce que vous couchez ensemble ?

— Mélanie !

Je lance à mon tour une boulette de papier vers elle, mais c'est sans aucune difficulté qu'elle l'évite, comme toujours, me tirant au passage la langue. Elle passe trop de temps avec Alya et Quentin, ses deux enfants, c'est une pro de l'esquive.

Ma collègue regarde sa montre puis s'empare d'un dossier avant de se lever de sa chaise. Je l'observe remettre un peu de rouge à lèvres vif et réajuster son sombre chignon.

Avec un dernier clin d'œil, elle se dirige vers la porte de l'agence, prête pour son rendez-vous. Elle m'envoie un baiser de la main tandis que je suis toujours obnubilée par son grain de beauté dans son œil droit.

— Surtout, raconte-moi tout quand vous passerez moins dix-huit.

La boule de papier que je lance touche la vitre tandis que Mel me tire une nouvelle fois la langue, protégée par la porte. Puis, elle se tourne et s'en va pour sa visite, me laissant seule dans le bureau. La traîtresse ne m'accompagnera pas à midi.

Je me vengerai.

Le poivre va finir par remplacer le sucre de son café.

Je lisse ma chemise couleur crème aux manches bouffantes et inspire un grand coup avant de franchir les portes vitrées de *l'Aristote*, suivie de près par un Alain essoufflé des cinq petites minutes de marche nous séparant de nos locaux.

J'aperçois une goutte de sueur perler sur son front dégarni et glisser le long de sa joue tandis que le vent fait virevolter les quelques rares cheveux lui restant. Je pense sincèrement que mon père, pourtant pas tout jeune, fait moins âgé que cet homme.

C'est la jeune serveuse aux cheveux verts qui nous accueille. Une nouvelle fois, elle me déshabille du regard avec un dédain non dissimulé, j'en serais presque mal à l'aise si son avis et ses pensées sur moi m'intéressaient. Je lui rends son regard et visiblement, elle ne s'y attendait pas, car elle semble déstabilisée lorsqu'elle nous indique une table libre.

— Vous n'avez qu'à regarder la carte, je reviens.

À peine installée, je me relève pour me diriger vers le comptoir où j'ai remarqué, directement en entrant dans la pièce, Orion, qui ne nous quitte pas du regard.

— *Ciao Caro !*

— Tu parles italien maintenant, *Nora* ?

Je hausse les épaules en souriant, sous les yeux vairons toujours aussi moqueurs d'Orion, *je crois apercevoir du rouge sur ses joues.* Je l'imagine sûrement, mais cette idée me plaît, l'idée de lui avoir fait cet effet-là me plait. L'idée que lui aussi se transforme en petit adolescent prude face à moi, et que je ne suis pas la seule, me plaît. Je remarque que son regard va se fixer sur la table à laquelle Alain lit attentivement la carte.

— Donc toi, quand un mec te drague, tu l'emmènes déjeuner devant ton copain ?

— Vois ça autrement. Je lui fais te rapporter de l'argent vu le pourboire que je vais gentiment lui suggérer de te laisser, *tesoro.*

— *Ti voglio un mondo di bene !*

Il dépose un baiser sur ma joue qui, j'en suis certaine, change à son tour instantanément de couleur. Je ne sais pas ce qu'il a dit, mais je sais que ça m'a plu.

Mais qu'est-ce qui me prend d'avoir des réactions de petite vierge effarouchée à chacun de ses contacts.

— Le dégarni qui est venu avec toi est rouge de colère, *tesoro.*

— Je fais cet effet-là ! Regarde ta serveuse.

Sous le rire de mon barista, je retourne m'assoir, prête à supporter un long repas rempli de gène.

Je déguste mon croissant salé au poulet, œuf brouillé et à l'avocat, tandis qu'Alain me fait un nouveau sous-entendu sur le fait qu'il se sent seul. Que sa maison aurait bien besoin d'une présence féminine depuis que sa femme Karen l'a quittée en emmenant les trois enfants, le chien et même le poisson rouge ! *Il n'y a pas moyen de le trainer aux prud'hommes avec ce comportement ?* Au vu de certains regards qu'il lance vers ma poitrine pourtant bien cachée sous mon chemisier, est-ce qu'on peut encore appeler ça des sous-entendus ?

— Je vais aller commander des cafés.

— Bonne idée, je passe un excellent moment, en très bonne compagnie, mais vu l'heure, on ferait mieux de les prendre à emporter, mademoiselle Lynch.

Enfin. Je suis soulagée que ce repas soit bientôt derrière nous, mais une part de moi est triste, pas de quitter la table que je partage avec Alain. *Mais de m'éloigner d'Orion pour le reste de la journée.* Non, je ne le connais pas assez. Ça doit plutôt être le fait de m'éloigner de la maison alors que j'en suis si proche. De m'éloigner d'un vrai café aussi et pas d'un jus de chaussette en dosette. Oui ça doit être ça. *J'entends très bien dans mon esprit la voix de Mélanie me traiter de menteuse.*

J'attends face à mon barista préféré qu'il nous prépare un café chacun et pendant que je l'observe, soudain, la fête de samedi, ma rencontre avec le reste de sa famille, me reviennent à l'esprit. Je ne l'avais pas oublié, mais je n'y pensais pas vraiment non plus. Je me sens mitigée entre de l'appréhension et une certaine impatience. Les coudes appuyés sur le bar, j'observe Orion concentré dans son latte art. Il tire légèrement la langue sur le côté, *c'est mignon.* À la maison, on avait un chat qui faisait exactement le même geste en dormant, ça me réchauffe le cœur de retrouver ça, que ce souvenir ressurgisse. Étrangement, je suis emplie d'un sentiment inconnu que ce soit Orion qui fasse revivre ce petit bout de passé. Dommage, sa langue rentre à sa place tandis qu'il relève le visage en semblant fier de son travail.

— Pour le repas de ce week-end…

— Vu le comportement de Val, je comprendrais que tu veuilles annuler.

Valentin est un adolescent, en soi, il n'a rien fait de mal si ce n'est brisé mon égo en appuyant sur un de mes plus gros complexes, mon apparence juvénile. Mais en y repensant, la situation me fait doucement rire. Surtout le fait qu'ils se retrouvent être frères.

— Non, du tout. Je me fais une joie de rencontrer ta famille.

S'il savait que c'est la vérité, comment le prendrait-il ?

— Je me demandais juste quel genre de vêtement je devais porter ?

Il semble surpris de ma question. Avec Eliott, je me devais d'être présentable à chacune de nos sorties, donc j'ai pris le coup de l'interroger sur ce sujet à chaque fois.

Un jour, il ne m'a pas adressé la parole de la soirée, car ma robe ne paraissait pas assez luxueuse par rapport à celle de sa collègue qui gagne pourtant moins bien sa vie que lui. *Je ne me rends compte que maintenant d'à quel point il pouvait être superficiel.*

Désormais, c'est au bras d'Estelle qu'il va se pavaner et ce sera à elle de faire les efforts invisibles que, jusque-là, je faisais. *Ça, c'est peut-être une belle vengeance finalement.*

— C'est une question sérieuse ?

Je quitte mes pensées pour plonger mon regard dans celui d'Orion. Cette fois, je ne lis aucune moquerie dedans, il semble même perdu, complètement perdu.

— Je veux que tu sois habillée en *Nora*, c'est tout. Mais avec quoi tu sortais avant ?

Je baisse la tête, les joues rougies, un peu honteuse de la question. Je sens une main sous mon menton me redresser. Une nouvelle fois, mes noisettes sont plongées dans un océan et une prairie. Un soulagement se propage dans tout mon corps alors que ce regard est le plus doux que je n'ai jamais vu.

— *Amore mio*, je veux juste que tu te sentes libre d'être toi-même, tout le temps. *Sarai per sempre la foglia più bella dell'albero.*

Une nouvelle fois, je ne sais pas ce qu'il a essayé de me dire. Tout ce que je sais, c'est que mon cœur s'accélère. Que je meure d'envie de rompre l'espace entre nos lèvres tandis que mon cœur me souffle que la relation la plus saine que j'ai eue est une fausse relation. *Ça en dit long sur ma vie sentimentale.* Ses doux yeux quittent les miens et se froncent, gâchant ainsi cet instant presque magique. Il n'avait rien d'exceptionnel ce moment, mais c'est comme ça, j'ai senti de la magie pétiller autour de nous.

— Le dégarni approche. Toujours OK pour que je sorte le grand jeu, *amore mio ?*

J'ai à peine le temps de hocher la tête qu'Alain me rejoint devant le bar, *un peu trop près à mon goût,* je me décale donc de quelques centimètres, ne me sentant toujours pas à l'aise.

— Ça devenait long, je venais voir si vous n'aviez pas de soucis avec le serveur !

Son regard hautain parcourt Orion de bas en haut et ça m'énerve. Que la fille aux cheveux verts me regarde ainsi, je m'en fiche, mais ce même regard posé sur Orion m'énerve au plus haut point. Plus encore que l'eau restée allumée pendant un brossage de dents.

Je n'aime pas mon employeur, ça, je le sais, mais dans l'instant, je le déteste. Mon barista continue de préparer notre commande, sans accorder d'attention à mon patron, qui ne semble pas apprécier.

— Pizza ou pâtes ce soir, *tesoro* ? Dans tous les cas, c'est italien ! Pas le choix vu ton désastre de “ lasagnes ”.

Alors qu'il rit au souvenir du catastrophique repas d'hier, ses yeux se fixent sur moi, avec une intensité brûlante qui me donne immédiatement envie d'enlever mon pull pour me serrer peau contre peau près de lui. *N'y pense même pas.*

Je n'ai pas le temps de répondre à mon colocataire / petit ami, Alain tapote le bois du comptoir pour attirer mon attention. N'a-t-il pas compris qu'Orion s'adressait à moi ou le fait-il exprès ?

— J'ai entendu dire que vous et monsieur Grainville aviez rompu vos fiançailles. Pour mercredi, vous préférez peut-être que je vienne vous chercher chez vous ? Comme ça, vous seriez, vous aussi, malgré tout, accompagnée.

Donc il n'a pas perdu de temps pour le crier sur tous les toits et s'afficher au bras d'Estelle. *Ça fait quand même mal.* Je sens une forme de colère mêlée à de la déception prendre vie dans le bas de mon ventre. Mais quelque chose tourne dans ma tête.

— Mercredi ?

Le regard de mon patron se décompose, il paraît réfléchir à si je suis stupide ou si j'ai vraiment oublié. Soudain, ça me frappe. Mon entreprise collabore de façon régulière avec celle de mon ex. Je vais forcément être amenée à les croiser *ensemble*, lors de dîners d'affaires ou de soirées. *Comme celle de mercredi*. Je cligne des yeux à plusieurs reprises avant de poser mon front sur le bois. Comment j'ai pu oublier ça ?

— Je suis réellement obligée de venir ?

— Obligée, non, mais ce serait mieux pour l'image de la boîte et pour vos chances d'augmentation.

Je colle à nouveau mon front sur le bois frais, *si je frappe assez fort, je pourrai être dispensée de ce pseudo-gala guindé et ennuyeux ?* Je suis sortie de mon idée stupide par une main qui m'ébouriffe les cheveux. Je redresse mon visage pour croiser celui d'Orion, son sourire doux efface ce qui m'entoure, son regard moqueur évapore le mal-être qui s'emparait de moi et je sens la colère s'éloigner peu à peu.

Il se tourne ensuite vers Alain, *dommage, j'aimerais qu'il me regarde plus longtemps.*

— Pas besoin, je suis déjà son cavalier.

Une tasse cartonnée est déposée devant moi, un cœur dessiné sur la mousse du café. Je sens mes joues rougir alors que des lèvres se posent délicatement sur mon front.

— J'imagine que c'est costume cravate, *tesoro* ?

Je hoche la tête avec un sourire que je ne parviens pas à retenir.

— Pour quoi je passe, tu me fais tout un beau discours pour que je porte ce que je veux chez tes parents et je vais t'obliger à enfiler un costume !

Son sourire redouble alors que sa paume vient délicatement caresser ma joue, laissant une douce chaleur sur son passage.

— Tu ne me forces à rien *amore*, si je veux être à ton niveau ce ne sera pas de trop.

Cette fois-ci ces lèvres se posent délicatement sur les miennes, *trop rapidement, elles s'éloignent.* Je sens sa main me caresser la joue et replacer une mèche de cheveux derrière mon oreille, alors je l'attrape pour y déposer à mon tour un chaste baiser.

— Donc tu passes d'un prodige de l'architecture à un simple serveur.

Le visage d'Orion se crispe légèrement tandis qu'il fait une petite grimace, reportant son attention sur, comme il l'appelle, “ le dégarni ”. À son tour, il le déshabille du regard de haut en bas.

— Je ne suis pas serveur, je suis le patron. Vous êtes ici dans un de mes établissements. Elle a juste rehaussé ses standards en matière d'homme, pour en avoir un à sa hauteur.

L'Aristote est à lui ? Je tente du mieux possible de cacher ma surprise tandis qu'une drôle de sensation me parcourt une zone intime qui ne devrait pas s'allumer maintenant. Mais j'aime qu'il me protège. J'aime qu'il prenne ma défense et qu'il clame haut et fort que pour lui, j'ai de la valeur en tant que personne. J'aime être son égale et je crois que ça m'excite.

— Orion ?

— *Tesoro* ?

— On t'a déjà dit que tu serais super sexy en costume cravate ?

Je souris d'une manière faussement angélique, *au vu des pensées que je refoule et des sensations qui m'animent*, devant son air abattu de chiot. Je prends alors les devants et à mon tour, je viens déposer délicatement, *et c'est très dur d'être délicate en l'instant*, mes lèvres sur les siennes, sous les yeux éberlués d'Alain que j'avais oublié. Je l'entends de loin dire qu'on se retrouve au bureau, mais je ne me décolle pas d'Orion. Au contraire même, ses dents mordillent sensuellement ma lèvre inférieure avant que notre baiser s'approfondisse, sa langue demandant l'accès à la mienne. J'entrouvre les lèvres pour le laisser mener une danse endiablée. Difficilement, je retiens un gémissement de plaisir, sentant mon cœur battre dans tout mon corps pendant que je n'ai qu'une envie, qu'il me déshabille et me prenne sur ce comptoir, maintenant.

Mais non.

Un bruit de plateau s'écrasant au sol nous fait sursauter et nous ramène à la réalité. Orion se détache de moi, pour observer la scène. Nous sommes tous les deux essoufflés, donc c'est difficilement que j'arrive à articuler :

— *L'Aristote* est à toi, *tesoro* ?

— Tu ne sais pas encore tout de moi, *cuore mio.*

Son murmure me donne une chair de poule plus qu'agréable, alors que son souffle caresse mon oreille.

— Une surprise t'attend dans l'appartement quand tu rentreras ce soir, *Nora.*

Puis, il dépose un dernier baiser sur mes lèvres avant d'aller nettoyer les dégâts causés par cheveux verts.

Je ne sais pas dans quoi je me suis lancée dans cette histoire. Ma main caresse délicatement ma lèvre inférieure, sentant encore son contact.

Cette scène tournant dans mon esprit, je quitte le café, un peu trop humide à certains endroits.

Au vu de mes réactions, *le pauvre Orion ne sait pas non plus dans quoi il s'est lancé.*

À la fin de la journée, quand je m'assieds sur le canapé vert sapin au milieu du salon, Cinna saute pour me rejoindre. Je n'ai pas le temps d'enlever mes *Dr. Martens* que je suis immédiatement happée par la fenêtre. Il n'y a toujours pas de rideau dans le salon, mais sur la tringle réservée à ceux-ci est accrochée de la cordelette. Je me redresse immédiatement et tends la main, venant du bout des doigts effleurer mes petits fantômes pendouillant de ce fil en corde. Orion a pris le temps de faire une guirlande avec mes découpes, une guirlande qu'il a pris le temps d'accrocher à la fenêtre. Il a également collé du plastique aux yeux des fantômes, la lumière passant par ceux-ci laisse désormais de jolies striures colorées sur le mur blanc à côté. *Je suis sous l'eau d'un lac à observer le soleil danser à la surface et c'est magnifique.*

Sur un des fantômes, trône un post-it en forme de lapin, quelques mots restent gravés en moi, s'imprimant sur ma rétine et donnant naissance à un sourire que je ne retiens pas.

“ Le monde est trop beau pour ne pas l'observer *Tesoro.* Tu es un peu comme le monde. ”

Étrangement, une douce chaleur s'empare de moi,

mon cœur à chaud et c'est la sensation la plus agréable que je n'ai jamais ressentie.

Puis, je me rends compte que je suis supposée avoir mes règles depuis plusieurs jours, et mon cœur devient soudainement plus lourd qu'une pierre.

10.
Pâtes maison

Je franchis la porte de l'appartement et je suis tout de suite entourée d'une douce odeur sucrée. J'aperçois Orion glisser une plaque de cuisson dans le four, de la farine plein le visage, *adorable*.

— Je sais déjà que tu as passé une journée de merde ! Mais ce n'est pas fini *cuore mio,* maintenant, c'est à un cours de cuisine que tu as droit.

Avec un clin d'œil, le blond lance vers moi un tablier marron, il semble neuf, mais je me trompe peut-être… *L'a-t-il acheté spécialement pour moi ?*

— Elle n'était pas si merdique.

Du coin de l'œil, j'observe sans discrétion la guirlande de fantômes toujours là et je ne peux retenir un sourire et un incendie dans ma poitrine.

J'enlève à la va-vite ma paire de talons avant de passer rapidement par ma chambre pour déposer mon sac. Puis par la salle de bain afin de me laver les mains et rassembler ma touffe rousse en un chignon tenant par miracle en équilibre.

Silencieusement, je m'assieds et sors de mon sac ce que je suis ressortie acheter. Sans un mot, je fais ce que j'ai à faire sur le test de grossesse puis attends. Le temps est long, mon cœur se sert et s'emballe en même temps.

Négatif.

À quoi je m'attendais ? Je le savais déjà de toute façon, c'était sûr. C'est mieux ainsi, comment j'aurais fait avec un bambin et un ex, amnésique et trompeur tout en vivant en coloc avec mon faux copain rencontré la semaine dernière ?

Je tire la chasse d'eau et me lave les mains, le cœur lourd et léger à la fois, c'est étrange comme sentiment. En m'observant dans le miroir, je me reconnais, mais en même temps pas vraiment. Je suis toujours moi, mais mon visage parait si détendu que c'est étrange, surtout vu ma déception qui je ne suis pas sûre en soit une, *c'est mieux comme ça*.

J'ai passé une journée à la fois mauvaise et incroyable. Alain ne m'a pas adressé la parole de l'après-midi et ça, c'était chouette, mais en contrepartie, il m'a donné une tonne de dossiers à traiter. Je ne suis pas enceinte et c'est dur, mais mieux. Une guirlande de fantômes m'attend dans le salon avec un homme au fourneau et un lapin ne demandant que des câlins. Le bon prend le dessus sur le mauvais et je souris sincèrement à mon reflet.

Je me démaquille rapidement, enlevant le fond de teint que j'ai l'habitude de mettre pour cacher le grain de beauté sous mon œil gauche. Eliott le trouvait vulgaire, *pourquoi je continue de le masquer ?*

J'asperge mon visage d'eau puis je rejoins Orion dans la cuisine où je le vois ranger un pot de confiture tandis que le four sent divinement bon. Ça me rappelle l'odeur des pâtisseries de Noël que l'on préparait Élie et moi avec Mémé. *J'aime le fait qu'il fasse toujours inconsciemment ressurgir de bons souvenirs.*

Je l'observe sortir de la farine et des œufs et telle une enfant, je pose ma tête sur le plan de travail pour l'admirer faire. *Exactement comme quand j'étais petite.* Il s'accroupit pour sortir d'un placard une bouteille d'huile et du sel. Puis je le vois se relever et lever la tête pour trouver la planche à découper. Ce n'est que maintenant que je remarque une cicatrice sur son cou. Un trait fin, mais bien présent sur la droite. Est-ce que je peux l'interroger dessus ? J'ai envie de savoir, mais je ne veux pas demander.

— Allez *tesoro*, tu vas m'aider !

D'un mouvement de tête, il me montre le petit tas de farine qu'il a préparé et me demande de faire un puits à l'intérieur, alors je l'écoute. En suivant attentivement ses instructions, je casse les œufs dans le puits et commence à mélanger comme il me l'indique avant de pétrir le mélange à la main.

— Non, pas comme ça *Nora.*

Se plaçant derrière moi, Orion colle mon dos à son torse et met ses mains sur les miennes pour me montrer le bon mouvement à faire. J'ai toujours trouvé ce genre de scène surfaite et remplie de malaise. Mais pas là, pas avec lui. Je ne lis aucun sous-entendu dans son comportement, rien de déplacé. C'est juste Orion qui apprend à Nora comment faire des pâtes. *Je veux apprendre pour toujours.*

Une fois que la texture lui convient, il s'éloigne de moi, j'aimerais lui crier de revenir, mais je reste muette, pour mettre la préparation à reposer une bonne heure.

Il sort alors une bouteille et deux verres à vin pour nous en servir un chacun.

— J'ai cru comprendre que tu aimais ça, *amore*.

— Tu es attentionné, tu sais cuisiner, parler italien, faire un café à tomber par terre. Mais tu as besoin d'une *fausse copine* ?

Il hausse les épaules, son regard moqueur toujours brûlant de cette lueur qui me plait tant. Je remarque bien que malgré ces yeux *à tomber*, il est mal à l'aise et semble peser le pour et le contre de cette discussion.

— J'avais besoin que quelqu'un me laisse tranquille.

— Qui donc ?

J'attrape la cuillère pleine de confiture de myrtille qu'il n'avait pas encore rangée après son instant de pâtisserie et je lèche les restes dessus, tandis qu'il secoue la tête avec un sourire en coin.

— Je suis une bulle de mystère, *tesoro* !

— On ne peut pas mettre la moitié du couvert sans servir le plat !

Je fais la moue tandis qu'il rit si fort à ma remarque que ce son vient résonner à travers mon cœur.

— Toi, tu es obstinée ! J'aime ça chez toi *tesoro*.

— Je cherche simplement à en savoir plus sur l'amour de ma vie.

Pendant que je papillonne des yeux accompagnés d'un sourire en coin, lui, il secoue à nouveau la tête, toujours avec ce sourire qui réchauffe tout mon corps.

— Je te répondrai si tu es une bonne élève, *cuore mio*, et que le plat est réussi.

Pour me venger, j'attrape une poignée de farine pour la lui lancer dessus. Celle-ci vole autour de nous, de la neige en automne. *C'est joli, presque autant que les feuilles virevoltant au gré du vent.* Des petites paillettes blanches tournent autour de nous, mais nous ne nous arrêtons pas pour autant, il m'imite et à son tour s'empare de son arme blanche pour m'en lancer en plein visage.

Je ris à cœur ouvert et je lis dans son regard que sa petite moquerie naturelle est satisfaite de la scène. À force de nous renvoyer la pareille, nous finissons proches, très proches. Je suis persuadée qu'il peut entendre mon cœur s'emballer et battre la chamade lorsque son doigt vient caresser ma pommette, laissant sûrement une trace blanche sur son passage. Ma peau de rousse ne doit pas être bien plus foncée que la farine.

— Je ne l'avais pas remarqué cette petite tâche.

— Eliott ne l'aimait pas, j'ai pris l'habitude de la cacher.

Il hoche la tête, pensif, puis la malice se rallume dans son regard, me traversant de la tête aux pieds.

— Moi, je l'aime bien, c'est un *tesoro* sur ton visage. On dit que les grains de beauté sont un cadeau déposé par les nymphes en signe de grâce et de beauté. Elles ne se sont pas trompées.

Délicatement, il dépose ses lèvres chaudes sur ma pommette, juste sous mon œil, sur cette petite tache que je me mets soudain à aimer, avant de s'éloigner, interpellé par le bruit du four. Les gâteaux sont cuits et sûrement aussi chauds que mes joues.

Orion sort la plaque et me laisse découvrir de magnifiques sablés avec un cœur de confiture au milieu, littéralement un cœur. Je prends l'initiative d'aller dans ma chambre fouiller mon carton de cuisine pour en sortir ma boite à gâteaux en verre, *cadeau de Mémé pour espérer me voir m'améliorer en cuisine, raté.*

Orion fixe la coupelle en verre, les sourcils relevés et l'air interrogatif, *pourquoi, peu importe son expression, il est séduisant ?*

— Il te reste des affaires emballées ?

— J'ai encore mon carton d'ustensiles de cuisine. Je ne sais pas quoi en faire et je ne veux pas envahir ton espace.

Cette fois, ses sourcils se froncent automatiquement à une vitesse folle, *il reste quand même beau.* Je monte la main à mon menton pour m'assurer que je ne bave pas, avant de discrètement me mettre une pichenette pour penser à autre chose.

— *Amore*, ici, tu es chez toi. Tes affaires de cuisine vont dans ta cuisine. Tu n'as pas à me demander l'autorisation pour quoi que ce soit, on n'est pas chez moi. On est *chez nous.*

Je cherche à masquer ma gêne et ma joie face à cette déclaration en croquant à pleines dents dans un biscuit. Ça fonctionne, je souris tristement lorsque son gout se déploie sur mes papilles. Les yeux clos, je profite de chacune des saveurs dansant dans ma bouche, *ça faisait longtemps*. Je rouvre mes paupières pour faire face à un Orion qui m'observe, la tête penchée et l'air intrigué.

— Ils ont le même goût que ceux de ma mémé.

— C'est qu'elle doit bien cuisiner !

— Elle cuisinait très bien, oui. Comme tu l'as vu, je ne tiens pas d'elle là-dessus.

— Parce que c'était de la cuisine ce que tu as fait ? J'ai pris ça pour une expérience de chimie !

Je ris doucement, un des rires qui traduisent un sentiment qu'on ne sait pas vraiment exprimer. Quand on nous a appelés un soir de Noël, j'avais six ans, pour nous annoncer que notre chien ne s'était pas réveillé de son anesthésie, je n'ai pas su comment réagir ou exprimer mes émotions. Donc j'ai ri.

Je n'étais pas heureuse, ce n'était pas drôle, mais je n'arrivais pas à pleurer, alors j'ai ri. Aujourd'hui, c'est un peu le même rire triste qui s'échappe de moi. Le tout sous un regard vairon intrigué. Il ne me juge pas, il ne me prend pas pour une sans-cœur. Il semble même chercher sincèrement à me comprendre, pas pour me reprocher quoi que ce soit, mais pour simplement me comprendre moi, Nora.

Ce regard-là, ça me touche, tout au fond de ma tête, tout au fond de mon cœur.

Personne n'a jamais réellement cherché à me comprendre. Ma famille me connait, très bien même, donc ils sont habitués à moi et mes choix, mais est-ce qu'ils les comprennent ?

Eliott n'a pas cherché à me comprendre, jamais. Je n'aime pas le vert et il n'a pas cherché pourquoi, il me l'a imposé. Je n'aime pas les chewing-gums depuis que, lorsque j'avais huit ans, j'ai failli m'étouffer, il n'a jamais cherché à savoir ça, il s'est arrêté au fait que je n'en prenais jamais. Orion, lui, j'ai le sentiment que tout ça, il cherchera à le savoir et à le comprendre. À me comprendre. Donc ça m'aide, à vouloir me livrer, ouvrir une part de moi que j'ai jusque-là toujours laissée fermée, cachée derrière une lourde porte close à double tour au fond de moi.

— Quand elle est partie, j'ai fait un sachet de ses biscuits que j'ai mis dans le cercueil. Je suis presque sûre qu'ils étaient immangeables, tu parles d'un cadeau !

Il rit doucement avant de venir m'enlacer tendrement. Ça fait longtemps qu'on ne m'a pas enlacé pour m'épauler. Enfin pas vraiment, la dernière fois, c'était encore Orion, à l'hôpital, quand j'ai compris que mon fiancé m'avait trompé. Mais avant ça, ce devait être ma mère, étant donné que je ne l'ai pas vue depuis longtemps, c'est lointain. *Je m'en veux.* Je devrais les appeler pour les informer de tout ce qui s'est passé, mais je ne peux pas. Je ne veux pas leur faire honte.

Comment leur expliquer qu'Eliott, qu'ils appréciaient tant, m'a oubliée et quittée pour se mettre avec quelqu'un d'autre. Que maintenant leur fille vit avec un inconnu avec qui elle prétend sortir pour ne pas avoir l'air trop pathétique en comparaison de son ex qui refait déjà sa vie. *C'est justement ça qui me rend si pathétique.*

Je suis sortie de mes angoisses, par la main d'Orion, effectuant de petits cercles rassurant dans le creux de mon dos.

— Je suis désolé. Qu'elle soit partie, pas pour tes gâteaux. Enfin si, pour eux aussi, un peu, surtout s'ils ressemblaient aux “ lasagnes ”, les pauvres.

Je ris à mon tour, remontant mon poing pour lui frapper faiblement l'épaule. Parler me fait du bien, ce câlin me fait du bien *et je crois qu'Orion me fait du bien.*

Le fait qu'ensuite Orion s'ouvre lui aussi à moi, je crois que c'est ça qui me fait le plus de bien.

— Je n'ai jamais perdu quelqu'un alors, je ne sais pas ce que ça fait. *Nonno* est mort bien avant ma naissance. *Nonna* va bien et je n'ai jamais vraiment eu de contact avec les parents de ma mère, ils étaient contre son mariage avec un étranger. Mon père est né et a grandi en Italie.

Il s'arrête un instant, souriant à son tour avec une tristesse étrange. Orion semble être un soleil de malice, la tristesse le rend beau, mais ne lui va pas. Il est fait pour briller et mon cœur se tord de voir cette lumière masquée par ce sentiment.

— Le jour où Roméo a eu son accident, j'ai été terrifié. J'ai cru que ma vie allait s'arrêter. Puis, il a survécu. Parfois, je m'en veux d'avoir eu cette chance que d'autres n'ont pas. Celle d'avoir tous mes proches qui m'entourent.

Cette fois-ci, c'est ma main qui se met à danser contre son dos. Il a tracé un rond, moi, je me concentre sur un carré et je sais qu'il le sent, car je l'entends contre mon oreille, faiblement pouffer de rire.

— Quand Mémé est partie, une part de mon cœur s'est éteinte.

Je ferme les yeux, me replongeant dans un souvenir que, parfois, j'aimerais effacer.

— C'était en pleine nuit. Le matin, j'ai voulu lui apporter un café et elle était là, allongée dans ses draps lilas. Son teint habituellement lumineux était si pâle. Non, plutôt grisâtre. Mais ce sont ses yeux qui m'ont marquée. Clos, mais rougis. Je n'oublierai jamais cette image. Et je m'en veux, elle mérite que je me souvienne d'elle quand elle m'apprenait à nager, quand on se promenait, quand elle cuisinait et que je cramais tout. Pas comme ça. Elle était pleine de vie, mais je suis marquée par cet instant de mort qui ne la représente tellement pas.

J'inspire un grand coup avant de me détacher de ses bras chauds et agréables.

— On n'a pas fini nos pâtes !

Je lui souris doucement, fouillant dans les placards pour trouver et sortir le laminoir, *j'étais sûr qu'il en avait un.* Son regard toujours fixé sur moi, Orion coupe la grosse pâte en plusieurs petites boules pour les passer à la machine, puis en faire des tagliatelles.

— Et tu ne pleures pas ?

— J'ai mal. Mais un jour, on a tant pleuré qu'on n'a plus rien à verser. Au moment où ma lapine est décédée, c'est Mémé qui m'a dit ça, “ un jour, tu auras versé tant de larmes pour une cause, que celle-ci aura usé le stock qui lui est réservée. Pleure, pleure autant que tu le peux, car un jour, tu ne le pourras plus. ” Elle n'avait pas tort. C'est toujours douloureux, mais je le supporte.

Je l'observe hocher la tête en mettant de l'eau à bouillir. Il me tend ensuite un saladier et deux œufs à casser pour battre le jaune pendant qu'il s'attèle à découper de la *pancetta.* J'en déduis que l'on prépare des pâtes carbonara, *“ les vraies, pas l'hérésie française à la crème ”*, j'entends la voix d'Orion me dire ça lorsqu'il essayait de me convaincre d'emménager avec lui.

J'aime cet instant de cuisine à parler de tout, de rien,

de nous. J'aime qu'il en apprenne plus sur le fond de mon cœur et qu'il dévoile un peu le sien.

Ça va se passer comme ça samedi avec sa famille ? Avec eux aussi, il sera facile de s'ouvrir ? Sont-ils tous comme lui ? J'ai rencontré Valentin et il est gentil, mais encore jeune. Sont-ils le reflet de toute leur famille ?

— J'ai compris que Roméo était ton grand frère et Valentin le plus jeune. Mais quel âge a-t-il et il fait quoi dans la vie ? Si je rencontre ta famille dans cinq jours, ce serait bien que ce ne soit pas des inconnus, *tesoro.*

Son sourire redouble, il a l'air d'aimer parler des siens et ça me rassure, ça me plait aussi.

— Roméo est plus vieux de deux ans, il vient juste de fêter ses vingt-six ans.

Donc, Orion a vingt-quatre ans. Deux de moins que moi et j'ai le même âge que son aîné. Le genre d'informations bonnes à savoir quand on sort avec quelqu'un.

— C'est mon associé. *L'Aristote* est à nous deux. Comme je te l'ai dit, mon père est né en Italie, il est arrivé en France à vingt ans et a eu le coup de foudre pour ma mère. Roméo est arrivé quelques années après, puis je l'ai suivi. On a toujours été très attaché à nos origines italiennes, mais pas très proches de ma famille maternelle. On se voit parfois, ce ne sont pas des inconnus, mais plus ou moins tout comme. Ces dernières années, ils essayent de nous acheter pour s'acheter une famille.

J'enregistre toutes ces informations pendant que mon colocataire dresse de belles assiettes. Je lance un épisode de *Gilmore Girls* et nous passons à table.

Orion est le premier à goûter le plat que j'ai préparé sous sa supervision. Il ferme les yeux et imite un vrai juge, se frottant la barbe qu'il n'a pas, pour réfléchir. Ces mouvements exagérés et inutiles me font rire, mais au fond, je sens une pointe de stress. *Je veux qu'il apprécie ce que je lui ai fait.*

J'attends qu'il se décide à me donner une note, mais alors qu'il hoche la tête, aucun chiffre ne vient.

— Je voulais que mes parents arrêtent de me demander à chaque repas quand je me mettrai en couple avec Sisi.

— Sisi ?

— La serveuse de *l'Aristote*.

Oh ! cheveux verts s'appellerait donc Sisi, bien loin d'une impératrice, elle me fait plutôt penser à *Shego*[1].

— On se connait depuis le lycée et elle ne me lâche pas. Ça doit bien faire dix ans qu'elle me court après. J'ai beau refuser ses avances, rien n'y fait.

— Donc toi, pour repousser une femme, tu l'embauches ?

— Parce que j'ai été con. Vraiment con même. J'allais mal et même si je ne voulais rien avec elle, le fait qu'on tienne à moi m'a fait gonfler en égo à un moment où j'en avais besoin.

Un silence s'installe, pendant lequel, entre deux bouchées, j'observe un visage rongé de culpabilité.

— J'ai vraiment été con. Elle avait besoin d'un taf, j'avais besoin d'amour-propre. Aujourd'hui, elle continue de me courir après même si je refuse encore et l'on ne vire pas quelqu'un en claquant des doigts. Professionnellement, elle est irréprochable et elle mérite mieux que ça. Puis, elle reste une amie que j'apprécie.

[1] *Personnage du dessin animé* Kim Possible.

— Donc, je devais être ta couverture pour que tes parents arrêtent de te pousser vers une fille pour qui tu n'éprouves rien et pour que cette fille passe à autre chose.

— *Si, amore mio.* Et qui sait, peut être bien plus.

Il attrape ma main pour y déposer un baiser.

Orion quitte ensuite la table, revenant rapidement, un chocolat chaud servi dans un verre à vin dans une main et le bocal de gâteaux dans l'autre.

— Tu méritais plus de classe qu'un mug.

Il pose ma tasse improvisée devant moi et les joues rougies, je le remercie. Des mini-guimauves reposent sur une épaisse couche de chantilly et je ne sais que dire. *Ton faux mec est beaucoup plus affectueux que ne l'était le vrai.* Orion pose sa tête sur ses mains en me regardant goûter cette chantilly qui visiblement est elle aussi faite maison, il sait tout faire ?

Dans un rire, son doigt vient essuyer le coin de ma lèvre pour enlever un peu de crème fouettée avant de venir lécher celle-ci.

— Tu mérites beaucoup plus *Nora* et je ferai en sorte que tu t'en rendes compte.

11.
Latte à la pistache

Je sens sa main parcourir ma poitrine tandis que ses baisers descendent lentement le long de mon ventre. Son visage disparait et un plaisir inconnu monte en moi quand un bruit sourd retentit. Je me réveille en sursaut, le corps encore tremblant et les draps humidifiés.

C'était quoi ce rêve ?

La peau luisante de transpiration, je tends le bras pour éteindre mon réveil. Et, d'un bon, presque courir jusqu'à la salle de bain. *Hors de question qu'Orion me voit comme ça et que je me retrouve à lui expliquer que j'ai rêvé qu'on couchait ensemble.*

L'eau froide qui coule progressivement le long de mon corps me fait frissonner, sacré contraste. Ça me fait penser au fait que j'aimerais bien, un jour, me retrouver sous une cascade. Être entourée de roches plus hautes que les plus hauts immeubles, la peau réchauffée par des rayons de soleil et les cheveux perlant de cette eau douce, pure et fraîche.

Les yeux clos, je m'imagine dans un tel endroit, l'eau froide continuant de glisser le long de mon visage. Puis la réalité me rattrape lorsque j'éternue. *Si je fais ça, je risque surtout de tomber malade. Dommage.* Je garde ce nouveau rêve dans un coin de ma tête, essayant de prendre le dessus sur le dernier.

Enveloppée dans une serviette noire, l'odeur de lessive me monte au nez. Je ne sais pas ce qu'il utilise, mais je l'adore. C'est un peu une nouvelle madeleine de Proust qui me transporte dans un souvenir de draps propres, au coin d'une cabane de couvertures fabriquée avec soin avec l'aide d'Élie. On s'amusait bien petites. On était proches. Puis son emploi du temps de ministre l'a éloignée et après Eliott m'a éloignée un peu plus. Je n'aime pas ce qu'est devenue notre relation. Nous qui nous étions jurées sororité et fidélité jusqu'à la fin des temps.

Enfants, on se promettait sans arrêt de vivre ensemble pour ne jamais nous sentir seules. *Et voilà que je combats la solitude en ayant élu domicile chez mon faux petit ami.* Les yeux dans le vague, je finis par tendre ma main vers le coin du lavabo pour m'emparer de mon téléphone.

Ça te dirait un café dans la semaine ?

Nora

Je suis libre aujourd'hui après quinze heures.

Élie

Ma dernière visite est à treize heures. Avec le dîner d'affaires de ce soir, tout le monde partira vers quatorze heures trente.

Parfait. Rendez-vous à *l'Aristote*, tu verras, c'est sympa.

Nora

Un simple pouce sur mon message. Avant, j'aurais reçu un long pavé touchant, une explosion de joie. Mais non, un pouce levé. *J'imagine que c'est mieux que rien.*

Je relève la tête pour faire face au miroir, doucement avec le coin de cette serviette toute douce, à l'odeur envoûtante, j'essuie la buée sur le verre avant d'être frappée par mes lèvres. J'ai dû les mordiller de stress et bien plus que d'habitude vu leur état plus que catastrophique. J'ai beau m'être lavé les dents hier soir, je remarque des traces de vin restées imprégnées sur mes lèvres meurtries.

Hier soir… Ça faisait des années que je n'avais pas mangé un dîner aussi réconfortant. Eliott cuisinait, mais il ne m'incluait jamais. Pour lui, je gênais plus qu'autre chose. Là où Orion a pris le temps de m'aider, de me montrer, de m'apprendre.

J'enfile une paire de collants sous une jupe en jean dans laquelle je rentre mon pull en laine vintage à rayures avant de silencieusement me rendre dans la cuisine. En allant me coucher, j'ai décidé de mettre mon réveil plus tôt pour à mon tour, faire quelque chose pour Orion. Il a déjà fait tellement pour moi en peu de temps qu'une part de moi se sent redevable et je sais qu'il n'aimerait pas ça.

Pour commencer, je lave et découpe une branche de céleri que je donne à Cinna, la petite lapine saute dessus goulûment et je la trouve adorable.

J'aime les lapins, je les ai toujours aimés. Donc c'est naturellement que j'ai ramené mon moule à pancake en forme de lapin. Élie me l'a offert, continuant de nourrir les mêmes ambitions que Mémé, me voir peut-être un jour capable de me nourrir d'autre chose que de coquillettes accompagnées de cordon bleu. *Attends qu'elle sache qu'hier, j'ai participé à la création complète de pâtes carbonara et non carbonisées.*

Je suis sortie de mes pensées par une main m'ébouriffant les cheveux. Je lève la tête ? la basculant vers l'arrière pour me retrouver presque nez contre nez avec Orion.

Un sourire scotché au visage et des joues pourpres au souvenir de mon rêve, je lui tends une assiette qui pour une fois n'est pas remplie d'aliments plus brulés ou douteux les uns que les autres. Ses yeux s'écarquillent tandis qu'il approche le petit-déjeuner de son nez pour le sentir.

— Où est le piège ?

— Quel piège ?

— Ç'a l'air comestible, alors, où est le piège ?

Son sourire aussi moqueur que son regard se dissipe

lorsque je lui arrache l'assiette des mains pour lui tourner le dos, boudeuse.

— *Amore*, je suis sûr que les bananes sont très bonnes, je ne vois pas de sang dessus !

Je lève mon majeur dans sa direction et il dépose sa tête sur mon épaule avant de tendre la main dans l'assiette pour attraper un minipancake lapin.

— Mais prends une fourchette !

— Merci.

Il embrasse ma tempe et profite de ma stupeur pour me voler l'assiette pleine. Après quelques bouchées, je le vois se relever et prendre la direction de la salle de bain, *c'est si mauvais qu'il va vomir ? Moi, je trouvais ça plutôt bon…*

Je suis surprise de le voir revenir avec un élastique à la main.

— En remerciement, je peux te coiffer ?

Incrédule, je hoche la tête, me mettant dos à lui. Je sens ses mains affleurer mon dos à travers mon pull pourtant épais. Les yeux clos, je rejoue inconsciemment le film de mon rêve. Honteuse, je rouvre brusquement les paupières, au même instant où Orion s'écrie qu'il a terminé. Je m'approche du miroir posé à même le sol dans le salon pour observer.

— Mais qu'est-ce que tu ne sais pas faire ?

Sous un nouveau sourire de mon colocataire, j'admire la tresse qu'il a effectuée avec délicatesse.

— Au fait, tout à l'heure, ma sœur vient boire un café.

Voyant qu'il ne répond pas, je me tourne vers lui et je remarque alors qu'il est debout juste à côté de moi, il passe son bras au tour de ma taille. Ma tête se pose automatiquement contre son torse comme si là était sa place. Cinna vient à son tour s'allonger à nos pieds, ce qui me fait tendrement sourire. J'entends, à ce moment-là, le bruit caractéristique d'une prise de photo. Fier de lui, Orion tourne l'écran de son téléphone, que je n'avais pas vu, vers moi. *Nous sommes là, tous les trois, immortalisés, comme une petite famille.*

— Voilà notre nouveau fond d'écran ! On est trop beaux pour ne pas être celui de l'autre, ce serait louche.

Il m'embrasse à nouveau la tempe avant de retourner manger ses pancakes sûrement tout juste potables. Puis il reçoit un message, ainsi, je vois son écran s'allumer sur la photo de nous trois. *Je me tourne donc pour lui masquer mon sourire.*

Le carillon devenu plus que familier de *l'Aristote* m'accueille, il a ce son de, *je suis à la maison.*

Dans un premier temps, je cherche automatiquement Orion du regard et je sens un poids se former en moi lorsque je ne l'aperçois pas.

Puis je me souviens que j'ai rendez-vous, aussi, cette fois, je cherche les longs cheveux blonds d'Élie. Mais eux aussi sont introuvables. Par automatisme, je me dirige vers le comptoir auquel se trouve cheveux verts, *Sisi.* La voir allume quelque chose d'étrange en moi, un peu le même sentiment qu'après avoir compris d'où venait l'odeur de vanille sentie dans la chambre d'Eliott. J'inspire un grand coup, je me sens coupable de n'avoir que des aprioris sur cette inconnue.

— Bonjour, excusez-moi, je cherche Orion.

— Il n'est pas là. Ça se voit.

Son intonation n'est pas très aimable et je remarque sa façon de me détailler du regard, toujours ce dédain qui allume cette petite boule de feu au fond de moi. Garde ton calme. Ce n'est ni le lieu ni le moment de faire un scandale.

— Vous savez quand il reviendra ?

— Je ne suis pas sa mère.

Finalement, ce ne sont peut-être pas que des aprioris, mais un septième sens.

— Je vois. Je vais vous prendre un latte à la pistache et un Pumpkin spice latte. Sur place s'il vous plait.

— Le café, c'est pour les adultes. Va plutôt t'acheter une limonade en face.

Elle me montre d'un coup de tête la supérette tandis que le rouge me monte aux joues.

— Excusez-moi, mais vous pensez que je suis qui ?

— Une petite chieuse dans les pattes d'Orion.

Un rire jaune m'échappe sous son regard énervé, mais intrigué. Gardant du mieux que je peux ma patience, bien que rien ne m'y oblige, je lui tends ma carte d'identité, affichant que je suis plus âgée qu'elle.

— Je peux avoir mes cafés, gamine ?

Ses joues s'empourprent tandis que dans un grand silence, je l'observe préparer mes commandes. Élie adore la pistache, et moi la citrouille et la cannelle. Je souris au souvenir de ma sœur allant voir papa les mains pleines de pistaches, elle n'arrivait pas à les ouvrir.

Deux tasses bien remplies à la douce odeur se posent devant moi.

— Merci.

Je dépose un billet sur le comptoir. Je pourrais en rester là, je le devrais même. Je devrais ramasser ma monnaie, prendre les deux tasses et aller attendre Élie à une table. Oui, je le devrais, mais ce n'est pas ce que je fais.

— Oh et désolée de te l'apprendre, mais je suis la femme qui partage sa vie et son lit. Tu lui diras que *amore mio* est passé.

J'ai à peine extrapolé. On se partage juste le canapé

pour regarder *Gilmore Girls,* mais bon. *Pour l'instant du moins.* À cette pensée, je me sens de nouveau rougir.

Je fixe à nouveau mon regard sur Sisi et ce que je vois me fait me sentir mal, très mal. Je lis la tristesse qui s'empare de son regard, elle est là, enfuie derrière le dédain et je me sens soudain rongée par un sentiment de culpabilité. *C'est juste une femme amoureuse.* Est-ce que je suis son Estelle à elle ? À cette pensée, je me dégoûte.

Je n'ai pas le temps de m'excuser, les cheveux verts de Sisi disparaissent alors qu'elle entre dans la réserve. Je devrais lui courir après ? La suivre et m'excuser ? Lui expliquer que tout cela est faux ? Puis je pense à Orion, qui essaye tant bien que mal de l'éloigner de lui. *On peut éloigner sans faire souffrir comme je viens de le faire.*

Décidée, je m'apprête à rejoindre la jeune femme quand je sens une main sur mon épaule. Dans un sursaut, je me tourne et tombe face à Élie. Je reste figée tant elle a changé. Ses longs cheveux blonds sont devenus un court carré plongeant lui donnant un air plus strict. Elle porte dorénavant des lunettes noires rectangulaires, soulignant le bleu de ses yeux hérités de Papa, moi, j'ai les noisettes de Maman.

Son sourire se fait rassurant alors qu'elle écarte les bras, je fonce me réfugier contre cette chaleur familière. J'ai aimé l'étreinte d'Orion et ça m'a fait du bien, mais je me rends compte que c'est bien de celle de ma sœur dont j'avais besoin.

— Comment ça va, petite chaussette ?

— Eliott m'a largué…

Je me mets à pleurer à chaudes larmes dans ses bras.

Élie m'appelle petite chaussette depuis qu'enfant, j'ai tenté de mettre au point un piège pour capturer la fée des dents. Je voulais prouver à tout le monde qu'elle existait, mais sans lui faire de mal. J'ai utilisé une chaussette et des allumettes pour en fabriquer un. Bien sûr, je ne l'ai jamais capturée.

— Oh, Nora, tu aurais dû m'appeler… Pleure si tu en as besoin, je suis là.

— Ce n'est pas pour ça que je pleure. C'est un gros con Eliott, il m'a oublié et en plus, il me trompait.

Son visage se décompose, c'est dur à avaler comme pilule, je m'en doute. Je lui raconte alors l'accident, l'odeur de vanille sur ses vêtements, Estelle à l'hôpital, son odeur à elle.

— D'accord… OK… Mais et donc ce n'est pas pour ça que tu pleures ?

— Non, je pleure parce que je suis l'Estelle de Sisi.

— C'est qui Sisi ?

— La fille amoureuse d'Orion.

— Je vois… Mais c'est qui Orion ?

Ses yeux bleus bougent de droite à gauche, essayant de comprendre ce que je raconte. Je lis bien sur son visage qu'elle est complètement perdue. *Ce n'est que le début.*

— C'est moi Orion.

Je sursaute en me tournant, les joues humides vers ce visage devenu si familier, vers ces yeux vairons si moqueurs. *J'espère qu'il n'a pas tout entendu.* Il embrasse ma joue avant de tendre la main vers ma sœur, la bouche ouverte et le regard plein d'incompréhension.

— Orion, le copain de *Nora*. Tu dois être Élie. Enchanté, elle m'a énormément parlé de toi.

Le regard de ma sœur redevient sérieux, elle lisse son tailleur gris avant d'attraper la main tendue vers elle.

— Élisabeth.

Elle quitte des yeux Orion pour me fusiller du regard.

— Toi, tu as encore des choses à me dire.

— Vos tasses sont vides, je vous remets la même chose ?

— Oui s'il te plait.

— Un matcha latte pour moi s'il vous plait.

— Pas de soucis. Je vous apporte ça et je vous laisse discuter entre vous. Ravie de t'avoir vue Élisabeth.

Je perçois la grimace qu'il tente de réfréner à l'énoncé de cette boisson au goût de gazon. Il reste malgré son dégoût très professionnel et sourit à ma sœur. Après un dernier baiser sur ma tempe, mon *faux, rentre-toi dans la tête que c'est faux,* copain, prend la direction du comptoir. Je me retrouve face à ma grande sœur, prête à me faire gronder.

— Il est vraiment pas mal. Pas mal du tout. Mais ce n'est pas un peu rapide petite chaussette ?

Son visage entier s'est radouci. Je pourrais lui dire que l'on fait semblant. Je devrais lui dire que j'habite simplement chez lui et qu'on se rend mutuellement service. Je devrais oui.

— Quand c'est l'amour, le vrai, on n'attend pas.

Je devrais oui, mais je ne le fais pas.

Face au miroir, je finis d'épingler mon chignon, laissant volontairement quelques mèches bouclées s'échapper.

Malheureusement, Élie a reçu un coup de téléphone urgent et a dû partir précipitamment rejoindre un client. J'aurais aimé avoir plus de temps avec elle, mais je ne sais pas si j'aurais pu lui mentir droit dans les yeux. Pas à elle.

Je caresse le grain de beauté sous mon œil, plus jamais je ne le cacherai. Après avoir entouré mes noisettes de liner et avoir appliqué mon mascara, je prends la direction de ma chambre. Il est temps de m'habiller ou nous allons être en retard.

J'enfile ma robe satinée couleur saumon avant de m'asseoir sur le lit pour chausser mes talons assortis.

C'est là que je la vois, cette petite boîte marron délicatement posée sur le matelas à côté d'un biscuit qu'Orion a préparé la veille.

Je soulève délicatement le couvercle du boîtier et mon souffle se coupe lorsque je tombe nez à nez avec un bracelet en ambre. De petites perles orangé et d'autres marron.

— Il est magnifique…

— *Per la più bella.*

Je me retourne dans un sursaut, Orion est là, adossé au bâti de la porte, dans sa chemise blanche comme neige, son chino marron et sa veste assortie. Il est *parfait.* Élégant sans en faire trop. Il est en train de m'observer être ébahie devant le bijou, *et peut-être un peu devant lui.*

— Mais pourquoi ?

— Il faut une raison pour vouloir te voir sourire *Nora* ?

Les joues rougissantes, j'admire le bijou qui réchauffe le bout du doigt avec lequel je le caresse délicatement. Soudainement, la réalité me rattrape, notre mensonge me rattrape.

— Et si l’on nous demande ce soir ou samedi chez tes parents, comment s’est-on rencontré ? Il y a beaucoup trop de zones d’ombre, ça ne marchera jamais Orion…

— On dit la vérité, *tesoro*. Je t’ai bousculé dans la rue alors que tu étais bouleversée. Toi, la magnifique jeune femme qui venait tous les jours à *l’Aristote*. Pour me faire pardonner, je t’ai offert un café. Tu es revenue et nos cœurs se sont accélérés de café en café.

Il embrasse délicatement ma tempe tandis que je hoche la tête. C’est une belle histoire, pas si loin de la réalité.

— Donc on oublie le fait que tu m’es demandé de sortir avec toi sans me connaitre alors que j’étais fiancée ?

Mon sourire en coin allume plus encore l’amusement de ses prunelles pendant qu’il vient me chatouiller les côtes par vengeance. Puis il s’arrête et regarde timidement mon poignet.

— Je peux ?

— J’allais te le demander, *tesoro*.

Tout en souriant, il accroche les perles d'ambre à mon poignet, je crois même apercevoir du rouge sur ses joues. *Même si je l'imagine sûrement, j'aime l'imaginer, accordé aux miennes.* Il se recule doucement et mes noisettes restent fixées sur les perles marron, *vraiment magnifique.* Il a choisi exactement ce qui me correspond et cette pensée emballe un peu plus mon cœur.

Il va être l'heure d'y aller, mais l'angoisse me paralyse au milieu du salon. Face au miroir, je cherche quelle excuse trouver pour ne pas y aller. Orion apparait à ma gauche, posant sa tête sur mon épaule, il ne lâche pas mon reflet du regard.

— Tu es réellement splendide, *cuore mio.*

— Tu n'es pas mal non plus, *tesoro.*

L'expression est faible. Je le trouve magnifique. Son costume marron lui va à ravir. Ses cheveux toujours aussi décoiffés rajoutent un côté décontracté qui tranche parfaitement avec la soirée à laquelle nous nous rendons. Soirée qui une nouvelle fois me tord l'estomac. *Eliott sera là avec Estelle.* Je n'ai pas mal, j'ai une légère peur, un début de colère aussi. Un goût de vengeance au fond de la gorge et je n'aime pas ça. *Et si je veux juste partir en courant à peine arrivée* ? Je quitte le miroir des yeux pour observer l'homme en chair et en os à mes côtés, lui et sa douce odeur réconfortante de café. Lui, qui semble lire dans mes pensées, son regard moqueur toujours fixé sur mon reflet.

— On devrait se trouver un nom de code. Si ça ne va pas pour l'un de nous deux, un mot qui veut dire “ s'il te plait *amore*, on s'en va ”.

— Citrouille latte ?

Il rit à mon idée et se tourne enfin face à moi, me laissant admirer les couleurs de ses yeux. *Je les aime vraiment bien.*

— D'où ça te sort ?

— Je trouve les citrouilles très mignonnes, si tu veux être le copain parfait, retiens bien cette information ! Puis, on adore tous les deux le café, rien de bizarre à ce qu'on en discute non ?

— Tu es incroyable *tesoro*, incroyablement géniale.

Je ne sais jamais comment décrypter ses paroles, est-il sincère ou ironique ? Son sourire est réconfortant, mais ce regard si malicieux me fait douter. J'aime ça, le fait de ne pas savoir, le fait qu'il soit si amusé de tout, mais si doux à la fois. J'aime le ton qu'il prend quand il me parle et qu'il, au fond, efface tous les doutes même si c'est dur à admettre.

Une dernière fois, nous nous regardons l'un l'autre, face au miroir. Orion est à présent derrière moi, enlaçant ma taille. En silence, je nous observe. J'aimerais qu'on reste ainsi, longtemps, très longtemps. Mais non, après un autre baiser sur ma tempe, dans une délicate courbette, mon cavalier me tend une main, prêt à m'emmener vers l'inconnu.

Ça va aller. Ça va bien se passer… !

Une affirmation qui sonne interrogation. J'aurais dû deviner que non, ça ne se passerait pas bien.

12.
Citrouille latte chez Dante

Vous connaissez l'enfer de Dante[1] ? Moi, oui, parce que j'y suis.

Une femme vêtue de jaune, un *lynx*. Un homme avec une veste remplie de fourrure, *un lion*. Une autre, dans une robe noire la mettant parfaitement en valeur. *Estelle, la louve.*

Je suis prise d'une folle envie d'enlever mes talons, les jeter sur les passants pour partir en courant loin et vite. Sauf que je suis retenue par la main d'Orion, enlaçant la mienne. C'est agréable, mais elle me bloque en enfer. *Est-ce qu'une personne peut changer l'enfer en paradis ?* Parce que je crois que c'est exactement ce qu'est en train de faire mon barista préféré.

---

[1] *L'Enfer est la première des trois parties qui composent la Divine Comédie, poème de Dante Alighieri.*

Le lynx redevient une affreuse robe jaune, remplie de petites fleurs de mauvais goût. Le lion n'est qu'un col de fourrure visiblement fausse, enroulé sur une horrible veste en jean qui n'a vraisemblablement pas sa place ici. La louve… n'est qu'une femme. *Certes celle qui a volé ma vie, mais juste une femme en robe noire, comme son âme.* Son carré est plus lisse que la peau d'un nouveau-né et sa peau plus parfaite que la plus belle des roses, *belle de l'extérieur, mais pourrie de l'intérieur.*

Orion délie nos doigts pour se placer derrière moi et faire glisser ma veste le long de mes épaules. Je me sens frémir alors qu'il dépose un délicat baiser sur ma peau désormais nue. Mes bretelles satinées ne cachent pas que je frissonne à ce contact, *sûrement comme le reste de mon corps.*

— Que le spectacle commence, *amore.*

— Le spectacle ?

— Bien sûr. Regarde-les. Tous des acteurs moins doués les uns que les autres.

Du bout de son doigt qu'il place juste devant mes yeux, il me montre une femme, une coupe à la main.

— Tu vois cette blonde ? Regarde ses lèvres. Son rouge à lèvres, il est presque entièrement effacé. Maintenant regarde le plateau de ce serveur à droite. Non, pas celui-là. Celui aux cheveux longs en queue de cheval.

Je tourne lentement le regard et finis par trouver le bon serveur.

— Sur son plateau, six verres à pied, tous avec la même trace de rouge à lèvres. La même nuance de rouge. Tu ne remarques rien *tesoro* ?

Je fixe quelques secondes les verres, puis je reporte mon attention sur la jeune femme. Et enfin, ça me saute aux yeux. *Il est fort, très fort.*

— C'est la même couleur que sur le bord des lèvres de la blonde ?

— Exactement. Maintenant regarde sa main. Elle essaye de contrôler ses mouvements, de paraître à l'aise, mais c'est une façade derrière plusieurs verres.

Il murmure si proche de moi que je sens son agréable souffle chaud contre mon oreille.

— À présent, ton patron, tu ne remarques rien ?

Cette fois-ci, j'analyse Alain du coin de l'œil. Mais à part sa maigre tentative de cacher sa calvitie, je ne vois rien. Jusqu'à ce qu'il fasse le mouvement qu'il n'aurait pas dû.

— Il y a une trace de rouge à lèvres sur le col de sa chemise.

Orion sourit et je vois un peu plus de malice dans son regard envoûtant.

— Exact. Mais regarde la commissure gauche de ses lèvres. Il y a une trace de rouge à lèvres. Observe à nouveau son col, puis ses lèvres, ensuite son col. Que vois-tu ?

Je fais ce que me somme mon cavalier et mes yeux s'ouvrent en grand.

— C'est la trace de ses propres lèvres.

Il applaudit discrètement juste à côté de mon oreille, me faisant alors pouffer comme une adolescente, *tête à claque*. J'ai honte de ma réaction, mais visiblement, elle le fait sourire plus encore.

— Tu vois, une divine comédie *amore*. Je crois même que nous sommes les plus sincères dans cette pièce et ça en dit long sur tous ces gens !

Machinalement, je recule ma tête pour la poser contre son épaule, *elle est vraiment confortable cette épaule.* Ses mains se posent sur mes hanches, provoquant une nouvelle vague de chaleur dans tout mon corps. Je sens son torse bouger contre moi alors qu'à nouveau, il se penche vers mon oreille.

— À nous d'entrer en scène.

Il accentue sa phrase d'un tendre baiser sur ma tempe tandis que je hoche la tête avant de lui tendre une main qu'il attrape, une lumière inconnue dans les yeux. Très vite réapparaît sa malice que je commence à tant aimer en lui.

— Tu m'accordes une danse *Nora* ?

— Mais personne ne danse.

— Et alors ? La vie est une pièce de théâtre et là, c'est notre scène à nous.

Son souffle contre moi me fait perdre la tête, donc, je le suis jusqu'au milieu de la pièce, là où personne n'est. Là où personne ne danse. Un milieu de pièce vide et monotone auquel nous allons donner vie.

Sous des regards indignés, Orion enlace ma main puis ma hanche avant de se mettre à me faire tourner au rythme de la musique utilisée en fond sonore pour que des ennuyeux puissent discuter de choses ennuyeuses entre eux. Tout en se prenant pour une sorte d'élite qu'ils ne sont pas. Le bruit de mes talons contre le parquet prend le dessus sur les futiles discussions nous entourant et celles-ci disparaissant, nous laissant dans notre bulle d'intimité.

— Dis Orion, je peux te poser une question ?

— Même une centaine, si l'envie t'en prend, *tesoro*.

— J'adore *l'Aristote*, mais je me suis toujours demandé, pourquoi l'avoir appelé ainsi ?

Je remarque son sourire en coin pendant qu'il pose son menton sur mon épaule tout en continuant de tourbillonner au rythme de notre danse. Plusieurs autres duos suivent notre mouvement et d'autres danses endiablées se mêlent à la nôtre.

— Un jour, Platon a dit que chacun cherche sa moitié. À l'origine, les hommes étaient des sphères androgynes roulantes sur eux-mêmes. Ils avaient quatre bras et quatre jambes, mais une seule tête avec deux visages. Ils ont fini par provoquer les dieux en essayant de les égaler et ont, par ce fait, récolté la colère de Zeus. Pour les punir de cet affront et par peur de leur potentiel pouvoir, il les a séparés en deux, les obligeant ainsi à passer le reste de leur vie à chercher leur moitié.

— C'est très joli, vraiment. Mais j'ai du mal à voir le rapport avec Aristote. Tu n'aurais pas dû l'appeler *le Platon* ?

Il rit sincèrement, et ce son qui résonne jusque dans mes os, faisant vibrer mon entièreté, je ne m'en lasserai jamais.

— Oui. Mais je trouvais le nom Aristote beaucoup plus sympa !

— Tu sais qu'Aristote pensait que l'univers a pour origine un œuf ?

— Genre une grosse poule qui l'a pondu ?

— Il faut croire. Moins mignon que l'amour de Platon non ?

— Pas faux, mais j'aime bien les œufs mollets !

Orion rit à gorge déployée tandis que je souris si fort, que je ne sais pas si je pourrai m'arrêter un jour. J'ai peut-être un peu trop tourné, ou le vin est plus fort que je ne le pensais.

— Et toi alors, tu la cherches ta moitié ?

— Évidemment, je rends hommage à Platon !

— Et si je venais à t'empêcher de rendre cet hommage ?

— Et si au contraire, tu étais ma demi-sphère ?

Le rouge aux joues, l'enfer de Dante se change en autre chose. Un doux lieu cotonneux. Plus doux encore lorsque le visage d'Orion se rapproche lentement du mien, son regard allant de mes yeux à mes lèvres. Il s'arrête à quelques centimètres de ce qui, je l'espère, obnubile ses pensées autant que les miennes, comme s'il attendait mon approbation. Ce n'est pas la première fois qu'il fait ça, qu'il me demande, qu'il attend que j'acquiesce. *Et ça, ça me fait me sentir toute chose.*

Sans attendre, je hoche la tête et cet insupportable obstacle est comblé, créant une autre valse endiablée dans notre danse. Je ne sais pas combien de temps dure cet instant, combien de temps cette magie nous entoure, ni depuis combien de temps la musique s'est arrêtée lorsque nous nous éloignons pour reprendre notre souffle. Tout ce que je sais, c'est que Mel nous fixe avec un sourire victorieux. Je l'observe ensuite se montrer du doigt, puis le tourner vers moi avant d'indiquer solennellement la direction des toilettes.

— Je crois que tu es attendu, *amore*.

— Je crois aussi. Je reviens vite.

— Prends ton temps, il y a du vin et des petits fours, que demander de plus !

— Café café café ?

— Miss Gilmore !

— Oui Luke ?

— Votre Sookie[1] vous attend.

Malgré mes talons, je me dresse sur la pointe des pieds pour, dans un coup de vent, sceller une dernière fois nos lèvres avant de m'éclipser.

---

[1] *Sookie St James, personnage de la série* Gilmore Girls, *meilleure amie et associée de Lorelai Gilmore.*

À peine je franchis le pas de la porte, que je suis accueillie par une paire d'yeux marron et deux sourcils jouant étrangement.

— C'était quoi déjà ? “ Tu t'inquiètes pour rien. C'est mon coloc et il m'aide, c'est tout ”. C'est bien ça ?

Ses yeux roulent tellement que j'ai peur qu'ils se retournent et disparaissent éternellement, arrachant au monde la beauté de son grain de beauté. Mélanie se tourne vers le miroir pour appliquer une nouvelle couche de son rouge à lèvres qui lui va à merveille. Ses longues tresses noires ont été réunies en un chignon sophistiqué lui donnant un air de dame importante. *Elle a toujours l'air d'une dame importante.*

Je cherche son grain de beauté dans l'œil, j'ai toujours ce besoin irrépressible de l'admirer, je l'envie tant de le posséder. Puis je me souviens du mien, sous mon œil gauche, qui pour la première fois depuis des années n'est pas camouflé. Est-ce que d'autres me l'envient comme j'envie celui de Mel ? Une part narcissique de moi l'espère un peu.

— En tout cas, Eliott ne vous a pas quitté du regard et je n'ai jamais vu autant de chagrin mêlé à de la colère sur un visage. Quant à sa pou… cavalière, elle puait la jalousie à des kilomètres à la ronde. En même temps, tu es magnifique Nora, si jolie, et tu sembles épanouie. Même moi, je te jalouse.

Elle tourne un instant sa tête vers moi pour m'adresser un clin d'œil complice, avant de, cette fois, réajuster son mascara ayant coulé.

— Je crois que ça ne m'impacte pas. C'est normal que je m'en fiche de leurs attitudes ? C'était pourtant ça le but de tout ça, me délecter de leurs réactions.

— Tu grandis ma petite. Les enfants, un jour, ils naissent et un autre pouf, ils deviennent adultes.

— J'étais déjà adulte !

— Est-ce que ça perd de sa saveur ? Ce “ faux ” couple, il perd en goût ?

Sa façon de mimer les guillemets à “ faux ” me fait lever les yeux au ciel tandis qu'elle pouffe de rire.

— Je crois qu'au contraire, il gagne en tout. Je préfère ça, profiter de tout sans me focaliser sur l'attention des autres. Avec Eliott, je devais faire attention à tout pour ne pas faire d'erreur. Orion, lui, il encourage mes faux pas, il les aime, ils l'animent.

— Et lui, il t'anime toi.

Son sourire maternel est tendre, sans aucun jugement, elle paraît profondément heureuse et ça me touche.

— On y retourne ?

— Vas-y la première et profite de la soirée, Aymeric doit être désespéré sans toi. Je te rejoins vite.

— Compte sur moi, ça fait au moins six mois qu'on n'a pas eu une soirée sans les enfants, on va en profiter toute la nuit ! Tu sais pour faire ce que tu devras me raconter quand ça arrivera.

Le bout de papier que je lance tombe mollement dans le vide alors que la robe argentée de Mélanie disparaît derrière la porte.

Je fixe quelques secondes mon reflet dans le miroir, caressant du bout des doigts la chaleur encore présente au bord de mes lèvres. *Bien sûr, les moments de paradis se doivent d'être gâchés.*

Je franchis à mon tour la porte des toilettes et tombe nez à nez avec Eliott. Ses yeux bleus me transpercent, comme s'il essayait pour la première fois depuis longtemps de lire en moi. *Le même regard qu'à nos débuts.* Non. Hors de question de me laisser avoir. *Une fois, pas deux.*

— J'ai essayé de t'appeler…

— J'ai bloqué ton numéro.

— Tu as toujours été loin d'être bête.

Son sourire en coin me donne envie de lui arracher ses yeux bleus qui me fixent trop intensément.

— Arrête ça.

— Arrêter quoi ?

— Ce regard-là. Tu n'as plus le droit de me regarder comme ça. Tu l'as perdu en m'oubliant. Non, tu sais quoi ? Tu l'as perdu en me trompant, avant de m'avoir oubliée.

Son visage se crispe, il a l'air plus tendu que l'élastique du pantalon de mon père après un bon repas de Noël bien garni.

— On peut discuter s'il te plait ?

— Non.

Je fais un pas de côté pour le contourner, mais son bras se place devant moi au niveau de mes hanches. Il vient effleurer celles-ci, me faisant immédiatement reculer. C'était comme recevoir une décharge électrique, pas les décharges agréables que m'envoie le contact d'Orion, une horrible décharge semblable à celle qu'envoyait la clôture des vaches à côté de notre maison de vacances. Je le sais parce que petite, intriguée, je les ai empoignées à pleines mains. *Une des premières erreurs de la longue liste des erreurs de ma vie.*

— Je t'en supplie Nora, écoute-moi. J'ai fait une erreur, non, une grosse connerie.

— Oui, tu as fait une erreur. M'oublier, tu n'y es pour rien. Je ne t'en veux pas. Mais avoir ramené cette… fille dans *mon* lit, quand j'étais absente. Ça, jamais, jamais, je ne te le pardonnerai Eliott. Toi, tu l'as peut-être oublié, mais moi, ça me hantera pour toujours. Et le pire, c'est que je n'aurai jamais d'explications.

Il se mord l'intérieur de la joue et je lis une sorte de

drôle de combat au plus profond de lui. Avant qu'il ne semble se résigner.

— Quand j'ai été renversé, je ne t'ai jamais oublié. À aucun moment. Comment pourrait-on oublier quelqu'un comme toi ?

— Pardon ?

— Je ne suis pas amnésique Nora. Je n'ai juste pas eu la force de t'avouer que l'on couchait ensemble Estelle et moi depuis tout ce temps alors, j'ai menti. Mais tu l'as découvert. Je voulais juste te protéger, parce qu'au fond, je t'aime toi, Nora. Je m'en rends compte maintenant, te voir au bras de ce mec, c'est trop pour moi. C'est toi que j'aime, c'est avec toi que je veux être. C'est toi que je veux embrasser sous la pluie, c'est toi.

Mon corps se fige sur place. *Il a fait semblant de m'oublier ? Il a osé.* Il m'a trompée, humiliée, abandonnée et à présent, il revient en espérant quoi ? Que je rampe à nouveau à ses pieds ?

— Je t'aime Nora. Je t'en prie, réponds-moi.

Le contact de sa paume sur ma joue me réveille. D'un coup sec, j'envoie sa main valser le plus loin possible. Je fixe mon regard dans le sien et retiens cette irrépressible envie de lui mettre mon poing dans la mâchoire.

— Mais va bien te faire foutre.

Ces six petits mots sont les seules pensées cohérentes que j'ai réussi à articuler. Chamboulée, je tente de contourner mon ex-fiancé. Tentative ratée à cause de sa main qui se referme sur mon poignet, assez fort pour laisser graver l'empreinte des perles ambrées dans ma peau. Je sens mon dos entrer en contact avec le mur alors qu'il vient coller son torse contre moi, pressant ainsi ses lèvres sur les miennes.

Mon seul réflexe est de refermer violemment mes dents. Dans un râle de douleur, en un bond, Eliott s'éloigne de moi, la lèvre inférieure ruisselante de sang.

Je plaque mes deux mains sur ses pectoraux pour le pousser le plus loin possible, il sera toujours trop proche à mon goût, avant de lui asséner une puissante gifle.

— Ne me touche pas. Plus jamais.

Mes talons claquent contre le sol tandis que je rejoins la salle remplie de ces acteurs plus mauvais les uns que les autres. *Eliott, le pire de tous.*

Automatiquement, mes yeux trouvent Orion et je ne contrôle pas mon corps qui le rejoint, cherchant désespérément son contact.

— Ah *Nora !* Tu veux un café *tesoro* ?

Le regard dans le vide, je l'entends de loin. *Eliott ne m'a pas oublié, il m'a pris pour une conne puis il m'a embrassé.* Il a plaqué ses lèvres sur les miennes et ce n'était pas comme avant. J'ai ressenti une certaine violence dans son geste, derrière un fond de désespoir.

— Sinon ils ont un vin à couper le souffle ! Je sais que tu as un petit faible pour ça.

Je veux effacer ce souvenir. Je préférais quand il m'avait réellement oublié. Je ne veux pas sentir ce baiser sur mes lèvres, jamais, plus jamais.

— *Tesoro* ?

Sa main caresse le dos de la mienne, déferlant un ruisseau de chaleur du bout de mes doigts jusqu'au bout de mes orteils. Tout mon corps se réchauffe agréablement, éloignant la boule étrange et lourde qui a pris possession de mon estomac. Je relève le regard vers lui et cette fois, je suis plus que certaine qu'Orion rougit instantanément.

— J'adore tes yeux, *Nora*. J'aime ton regard, surtout quand il me fixe comme ça. Mais ton silence, lui, n'indique rien de bon.

Il aime mes yeux ? Sait-il à quel point les siens m'ensorcèlent ?

— Tu veux du café ou du vin *amore* ?

— Je veux que tu m'embrasses.

Instantanément, il saute sur mes lèvres. Je devais chasser le contact amer d'Eliott, je devais retrouver cette béatitude étrange que me laisse Orion à chaque murmure, chaque caresse, chaque baiser.

Il n'est pas violent, mais il n'est pas doux non plus. Ce n'est pas la magie de tout à l'heure, c'est un courant chaud qui ne parvient plus à se contenir.

Mais encore une fois, Dante et son enfer reviennent à la charge.

— Donc maintenant, tu sors vraiment avec un gamin qui fait du café.

Estelle crache ses paroles avec un dédain non dissimulé. *Ne la frappe pas, je t'en supplie, ne la frappe pas.*

Orion délie nos lèvres, le souffle court, il embrasse ma

joue avant de se redresser et de tendre sa main vers Estelle et son cavalier, *Eliott.*

— On ne s'est pas présenté en bonne et due forme. Orion De Luca.

— De Luca, comme l'héritier des hôtels Lecerf ?

Je perçois, pendant une fraction de seconde, un malaise sur le visage de mon " copain ", qui se ressaisit si vite, qu'il a dû passer inaperçu.

— Tout à fait. Ceux-là mêmes qui te permettent d'acheter cette montre, Grainville. Je devrais probablement revoir le contrat qui lie nos entreprises.

Eliott rit jaune avant de baisser son regard, me faisant ainsi remarquer ma main, enlacée dans celle d'Orion.

— Tu es peut-être plus vieille que lui Nora, mais c'est lui que tu fais passer pour un pointeur.

— Et toi, tu passais pour un pédophile, mais personne

ne t'a jamais rien dit le vieux. Presque trente ans, hein.

Orion a répliqué si vite, que je n'ai eu le temps de ne formuler aucune répartie. Les prunelles d'Eliott deviennent froides, une expression que je ne lui ai jamais vue sur le visage, je remarque ses jointures blanchir alors qu'il serre le poing de plus en plus fort.

Je ne réfléchis pas pour me placer devant Orion et prendre à sa place ce coup de poing qui au fond, je le sais, m'était destiné. Ma joue me brûle, mais je ne dis mots. Je ne lui donnerai pas la satisfaction de pleurer. *J'ai assez pleuré pour cette ordure, que ce soit dans cette vie ou dans la prochaine.*

— Il parle et tu prends les coups. C'est beau l'amour.

Sans excuse, sans rien de plus, Eliott me lance un dernier regard dédaigneux avant de s'éloigner, emmenant sa cavalière sur la piste de danse que nous avons nous-mêmes créée.

— *Amore*, ça va aller ?

Je prends de la glace dans le grand sceau argenté avant de l'envelopper dans une poignée de serviettes en papier pour poser le tout sur ma mâchoire.

— On vit dans un monde de paraître. Tant que je souris, ça ira, personne ne me demandera réellement comment je vais en s'intéressant à la réponse. Ils vont donner l'air de s'y intéresser, ces mauvais acteurs.

— Tu es la pièce de théâtre qui m'intéressera toujours *tesoro*. Moi, ça m'intéressera toujours de savoir comment tu vas *réellement*.

Je dépose à nouveau ma tête contre son épaule, touchée en plein cœur, mais trop fière pour l'admettre.

— L'héritier des Lecerf hein ? Tu en caches encore beaucoup, des choses, monsieur le patron de café, héritier de riches ?

— Si je te disais tout d'un coup, je serais beaucoup moins amusant, non ?

Je lui frappe mollement le ventre, essayant tant bien que mal de retenir mon rire.

— Je t'ai parlé de mes grands-parents maternels. Les Lecerf. Ils ont de l'argent comme je t'ai dit et ils tentent pitoyablement de s'en servir pour acheter de l'amour. Mais une famille, ça ne s'achète pas. Ils se sont dits que me nommer héritier de leur truc me ferait les aimer.

— J'imagine que c'est raté ?

— Tu imagines super bien, *tesoro*.

Son clin d'œil me fait sourire tandis qu'il soulève le pain de glace improvisé de mon visage.

— C'est si terrible ?

— Non, non. J'espère juste que tu aimes le violet.

Je soupire si fort, qu'Orion vient caresser délicatement mon dos nu, me faisant à nouveau frissonner. Je relève la tête vers lui, entrouvre les lèvres puis les referme instantanément.

— *Amore* ?

— Citrouille latte.

— Je pensais que l'on devait faire une phrase pour qu'il passe inaperçu ?

— Citrouille latte ou ce sont ses testicules que je vais latter.

D'un mouvement de tête, je montre la direction où se trouve Eliott. Au même endroit, Estelle bouge élégamment sa main, de façon excessive, pour bien montrer aux yeux de tous ce qui est accroché à son poignet. Un bracelet de perles blanches. Bracelet où j'en suis certaine est gravé, dans le fermoir, *E.L* pour *Eugénie Lynch*. Parce que je reconnais ces perles, je le reconnais ce bracelet. Celui de ma mémé, mon bracelet.

Non, je ne serai jamais une Estelle, parce que jamais, je n'aurais fait ça.

Sous mon expression dépitée, mon visage décomposé, je vois Eliott sourire triomphant. Il est loin, mais je sais pertinemment les quelques mots qu'il m'articule silencieusement.

— Je t'ai laissé le choix Nora et tu as choisi.

— Ça, je jure qu'ils vont me le payer.

Orion suit mon regard et s'assombrit autant que moi, sauf que lui, il redevient très vite la boule de lumière habituelle. Puis, il sort de sa poche une citrouille en plastique qu'il me tend.

— Tu as dit qu'elles étaient adorables, j'ai pris ça dans mes décorations d'Halloween en prévision d'une catastrophe.

Je suis certaine que mes joues rouges cachent la tache violette qui nait sur mon menton.

— Maintenant viens *amore*, on va aller se faire un café devant *Gilmore Girls*, en jugeant la vie sentimentale plus que reprochable de Rory, mais sérieux, Dean quoi…. Pitoyable, c'est le Matt Donovan[1] de *Gilmore Girls !* Ensuite, on mettra au point un plan formidable pour envoyer ce mec, je ne sais où, mais l'y envoyer.

Je ris sans retenue, me disant intérieurement que l'autre chose dont je suis sûre dans l'instant, c'est que les citrouilles ne sont pas la seule chose que je trouve adorable.

[1] *Personnage de la série* The vampire diaries.

13.
Une effraction au goût de café

Je suis dans la merde.

À peine la porte franchie, Orion se dirige vers la cuisine pour me ramener en vitesse un sachet de petit pois qu'il enveloppe dans un tissu. Il vient très vite remplacer le papier humide et désagrégé dans lequel tous les glaçons ont disparu. Je fixe le bout des doigts d'Orion qui tiennent ce reste poisseux avant de le jeter dans la poubelle.

Je me perds dans l'observation des gouttes ruisselantes le long de sa main et venant s'écraser au sol. C'est lent, une goutte, plus lent encore que lorsqu'elle perle de mes cheveux sous la douche. Si nous étions dans une grotte froide, formeraient-elles des stalactites sur le bout de ses phalanges ?

— Ça te fait très mal ?

Je sursaute au son de sa voix, sortie de mon imaginaire dans lequel les mains d'Orion se rallongent.

— Plus à l'intérieur qu'à l'extérieur. Je suis folle de rage.

— Que de rage ?

Il sourit tristement, *je remarque la lueur éteinte qui se bat pour se rallumer,* avant de retourner au plan de travail de la cuisine. Sa veste de costume finit en boule sur une chaise de l'îlot central, très vite rejoint par la mienne tandis qu'il se dirige, libéré de ses mouvements, vers la machine à café.

— Un latte citrouille, c'est bien ça, *tesoro* ?

Je lui souris à mon tour, reconnaissante, tout en envoyant voler mes talons dans un coin de la pièce. Cinna s'en va renifler l'intérieur avant de fuir se cacher là où se trouvent sa litière et son râtelier. *D'accord, j'ai compris. Je pue des pieds.*

Pendant que j'essaye d'aller m'asseoir face à mon colocataire, mes pieds se prennent dans cette robe à présent trop longue pour moi.

Je souffle, contre cette robe trop grande, contre cette soirée, contre mon bracelet au poignet de cette louve, contre Orion qui me cache volontairement ses mouvements, contre moi. J'ai peut-être soufflé trop fort, sinon Orion ne se serait pas retourné. Je le remarque observer mes pieds emmêlés dans ce surplus de tissu, je l'aperçois renaître, cette lueur amusée qui apaise un peu mon amertume.

— Tu es réellement splendide dans cette robe et le mot splendide est faible. Mais tu devrais aller mettre quelque chose de plus confortable, *cuore mio.*

Silencieusement, dans un hochement de tête mécanique, je vais dans ma chambre pour retirer ce déguisement. Tout à l'heure, j'étais heureuse, je me trouvais même jolie et maintenant, je me sens simplement contrefaite.

Des larmes muettes s'échappent de mes yeux pendant que j'enfile mon pyjama marron au motif de citrouille. C'est celui que je mets quand j'ai besoin de passer la semaine entière en pyjama, assise dans le canapé à manger de la glace, du café en intraveineuse, devant une série. *Si possible avec des personnages à la vie plus pitoyable que la mienne.*

En voulant ouvrir ma porte, je tombe nez à nez avec mon reflet dans le miroir de la chambre. Je suis à deux doigts de m'effrayer. Parfois, je trouve mes yeux marron ternes, ce soir, ma sclérotique est si rouge qu'ils ressortent bien plus que jamais.

Je respire un grand coup avant de me décider à retourner à la cuisine, *je me démaquillerai après, là ça me demanderait un effort dont je ne suis pas capable.*

Avoir un Orion dans sa vie est une nécessité.

Je sors de ma chambre, pour être accueillie par une tente de plaids, des assiettes de biscuits et deux cafés servis dans des verres à vin.

— Tu es une grande dame *tesoro*. Une grande dame dans une cabane, mais une grande dame quand même.

Les premières notes du générique de *Gilmore Girls* résonnent en même temps qu'un message de Mélanie.

Tu es bien rentrée ?
Mel

Je vais récupérer mon bracelet.
Nora

Ça va ton visage ?
Mel

Ça ira, quand j'aurai mon bracelet.
Nora

Ils sont chez les parents d'Eliott.
Mel

Comment tu sais ça toi ?
Nora

Ses story Instagram.
Mel

Il ne t'a pas bloqué toi ?
Nora

Nora, je suis maman, bien sûr que j'ai deux comptes.
Mel

Mais Alya a quatre ans et Quentin cinq.
Nora

Je sais. Mais un jour, ils en auront plus et un compte tout récent à zéro abonné, ce sera louche.

Ça fera carrément maman qui les espionne.
Mel

Mais c'est le cas ?
Nora

Tu veux savoir où est ton bracelet oui ou non ?
Mel

La première fois qu'Eliott m'a présentée à sa famille, ça s'est très mal passé. Sa mère m'a tout de suite détestée, me trouvant trop immature physiquement et émotionnellement, ainsi que trop jeune pour son fils " parfait ". *Parfaitement imparfait, oui.*

Nous avons, quelques mois après, passé un week-end chez eux, un calvaire plutôt. J'ai fini par fuir par la fenêtre de la chambre, me débrouillant en escaladant la façade de la maison. Eliott est donc allé acheter une échelle de bois pour que je puisse m'échapper comme bon me semble.

La fenêtre, l'échelle.

Parfois, j'ai vraiment des idées de merde.

Je remarque le regard d'Orion, fixé sur moi et non pas sur la série, visiblement, il est inquiet. *Je m'en veux de le faire se sentir mal pour moi.*

— Tu ne manges pas *tesoro* ? Ce n'est pas bon ?

— Au contraire, c'est délicieux. Désolée, j'ai juste la tête ailleurs.

Il se mord la lèvre avant de les entrouvrir puis les refermer en baissant la tête. *Ça lui donne un air adorable, il est très craquant.*

— Pose-la, ta question, je vois bien qu'elle te ronge.

Il hésite encore un instant avant de se lancer, alors je lui souris, la plus rassurante possible.

— Il avait déjà été violent avec toi ?

— Non, jamais. Ce n'est absolument pas le genre d'Eliott. Mais tromper et faire croire qu'il m'avait oublié, ce n'était pas non plus son genre.

— Vous deviez réellement vous marier ?

— Oui. Mais plus je réfléchis et plus je me dis que c'était une idée de sa mère. Que le pousser dans ses retranchements le ferait me quitter. C'est réussi.

— Je suis sûr que tu aurais été une mariée magnifique.

Je ne peux pas me retenir, sous les yeux pleins d'incompréhension de mon barista, j'explose de rire.

— Au contraire, j'aurais été affreuse. Tu verrais l'horrible charlotte aux fraises blanche qu'avait choisie Meredith comme robe, tu t'étoufferais de rire.

Les larmes aux yeux à force d'avoir ri, *de moi-même finalement,* je grimace en me souvenant de cette abominable robe blanche pleine de froufrous accrochée dans la penderie, un petit mot pour eux deux, épinglé sur cette horreur. Je relève la tête et le rire meurt dans ma gorge face à l'expression face à moi. Ce n'est pas de la tristesse, ni de la colère, ni même de l'incompréhension. C'est un mélange de tout ça et de tant d'autre chose. Toutes ces émotions en une seule font accélérer mon cœur d'une façon si agréable que j'aimerais que ça ne cesse jamais.

— Attends, tu n'as pas choisi ta robe de mariée toi-même ?

— Je n'ai eu aucun mot à dire dessus. J'en ai essayé trois, toutes sélectionnées par la mère d'Eliott et elle a choisi la plus laide de toutes, si tu veux mon avis, elle l'a fait exprès cette harpie.

— Ça, c'est non.

— Je ne dois pas l'appeler harpie ?

— Tu ne dois pas n'avoir essayé que des robes affreuses, même si j'ai du mal à croire que quoi que ce soit puisse être affreux sur toi.

Je m'allonge, posant la tête sur les jambes en tailleur d'un Orion à l'air pensif et plus qu'amusé. La cabane de couvertures transforme la lumière qui nous éclaire, l'entourant d'un halo qui le rend encore plus séduisant, *je ne pensais pas ça possible.*

Distrait, perdu dans ses pensées, il enlève une à une les épingles tenant ma drôle de coiffure avant de venir perdre ses mains dans ma tignasse rousse. C'est agréable, ses caresses sur la tête, Eliott ne m'en faisait jamais. Souvent, il en réclamait, mais ce n'était que dans un sens, moi, je n'y avais pas le droit. Je comprends mieux pourquoi il aimait tant ça.

Quand j'étais petite et que j'avais de la fièvre, Mémé m'installait comme ça aussi, avec un gant de toilette frais sur les tempes. Elle me racontait un tas d'histoires magiques, tout en caressant mes cheveux, exactement comme le fait Orion. Je ne m'étais pas rendue compte que ça me manquait à ce point. J'avais même presque oublié ce souvenir et ce sentiment de plénitude malgré le mal-être.

Mémé… Ses cheveux blancs et tout doux me manquent. C'est d'elle que Papa et moi avons hérité nos boucles contrairement à Élie qui a les cheveux de Maman.

Le bracelet est donc chez les parents d'Eliott. J'en ai pour environ une quarantaine de minutes de marche, il doit être aux alentours de vingt-deux heures. Il a sûrement grignoté pas mal de choses avant de rentrer alors vu l'heure, le connaissant, il va profiter de la piscine jusqu'à très tard. Estelle risque de le rejoindre. *C'est ce soir ou jamais.*

D'un bond, je me relève des genoux d'Orion pour sauter sur mes deux pieds, évitant de justesse l'effondrement de notre château de couvertures.

— J'ai besoin d'aller faire une petite balade. Merci pour tout ça, vraiment.

D'un mouvement de main, je lui montre l'assiette de biscuits que je n'ai pas touchée et le verre de café bien vide, tant mieux, *je vais en avoir besoin.*

— *Nora* ?

— Oui ?

— Tu comptes y aller en pyjama et pieds nus ?

Je m'arrête, la main sur la poignée, pour regarder mon short de nuit rempli de citrouilles ainsi que mes doigts de pieds. *C'est affreusement laid un doigt de pied.*

— Tu es consciente qu'il ne doit pas faire plus de dix degrés dehors ?

Je tourne les talons vers le dressing pour enfiler un collant, un gros pull marron et une jupe tartan. *Ça fera l'affaire et tant pis, si j'ai froid, l'adrénaline me réchauffera.*

Je marche longtemps, mais ça me fait du bien. Le vent frais fouette mon visage et mes cheveux me bloquent la vue, j'aurais peut-être dû les attacher ? Non, je crois que j'aime bien cette sensation qui caresse mes joues certainement rougies par le temps.

Lentement, mais trop vite à mon goût, j'arrive devant un grand portail noir. Le portail de mes parents est aussi, voir plus immense que celui-ci, d'un noir aussi profond et pourtant il reste infiniment moins sinistre.

Je la sens, l'oppression, la même qui m'a envahi à chaque fois que je suis arrivée devant ces grandes grilles sans âme. *Sauf que je suis là pour m'en libérer.*

Je marche le long du mur en pierre, pour être masquée par les buissons. J'entame alors une escalade des grilles et saute pour arriver à nouveau au sol. *Ça y est, l'idée de merde est lancée.* Je viens de rentrer par effraction chez les parents de mon ex-fiancé. S'il me décrit comme étant une ex, folle, il aura certainement raison. *Je deviens ce que je déteste ? Non. C'est pour la bonne cause, celle de mon bien-être mental.*

Je longe l'enceinte de la maison jusqu'à arriver en bas de la fenêtre que je cherche et à laquelle je pense depuis tout à l'heure.

Je passe ma main derrière le lierre et elle est là. L'échelle est encore ici, mon échelle. Je l'empoigne délicatement pour éviter d'éventuelles échardes. Pourquoi ne l'a-t-il pas enlevée ? Il n'y pense sûrement pas. Ou il l'a laissé là pour la “ merveilleuse ” Estelle, même si elle ne doit pas en avoir besoin. Meredith me comparait sans cesse à elle, se plaignant d'à quel point j'étais minable par rapport à cette femme.

Ça y est, je la sens cette boule de rage qui prend à nouveau vie dans mon ventre.

Je sais qu'il ne ferme jamais les fenêtres, il a peur des espaces clos. Elles sont poussées, mais obligatoirement ouvertes.

J'empoigne les premiers barreaux et commence mon ascension. L'un après l'autre, je finis en haut. Je pousse la vitre et elle s'ouvre bel et bien.

Assise sur le bord de la fenêtre, j'hésite. Si j'entre, il n'y a plus du tout de retour en arrière. Si je pars, je fais mes adieux à l'une des choses les plus précieuses de ma vie. Instinctivement, ma main vient caresser le bracelet d'ambre et sans que j'y réfléchisse davantage, je suis debout sur le grand tapis persan au milieu de la chambre qui empeste la vanille. Meredith me tuerait si elle me voyait marcher dessus avec mes chaussures. *Et bien qu'elle vienne me tuer.*

Je commence par fouiller les tiroirs de la table de nuit, sans grand résultat. Puis la commode, l'armoire et même les tiroirs de la salle de bain adjacente à la chambre. Mais je ne vois pas de bracelet. Aucune trace de perles blanches.

Je m'assieds sur le lit avant de me souvenir qu'il n'y dort pas seul et de sauter sur le parquet pour m'éloigner de ces draps. Mon sursaut fait tomber un sac qui était posé sur le matelas. C'est mal, mais je m'accroupis, ramasse le sac noir et regarde autour de moi.

— Juste un petit coup d'œil. Ça ne fera de mal à personne.

J'entre ma main dans le sac et commence à fouiller. *Bingo*. Mes doigts rencontrent quelque chose de dur et froid qui pourtant leur redonne vie. À peine sortie de là, la vue de ces perles blanches réchauffent instantanément mon cœur.

Je les sers fort, le plus fort possible, quitte à imprégner leur trace ronde dans ma paume, j'ai besoin de les sentir proches de moi.

— Plus jamais je ne vous quitte des yeux. Jamais.

J'ai murmuré ces mots si près des perles qu'une légère couche de buée s'est imprégné dessus. C'est joli la buée, c'est joli les perles et parfois, c'est joli la vie.

J'entends du bruit dans le couloir alors à toute vitesse, je passe à nouveau par la fenêtre. J'aurais dû prendre mon temps. Mon pied dérape, je ne sais pas comment je me débrouille, mais l'échelle se décroche et finit en bas, sans moi qui suis coincée sur mon perchoir. J'entends la porte s'ouvrir derrière moi, alors je me cache sur le côté du toit. *Je suis dans la merde.*

Si j'appelle Mélanie, je n'ai pas fini d'en entendre parler. Élie, ce n'est pas la peine, je vais avoir droit à un récital du Code pénal… Je n'ai pas l'impression de devoir réfléchir quand je m'empare de mon portable, mon doigt appuie automatiquement sur le prénom *Tesoro,* Orion. La première sonnerie commence à peine qu'il répond, peut-être qu'il attendait mon appel ? *Je l'espère.*

— Imaginons un monde hypothétique. Si dans ce monde hypothétique, je t'envoie une adresse qui est à dix minutes en voiture, tu penses pouvoir être là quand ?

— Pour toi, je dirais huit minutes, pourquoi ?

— Je crois que j'ai hypothétiquement fait une bêtise et que j'ai besoin de toi, *tesoro*.

— Je suis là dans cinq minutes alors, *Nora*.

— Surtout, gare-toi plus loin, escalade le muret à gauche du portail. Ne te fais pas voir et ne pose pas de question.

Je m'allonge sur les tuiles tièdes. Le soleil les a réchauffées toute la journée et la fraicheur de la nuit ne les a pas encore remises à neuf. La maison est excentrée, il n'y a aucun lampadaire, aucune lumière parasite. Rien que moi et le ciel.

La tête dans les nuages, perdue dans les étoiles, je vagabonde de l'une à l'autre. *Oui, parfois, c'est beau la vie.* Je cherche, et à force de me concentrer, je finis par la voir. Trois étoiles formant une ceinture, une autre pour l'arc. Orion dans le ciel qui veille sur moi. Le sourire aux lèvres, je ne quitte pas des yeux le barista du ciel jusqu'à ce que celui du sol arrive. *Je crois que je suis heureuse.*

Et il n'a pas menti. À peine cinq minutes après mon appel, j'aperçois Orion, celui en chair et en os, du moins ses cheveux blonds toujours aussi ébouriffés. Leur couleur claire est un point de jour au cœur de la nuit, un feu de camp qui réchauffe ma peau.

— Que fais-tu perché sur un toit *amore* ?

— Je t'observe. Tu es magnifique vu d'ici.

Une dernière fois, je lève les yeux vers la ceinture, m'attardant sur Alnitak, Alnilam et Mintaka[1]. Chacune leur tour, quelques secondes volées avant de me plonger dans les étoiles terrestres des yeux moqueurs d'un Orion bien réel.

— Tu veux bien redresser l'échelle ?

— Quelle échelle ?

— Elle doit être quelque part dans les buissons. Mon pied l'a faite tomber.

Le temps s'arrête, pas longtemps, mais suffisamment pour marquer ce moment, ce sentiment, pour l'inscrire en moi pour des années. Je suis perchée là-haut, il est en bas, le vent souffle faiblement, faisant voler des feuilles colorées de lui à moi, de moi à lui. La musique des branchages nous entoure, vite accompagnée par le son

[1] *Étoiles formant la ceinture de la constellation d'Orion.*

de son rire si chaleureux. Je sens littéralement mon cœur s'allumer d'un feu brûlant et plus qu'agréable.

— Chut, on va t'entendre !

Mes actions contredisent mes paroles, je le rejoins dans son rire, comprenant l'absurdité de la situation.

— J'ai un sentiment de déjà-vu.

— Un déjà-vu *Amore ?* Tu as cambriolé une autre maison dans ta vie ?

— Non, mais j'ai passé l'audition pour jouer Juliette au collège. J'ai pas été prise.

— Tu aurais fait une parfaite Juliette, plus parfaite que Juliette elle-même.

Je me racle la gorge et prends mon meilleur surjeu, *ce n'est pas difficile, je ne suis pas une très bonne actrice*, avant de bouger exagérément mes bras vers mon barista préféré.

— Ô Roméo ! Roméo ! pourquoi es-tu Roméo ? Renie ton père et abdique ton nom ; ou, si tu ne le veux pas, jure de m'aimer, et je ne serai plus une Capulet[1] !

---

[1] *Extrait de* Roméo et Juliette*, Acte II, scène 2, SHAKESPEARE William, traduction de François-Victor Hugo.*

— T'es plus une Gilmore, *Cuore mio* ?

— OK Luke, t'es plus Roméo !

De nouveaux rires s'emparent de nous et je me sens vivante. Une fois qu'il a fini de se plier en deux sous l'effort de ses éclats, Orion se penche dans les broussailles avant d'en ressortir rapidement une échelle de bois entre les mains.

— *Tesoro*, tu es sûre de vouloir utiliser ce truc ? La moitié est complètement rongée par l'eau et les insectes.

— Ça va aller. Je l'ai fait des dizaines de fois pour fuir la harpie et sa troupe.

Mon colocataire installe l'échelle et reste en dessous, tenant fermement celle-ci, *je me sens protégée, et je me sens bête de me sentir protégée.*

Arrivée à la moitié du chemin, j'entends le souffle désapprobateur en aval.

— Je t'en prie, laisse-toi tomber *cuore mio,* je te rattrape, promis.

Même s'il n'avait pas promis, je l'aurais fait. Je ne réfléchis pas, j'écoute cette voix qui m'envoûte et je saute les quelques barreaux restant pour atterrir dans des bras me serrant avec une douce force. Collée à un torse dont je sens la chaleur à travers nos pulls respectifs, bercée par une odeur de café, entourée de la mélodie des feuilles et du vent, je veux que le temps s'arrête indéfiniment.

— Vous êtes un ange tombé du ciel, miss Capulet-Gilmore.

De chaudes lèvres se posent sur mon front glacé, chassant toute trace du froid et réchauffant le peu de mon corps qui ne l'était pas.

— Un preux chevalier ce Luke Montaigu.

Il sourit fièrement avant de secouer la tête.

— J'ai le droit à des explications maintenant, *Nora* ?

Victorieuse, je lève ma main ouverte juste sous ses yeux, les perles blanches, brillantes au creux de celle-ci.

— J'ai récupéré mon bracelet. C'est mal ?

— Seulement de ne pas m'avoir inclus dans ce plan *amore*.

— Si tu es là, c'est que je t'ai inclus, *amore*.

Une nouvelle fois, nous rions, c'est quelque chose de si naturel avec lui.

À mon plus grand désarroi, Orion me repose au sol, j'aurais voulu rester contre lui pour toujours. Sa main attrape mon poignet et vient accrocher le bracelet juste à côté des perles d'ambre. *Je me sens moi-même, je me sens complète.*

— Merci, vraiment merci Orion.

Sur la pointe des pieds, je dépose un baiser aux coins de ses lèvres au goût de café, les joues certainement pourpres comme une de ces jolies roses que j'aimais tant dans la serre de Mémé.

Nous avons dû faire un peu trop de bruit, car des lumières s'allument et la fenêtre que je viens de quitter s'ouvre à la volée.

— On se cache ?

Le souffle contre mon oreille me fait frissonner et complique ma réflexion.

— J'ai une meilleure idée.

J'attrape la main devant moi et commence à danser, sous le ciel étoilé d'octobre, éclairés par la lumière de cette fenêtre, nous nous laissons aller à une valse endiablée.

— Nora ?

Je reconnais la voix d'Eliott, aussi surpris que rempli d'incompréhension. Encore quelque pas puis cette fois, j'embrasse la joue d'Orion.

Mon majeur en l'air, les deux bracelets de perles tintant l'un contre l'autre, main dans la main avec Orion, nous disparaissons dans les feuilles mortes.

Oui, parfois, la vie, c'est joli.

14.
Mariage latte, mariage heureux

Je n'aime pas me lever tard le matin, mais je ne sais pas si l'on peut pour autant dire que je sois du matin. Pourtant, aujourd'hui, à peine debout, j'ai un sourire indélébile dessiné sur le visage.

C'est annonciateur de bonne journée, se réveiller sur le canapé du salon, toujours dans une tente de couverture, les narines chatouillées par une douce odeur de café, bacon et pain grillé.

Timidement, je sors la tête de ma tente branlante, amadouée par la douceur de la senteur du café. Je saute de mon lit de fortune pour presque courir, m'asseoir à table, devant une assiette de toast, œuf brouillé et bacon bien croquant.

Orion me sourit et pose une tasse fumante face à moi, tout en déposant un baiser sur mon front, *je veux ce genre de réveil tous les jours.* Les yeux pleins d'étoiles, j'admire la table abondante et je sens mon cœur s'accélérer.

— Rappelle-moi de t'épouser.

— Va te débarbouiller avant de me demander en mariage *amore.*

Comme une enfant boudeuse, je me relève pour traîner des pieds jusqu'à la salle de bain où mon reflet me ramène à un fait : je ne me suis pas démaquillée hier soir.

Je suis à nouveau semblable à un panda ayant passé la nuit dans une machine à laver. *Il m'a vraiment vue avec cette tête ?* Non, plus important, il m'a réellement embrassé le front malgré mon physique peu avantageux ? Au vu de la couleur que prennent mes joues, je n'ai pas besoin de mettre de blush aujourd'hui. Je saute sous la douche la plus rapide de ma vie avant d'enfiler à la va-vite une chemise blanche aux manches bouffantes sous une robe pull marron. J'enfile une paire de collants et ajoute une ceinture à boucle à ma taille avant de me donner une meilleure mine avec un peu de maquillage. Le tout en quinze minutes, c'est un record.

Cette fois, j'ai moins honte lorsque je me retrouve assise devant Orion pour petit-déjeuner.

— Tu as des rendez-vous cet après-midi *tesoro* ?

— Je ne crois pas. Normalement, ma journée est tranquille. Pourquoi ?

— Viens manger à *l'Aristote* à midi, c'est moi qui invite.

— Qu'est-ce que tu prépares ?

Le fait que j'ai parlé la bouche pleine le fait rire. *Eliott, lui, il m'aurait crié dessus.*

— Je n'ai pas le droit de vouloir manger en tête-à-tête avec ma charmante copine avec qui j'ai fait le casse du siècle hier soir ?

Son sourire en coin remplace son rire. L'amusement dans ses yeux me met de meilleure humeur alors que je pensais être au summum de la joie pour un jeudi matin.

Je n'aime pas les lundis pour des raisons personnelles, *saleté de Dylan Varle*, mais les jeudis, je trouve qu'ils ne servent à rien. Ce n'est pas la fin de semaine, ce n'est donc pas aussi doux qu'un samedi. Ce n'est pas la moitié du chemin comme le mercredi signant la mi-semaine de travail. Ce n'est pas la tranquillité du mardi toujours plus appréciable que le lundi. Le jeudi sonne jeudi. Il sonne comme un jour inutile. Mais pas aujourd'hui.

Ce jeudi sonne lendemain de cambriolage et soirée tente au milieu du salon. Lendemain de gala catastrophique, mais d'une nuit de fous rires sous la tente à se gaver de biscuits. Il a un goût d'interdit aussi, le goût d'une soirée entière à se retenir d'essayer d'embrasser Orion. *Ça aurait été mal de le faire, non ?* Peut-être, peut-être pas. J'en avais envie en tout cas. J'en ai toujours envie, je crois.

— Au fait, *Nora*, tu sais que mon plat préféré ce sont les pâtes carbonara, mais je ne connais pas le tien. Ne me dis pas que tu te nourris uniquement d'avocado toast et cinnamon rolls ?

— J'adorerais ! Mais la vie serait bien triste sans tagliatelles au butternut.

— Tu es vraiment une femme d'automne toi.

— Ce n'est pas pour rien que je suis née le treize novembre.

Ses yeux vairons s'illuminent d'une nouvelle lueur que

je ne leur connaissais pas, *je l'aime encore plus que les précédentes.*

— Ça, je le note *amore.*

— Et toi ?

— Un homme d'automne né en hiver. D'où le prénom d'Orion, c'est la période de l'année où l'on voit le mieux sa ceinture.

— Ça te va bien comme nom. Tu es une ligne d'étoiles à toi tout seul.

Je pourrais finir par m'y habituer à ces petits-déjeuners si joyeux, si goûteux *et si tentants.*

Alors que, je ne sais même pas pourquoi, Orion imite un nageur, sa tasse de café à la main, celle-ci se renverse sur son t-shirt anciennement blanc. D'un mouvement vif, il enlève celui-ci pendant que je me lève rapidement pour humidifier un torchon. Sans réfléchir, à mon tour comme lui lors de mon arrivée ici, j'essuie les gouttes perlant sur son torse. *Comment se fait-il qu'il soit si beau sous ce t-shirt ?* Je ne m'attendais absolument pas à ça.

Je n'arrive pas à détourner le regard de lui, alors qu'il

se penche pour souffler si près de mon oreille que chacun de mes poils se hérisse à la chaleur de ses paroles.

— *Tesoro*, tu tentes le diable.

Tandis que je remonte ma main vers sa nuque, ses yeux clos et son souffle saccadé me font un effet inimaginable.

J'effleure du bout des doigts la petite cicatrice sur sa nuque que j'avais déjà remarquée. Il ne bronche pas vraiment, mais au vu de sa légère grimace mal dissimulée, j'arrête instantanément mon mouvement. *J'ai coupé la magie, je suis stupide.*

— Ça te fait mal ?

— Pas vraiment. Parfois oui, souvent non.

Nous nous fixons droit dans les yeux, le souffle presque coupé, sans que je comprenne réellement pourquoi.

— Ça te rend curieuse ?

— Je suis toujours curieuse de toi.

Ses joues deviennent aussi rouges que j'imagine les miennes. Son sourire est un mélange de satisfaction et de réflexion. Il paraît hésiter à m'exprimer sa pensée, alors que la mienne l'a visiblement troublé.

— C'est en rapport avec l'accident de Roméo et Valentin.

— Donc c'est aussi ton accident ?

— Non. Oui. Peut-être un petit peu.

Je lui tends ma tasse de café latte, comme un encouragement silencieux à affronter les souvenirs qui, je le vois bien, revivent en lui. Dans un sourire discret, il en boit une gorgée, puis, nous continuons à bavarder sur tout, le chocolat, la place pour deux sur la planche de *Titanic*, l'assassinat de la famille *Romanov* par l'armée bolchévique. Le dernier sujet me passionne et ne paraît pas rebuter mon barista.

— Tu aimes les fleurs *tesoro* ?

— Je vois difficilement comment ne pas les aimer. C'est joli une fleur, c'est vivant, doux, pour la plupart.

— Une en particulier ?

— J'aime les chrysanthèmes, surtout orange.

— Les fleurs des cimetières ?

Ses sourcils se relèvent de surprise pendant que la lueur d'amusement se fait davantage vive, au rythme de son sourire. Je m'y attendais un peu, alors pourquoi cette réaction fait accélérer mon cœur ?

— Elles n'ont pas choisi d'être préconisées aux enterrements ! Elles me font de la peine, d'être associées à la mort, au chagrin. Je les trouve si jolies.

Il croque dans un morceau de bacon grillé tout en posant sa tête sur mon épaule.

— Et toi alors ?

— J'aime beaucoup les giroflées des murailles. Elles poussent dans les murs et les rocailles. J'aime leur façon d'habiller la pierre, comme tu habilles ma vie.

— Tu sais ce qui devrait être habillé ? Toi.

Mon rire redouble lorsque le regard d'Orion se pose sur son torse toujours nu. Dans un rire de plus, il me vole une autre gorgée de café, m'interrogeant cette fois sur la chanson que je ne veux plus jamais entendre de ma vie.

Nous avons pris trop de temps pour petit-déjeuner, ou alors à discuter ? C'est pourquoi je me retrouve à dégringoler à toute vitesse les escaliers, suivi de près par un Orion qui lui est à littéralement quinze marches de son travail.

Je contourne cheveux verts, pour vite arriver à la porte. Sauf que je suis arrêtée par une main autour de mon poignet, juste au-dessus des deux bracelets perlés me mettant du baume au cœur. Orion m'a rattrapé à une vitesse folle.

— Tu oublies ton béret, *tesoro.*

Délicatement, il dépose, sur mes boucles rousses, le couvre-chef assorti à ma robe. Pourquoi tous les moments avec lui ne durent jamais assez longtemps ? Surtout lorsqu'ils sont gâchés par une fille aux cheveux verts.

— C'est trop pour moi.

À l'unisson, nos têtes se tournent vers une Sisi, rouge de rage, au regard noir rempli de rancœur.

— Orion, cette fille-là, c'est vraiment ta copine ?

— Non.

Le visage pourpre de cheveux verts reprend une couleur normale tandis qu'un sourire angelique nait sur ses lèvres. Moi, j'essaye d'empêcher le mien de se décomposer. Je sais que ce n'est pas réel, mais par moment ça paraît si authentique entre nous… Son but n'était-il pas d'avant tout le faire croire à Sisi ?

— C'est la femme que je compte épouser.

Le sourire aux lèvres, les joues d'un blush naturel, je me mets sur la pointe des pieds tout en attrapant le col du pull d'Orion puis je l'embrasse avant de fuir.

Je vous ai déjà dit que j'adorais les jeudis ? Ce sont des journées parfaites.

Le tintement de la cloche de *l'Aristote* est devenu ma mélodie préférée. Surtout lorsque je suis accueillie par une assiette de tagliatelles au butternut, un Orion tout souriant assis à une table, m'attendant visiblement.

— Donc tu prépares des dîners de drague au travail ?

— L'avantage d'être le patron !

Je goûte une première bouchée, ne pouvant retenir les étoiles s'allumant dans mes yeux.

— Comment fais-tu pour changer chaque aliment en ange descendu sur terre ?

J'aime le fait que nous avons toujours quelque chose à nous dire, des questions plus qu'absurdes à nous poser, des choses à encore et toujours découvrir l'un sur l'autre. Très vite, nos assiettes se vident et sont remplacées par des cinnamon rolls accompagnés de café latte.

Orion m'interroge pour savoir si je préfèrerais perdre mes yeux, mais pouvoir voler ou avoir une queue de serpent me permettant de lire dans les pensées, quand mon portable sonne.

Je réponds, et le visage d'Orion s'inquiète de me voir m'attrister.

— C'était Alain, je vais devoir y aller. Visiblement, j'ai un rendez-vous toute l'après-midi. On a spécifiquement demandé après moi. Sûrement une maison de maître à expertiser vu les horaires.

— Pas la peine *amore*. C'est moi qui ai réservé ton reste de la journée.

Sous la surprise, je lâche ma petite cuillère qui vient résonner contre l'assiette blanche de porcelaine.

— Pourquoi as-tu fait ça ?

Accompagné d'un clin d'œil, Orion quitte sa chaise pour me tendre la main, m'aidant ainsi à me lever. Il tourne ensuite la tête dans tout les sens, comme s'il cherchait quelqu'un.

— Ah ! Sisi ! Je te laisse les commandes.

— Tu t'en vas où ?

Son ton est sec, sa voix cassante et son regard si triste, que je ne peux m'empêcher de me sentir coupable envers elle. Puis, elle se tourne vers moi et je lis clairement des envies de meurtre à mon égard. *Si j'en doutais encore, elle me hait, c'est certain.*

— *Amore* va essayer des robes de mariée. Des vraies robes de mariée. Pas des meringues roses sans roses.

Le visage de la serveuse se décompose pendant que le mien s'illumine. *Je suis une personne horrible.* La prochaine fois que je la vois, il faut absolument que je lui parle. Je dois m'excuser pour la dernière fois, m'excuser de lui voler ce qu'elle désire depuis tant d'années. *M'excuser d'être son Estelle.*

À peine la porte franchie, Orion s'immobilise d'un seul coup.

Je remarque son visage blême, sa main libre portée à son cou tandis que ses phalanges se referment plus violemment sur les miennes, les faisant au passage blanchir. J'observe ce qui semble le paralyser sur place, mais tout ce que je vois, ce sont quatre pattes et trop de poils.

Oui, Orion s'immobilise au son d'un aboiement paraissant le pétrifier sur place.

— Est-ce que tu aurais peur des chiens ?

Je prends une voix douce, mais ce n'est pas suffisant pour chasser son expression de terreur. Alors, je me place face à lui, une main de chaque côté de son visage avant de me mettre sur la pointe des pieds pour lui barrer la vue.

— Tu sais, moi, je suis terrifiée par les chewing-gums. Genre, vraiment terrorisée à en faire une crise d'angoisse quand on m'en propose un.

Ses yeux se posent sur moi, me noyant dans le bleu du

ciel et le vert de la prairie, je continue pour le noyer, lui, dans mes paroles.

— Quand j'étais petite, ma mère est venue nous chercher Élie et moi à l'école. Elle était passée à la boulangerie et nous a ramené, en plus du pain, un chewing-gum à la fraise chacune. J'ai failli m'étouffer avec le mien. Il s'est collé à mon palais, bloquant complètement ma trachée. Personne n'a rien remarqué, je suffoquais en silence. Je ne sais plus comment, mais les choses se sont arrangées. Depuis, rien que de m'en proposer, ça me fait paniquer à un point inimaginable.

Il est absorbé par mes mots, j'en profite pour marcher à reculons, il me suit et nous dépassons le chien. Il reste fixé sur mes yeux alors qu'un pas après l'autre, je lui fais traverser la rue.

— Tu es réellement si terrorisée par les chewing-gums ?

— J'ai peut-être un peu exagéré les faits. Enfin, j'ai vraiment failli mourir !

Accompagné d'un de ses rires donnant vie à mon cœur, son visage se dépose sur mon épaule.

— Merci. Merci *Nora.*

Revenu à lui, il retrouve son éclat habituel et rattrape ma main bien plus délicatement, continuant notre route.

— Tadam !

Face à la boutique, mon cœur accélère. Un grand nombre de petites filles rêvent de porter une robe de princesse. J'ai toujours rêvé d'une belle robe blanche pour mon mariage et ça, on a essayé de me le voler avec cet horrible parachute très peu flatteur.

Mes doigts caressent timidement du tulle blanc, des dentelles, des broderies. Entourée de tous ces tissus immaculés, je me croirais au milieu d'un champ de nuage cotonneux en tulle.

Puis je la vois.

Je m'arrête instantanément de bouger, attirée comme par un aimant.

— *Tesoro* ?

— C'est celle-là. C'est cette robe, dont j'ai toujours rêvé.

Deux mains se referment sur mon ventre alors qu'un souffle chaud vient me caresser l'oreille.

— Alors, qu'attends-tu pour l'essayer ?

Dans la cabine, j'ose à peine passer cette beauté alliant à merveille romantisme et vintage. Le corsage de dentelle blanche, aux fleurs brodées, est splendide et parfaitement ajusté. Je suis surprise qu'elle n'ait pas besoin de retouche, c'est comme si elle avait été faite pour que je la porte et ça, ça n'emballe pas que mon cœur, mais tout mon corps.

La longue jupe, couverte des mêmes broderies que les manches bouffantes et le corsage, est juste féérique. Le tulle et la traîne, occultés de ces mêmes fleurs, sont si délicats que j'ose à peine y glisser le bout de mes doigts. Les longues manches tout aussi raffinées font le tout de cette robe.

La vendeuse ferme délicatement les boutons de tissu dans le dos de cette splendeur.

C'est ça, la mariée que j'ai toujours rêvé d'être.

— Une princesse. Tu es tout simplement incroyable *cuore mio.*

Je tourne sur moi-même, accompagnée d'une cascade de dentelle me donnant la sensation d'être la réincarnation d'*Aurore*[1].

— Comment te sens-tu, *tesoro* ?

Une princesse. Oui, je me sens comme une vraie princesse, je me sens comme j'ai toujours voulu me sentir lorsque je me marierai.

Dans mon dos, Orion dépose à nouveau son menton sur mon épaule, caressant presque du bout de ses lèvres mes oreilles rougies.

— Comme si j'étais au paradis.

Dans le miroir, son sourire me transperce et m'emporte plus haut encore dans les nuages lorsqu'il disparait, ses lèvres se posant sur ma joue. Puis, il se tourne vers la vendeuse radieuse de nous observer ainsi.

— Dans ce cas, on la prend ! Pas la peine de l'emballer, elle va la garder sur elle.

— Orion, je ne peux pas me promener dans la rue habillée comme ça.

---

[1] *Référence au personnage d'Aurore du dessin animé* La belle au bois dormant *de Disney.*

— Et pourquoi ? Le monde a des yeux, et s'ils n'ont pas été créés pour t'apercevoir dans cette robe, alors je me demande pourquoi ils existent.

Je le regarde s'éloigner pour payer la robe, me laissant là, le cœur empli de joie. Je me trouve jolie, avant aujourd'hui, je ne me suis jamais vraiment trouvée belle, c'est une drôle d'impression, mais je crois que je l'aime bien. Une nouvelle fois, j'inspecte mon reflet, mais quelque chose manque. Orion manque pour que tout soit parfait.

— Vous formez un couple ravissant.

Je sursaute, tandis que la jeune femme m'ayant aidé à fermer le corsage vient déposer sur mes boucles rousses une tiare argentée, aussi fleurie que la tenue.

— C'est ce que j'aime le plus dans ce métier, le regard que vous lui lancez à chaque œillade. Les yeux et leur façon de crier “ je t'aime ” de tant de façons différentes.

— Mes yeux parlent ?

Surprise et intéressée, je me tourne face à la jeune femme, dont le sourire est si doux qu'il s'accorde à merveille avec cette journée. C'est si étrange, ce n'est pas la première fois que je viens essayer une robe de mariée. Quand je suis venue en compagnie de Meredith, j'étais follement amoureuse d'Eliott et sur le point de me marier. Là, je suis avec mon faux petit ami et pourtant, je chérirai bien plus ce souvenir que n'importe quel autre avec eux.

— Tous les yeux parlent.

— Et les miens, ils parlent d'Orion ?

— Oh non ! les vôtres, ils hurlent son prénom.

Je n'ai pas le temps de répondre qu'il réapparait à mes côtés, un autre sourire béat aux lèvres. Il tend sa main vers moi, attendant que je m'en empare. Je ne me fais pas prier et, sous le regard brillant de cette jeune femme, nous franchissons la porte, prêts à rentrer *chez nous.*

Au milieu de la rue, sous une pluie de feuilles colorées, Orion se penche pour attraper et embrasser le dos de ma main avant de me faire une révérence.

— M'accorderiez-vous cette danse, *amore* ?

Je réponds à sa courbette et à notre tour, au rythme des feuilles, nous nous mettons à tourbillonner dans une douce valse. Sous le regard amusé de certains passants, envieux d'autres.

Oui, j'ai toujours adoré les jeudis.

À quelques pas de *l'Aristote*, notre pluie dorée est remplacée par une autre bien plus humide. En une fraction de seconde, Orion défait sa chemise pour la placer sur moi, me protégeant de son mieux des trombes d'eau nous ayant surpris.

Main dans la main, le rire au bord des lèvres, nous courons en direction du café quand mon cavalier s'arrête au milieu de la rue.

— Il y a quelque chose dont j'ai toujours rêvé.

Ses yeux vairons, moqueurs, mais d'une tout autre façon, font un aller-retour de mes noisettes à mes lèvres.

— On dit qu'il faut toujours réaliser ses rêves.

Sans attendre plus longtemps, il rompt l'espace nous séparant, venant s'emparer de mon soupir de plaisir. Ses lèvres dansent sur les miennes tendrement avant de s'endiabler. Sa langue me demande un accès que je lui accorde avec joie, ne pouvant au passage retenir un gémissement, faisant resserrer plus fermement ses mains sur mes hanches. Je sens ses doigts remonter le long de mon dos et venir faire glisser hors de leur attache les boutons de tissus retenant la robe.

Délicatement, ses dents mordillent mes lèvres avant de m'arracher un nouveau gémissement. Puis, au milieu de cette route, une voiture klaxonne, nous ramenant à la réalité de la situation. Difficilement, nous nous détachons l'un de l'autre. Essoufflés, les joues rouges et les cœurs en trombe, nous reprenons main dans la main notre course sous la pluie.

Trempé, Orion enlève le débardeur blanc lui collant à la peau avant de le lancer vers la porte close de la salle de bain.

Toujours sous mon regard brûlant, les lèvres en feu, il se dirige ensuite vers sa chambre, probablement pour trouver un nouveau haut, bien plus sec que celui gouttant au sol dans un coin de la pièce. Une question me taraude, mais la possible réponse me terrifie. Pourtant, rongée d'angoisse, je me lance.

— Orion, tu es sûr qu'on fait encore semblant ?

— Moi, je n'ai jamais fait semblant, *Nora*.

Son torse toujours nu, Orion se décale de l'embrasure de la porte. J'ai le choix, j'entre ou je fais demi-tour.

Je fais une erreur, ou j'arrête là.

Je regarde brièvement les deux bracelets de perles autour de mon poignet, comme s'ils allaient me souffler la bonne réponse.

C'est sûrement une erreur, forcément. Et néanmoins, un à un, je défais le reste des boutons, puis laisse la dentelle blanche, glisser le long de mon corps. Un pas après l'autre, simplement vêtue d'un tanga rose pâle, je franchis cette porte.

Oui, c'est assurément une erreur. Mais je veux la faire cette erreur.

15.
Peinture latte

J'ai couché avec Orion.

Moi.

Lui.

Nous.

On a couché ensemble.

Je me réveille dans des draps qui ne sont pas les miens, dans des bras qui ne sont pas les miens, entourée d'une odeur qui n'est pas la mienne. Et pourtant je n'ai jamais eu autant la sensation d'être à ma place.

Une part de moi voudrait s'extirper de là pour aller préparer un petit-déjeuner copieux, une autre veut rester enfermée pour toujours dans cette pièce, emmitouflée dans ces bras. Mais la dernière veut s'enfuir en courant, se cacher dans un coin et ne plus jamais en sortir.

Je n'ai pas le temps de réfléchir à quel tiers se battant au fond de moi écouter, qu'une masse vient nous sauter dessus. Je sursaute alors qu'Orion ouvre tranquillement les yeux, comme s'il était habitué à ce que Cinna lui offre ce genre de réveil.

— Salut toi.

Je pense d'abord qu'il s'adresse à la lapine, ayant probablement oublié ma présence. C'est sans compter sur le baiser langoureux qu'il m'offre comme bonjour. *C'est donc ça le paradis ?*

— Je peux, *tesoro* ?

Entre deux souffles, je hoche simplement la tête. Sa main descend lentement le long de ma poitrine avant d'aller se perdre sous la légère couverture. Elle vient très vite trouver mon intimité nue. Très vite, trop vite, nous sommes interrompus par la sonnerie du réveil.

— Désolé *amore*, tu risques d'être en retard.

Orion m'embrasse à nouveau avant de sortir de sous la couverture, me laissant seule, les yeux battants et humides d'une chaleur insatiable.

Comme une enfant, je me cache sous le drap pendant que monsieur met un caleçon. C'est vraiment arrivé ? Le suçon sur mon sein droit en atteste. Oui. Nous avons couché ensemble. J'ai aimé. Non. J'ai adoré, tout, de A à Z.

— Prends tout le temps qu'il te faut, *tesoro*, mais ne sois pas en retard au travail.

J'attends qu'Orion ait quitté sa chambre avant de sortir lentement un œil de ma cachette. Je cherche du regard mes vêtements avant de me souvenir que j'étais en robe de mariée avant de finir nue dans ce lit. Robe qui est toujours dans le salon. À force de zieuter, je finis par trouver mon tanga. J'emprunte également un t-shirt large qui traine sur une chaise de la chambre.

J'inspire un grand coup, colle ma tête contre la porte quelques secondes, le temps de reprendre mes esprits avant de me prendre en main. J'ouvre et m'élance dans le salon.

Torse nu, vêtu d'un simple caleçon, Orion est debout dans la cuisine en train de préparer du café. *Cet homme est parfait.* Mon cœur s'accélère en le voyant souffler sur ses cheveux en bataille. Prudemment, un pas après l'autre, je m'approche du frigo pour sortir deux pommes.

— Tu as besoin d'aide ?

Ma voix attire son attention. Ses yeux parcourent mes jambes nues puis le reste de mon corps. Sa bouche s'entrouvre tandis qu'il laisse tomber la cuillère qu'il tenait pourtant fermement. Son regard perd toute nuance d'amusement, une autre la remplace. Du désir ?

— Et merde, tant pis pour le retard.

Sa main se pose dans le bas de mon dos, m'attirant plus près de lui, *comme si c'était possible*. Je ne lui laisse pas le temps d'esquisser le moindre mouvement que je pose mes lèvres sur les siennes, laissant mes mains parcourir chaque parcelle de son corps. C'est donc ça Orion, c'est en vouloir toujours plus même lorsque l'on déborde déjà.

Dans un gémissement m'excitant plus que je ne l'aurais pensé, il m'attrape par les hanches, me soulevant comme si je ne pesais pas plus lourd qu'une plume, afin de me déposer sur le comptoir de la cuisine.

Sa tête descend, laissant sa langue venir lentement caresser mes cuisses. Très vite, elle se fraie un chemin à travers mon sous-vêtement, venant remplacer ses doigts m'ayant quitté trop tôt à mon goût. À travers le t-shirt que je lui ai emprunté, ses mains jouent merveilleusement bien avec ma poitrine, les miennes se perdent dans ses cheveux déjà si peu coiffés. Son visage revient à la hauteur du mien et m'embrasse, c'est doux, mais fougueux, ça mérite de durer pour l'éternité. Il s'éloigne pour venir lécher sensuellement ma nuque avant de remonter jusqu'à mon oreille pour y murmurer, ce qui me fait frissonner bien plus que je ne l'aurais cru.

— Tu es d'accord, *amore* ?

— S'il te plait. J'en veux plus.

Le peu qui nous couvrait est lancé au travers de la pièce. Je frissonne lorsque mon dos entre en contact avec la pierre froide du plan de travail, elle contraste tant avec la chaleur de nos corps.

— Tu es magnifique *Nora.*

Je referme mes jambes contre lui, l'attirant plus à moi, il ne lui en faut pas plus pour s'immiscer en moi. *C'est chaud, agréable.* Ses mouvements sont doux, presque comme des caresses allantes et venantes. Puis, ils s'accélèrent. Mon cri de plaisir, masqué par le bruit de la cafetière italienne, durcit un peu plus Orion qui bien vite me rejoint.

Non, c'est à ça que ressemble le paradis, à cette sensation délicieuse.

— Je vais finir par m'y habituer, à ce genre de lever.

Je suis haletante, articuler m'a été des plus difficile.

Allongée sur le plan de travail, la tête d'Orion reposant sur mon ventre nu, je suis bien. Je caresse ses cheveux pendant que nous tentons tant bien que mal de reprendre notre respiration. Ses lèvres viennent se poser tendrement sur les miennes, avant de remonter déposer un chaste baiser sur mon front.

— Merci, *tesoro.*

J'aime sa façon de me remercier pour ce qu'on vient de faire, j'aime sentir mes joues rougir face à ce merci. J'aime ce qui s'est passé et j'aime Orion ?

Est-ce que je l'aime ? Est-ce que je sais encore aimer ? Est-ce que j'aimais Eliott ?

L'heure me ramène à la réalité. Orion glisse du plan de travail en premier puis me tend la main pour m'aider à me relever. Il retourne cuisiner, pour disposer quelques œufs dans une casserole d'eau bouillante, tandis que je cours rapidement prendre une petite douche.

Mon reflet dans le miroir est si souriant, que ce sourire redouble. En vitesse, je dompte mes cheveux en une tresse, me maquille légèrement comme d'habitude puis enfile un pull blanc sous une salopette de velours marron.

Je rejoins Orion à la cuisine, les joues sûrement encore rosies, le souffle à nouveau haletant à la vue du plan de travail et de ce qui s'y est passé plus tôt. Il a préparé deux œufs mollets sur des tartines d'avocat, accompagnés de café latte. *Vraiment un homme parfait.*

J'ai peur qu'un sentiment de gêne s'immisce entre nous, mais il n'en est rien. Orion a retrouvé sa lueur de joie dans le regard, reprenant une discussion aléatoire comme si tout était normal.

— *Coraline* de *Henry Selick,* ou de *Maneskin* ?

Je ris, crachant au passage un morceau de pain. À son

tour, mon colocataire explose de rire. C'est agréable un petit-déjeuner. *C'est agréable un Orion.*

Le temps nous rattrape, faisant de moi une retardataire un peu plus en retard, mais qu'importe, il y a des retards qui en valent la peine.

— Passe une bonne journée et à ce soir, *amore.*

Les lèvres d'Orion se déposent délicatement sur le grain de beauté sous mon œil gauche. *Je crois que je l'aime bien ce grain de beauté.*

— À ce soir, Orion.

Oui, la journée va être bonne.

À peine j'arrive face à Mélanie, à peine je pose ma sacoche sur mon siège, à peine un bonjour que ses yeux sortent presque de ses orbites. Je n'ai même pas le temps de la saluer ou de m'exprimer que son air choqué envahit l'espace.

— Oh, mon Dieu ! je n'y crois pas. Tu as couché avec lui.

Le visage pivoine, je bégaye difficilement avant de me reprendre.

— De quoi tu parles ?

— Pas de ça, pas à moi !

Je fixe le grain de beauté dans son œil droit, si je garde mon regard sur un point fixe qui plus est droit dans ses yeux, je serai possiblement plus crédible ?

Elle a son expression de maman, je ne pourrai pas lui enlever cette idée, vraie, de la tête. Mes épaules s'affaissent et je m'assieds sur mon siège, posant mon front contre le bois frais du bureau.

— Oui, on a couché ensemble. C'est la merde, c'est ça ?

Elle hausse les épaules, enroulant une mèche bouclée de ses cheveux noirs autour d'un stylo.

— Tu as couché avec une fois OK, ce n'est pas la fin du monde.

— Six.

— Pardon ?

— On a couché ensemble six fois. En une nuit.

Si l'on ne compte pas le dérapage du réveil plus que chaleureux et le plan de travail pendant que la cafetière chauffait. Mes joues rougissent un peu plus à cette pensée.

Si je ne me sentais pas aussi stressée, j'aurais très certainement ri à l'image du café ressortant par les trous de nez d'une Mélanie hébétée.

— Mais vous êtes des humains ou des bêtes sauvages ?

Je lance un crayon de papier qui, pour une fois, la touche en plein front. Elle doit vraiment être choquée par la nouvelle, car jamais, au grand jamais, je ne la touche, peu importe ce que je lance.

D'un coup, la réalité me donne un uppercut et je suis rattrapée par le temps, ou plutôt par le manque de temps.

— Demain, je suis censée rencontrer le reste de sa famille. Je ne peux pas y aller, pas après ça. Ou si ?

— Techniquement, vous n'aviez signé aucun contrat vous interdisant les rapports charnels ou même émotionnels.

C'est vrai, mais ça ne m'était pas venu à l'esprit que les choses pourraient déraper à ce point. Je pensais juste faire croire à Eliott que j'étais passée à autre chose, *ce qui est exact,* pendant qu'Orion ferait croire à ses parents qu'il n'est plus célibataire. Je ne pensais pas me retrouver à emménager avec lui, à siroter des cafés presque toute la nuit devant une série, à se raconter nos vies. Je ne pensais pas lui présenter ma sœur, ni même avoir à rencontrer son frère. Et surtout, au grand jamais, je ne pensais qu'on finirait par coucher ensemble. *Ni même que j'aimerais ça au point d'y penser en boucle depuis ce matin.*

— Nora ?

Je sursaute à la voix de Mélanie qui me ramène à notre discussion.

— Oui ?

— Évite juste de raconter ça à belle-maman, et rappelle-moi de ne pas te laisser avoir de discussion sur le sexe ou les relations humaines en tous genres avec ma fille. Ni même avec mon fils. Ni même avec qui que ce soit en fait.

Je m'enfonce mollement au fond de mon siège, plaquant à nouveau mon front sur mon bureau.

— Hé, je plaisante. Enfin pas complètement. N'en parle pas à beau-papa non plus.

Son clin d'œil me fait légèrement pouffer.

— Tu es une personne incroyable Nora. C'est normal qu'il ait craqué pour toi et de ce que j'ai vu, il te traite bien, beaucoup mieux que ne le faisait Eliott si tu veux mon avis.

— Parce que tu crois que je lui plais ?

— Il est du genre à juste tirer son coup ?

Je sens mon cœur battre la chamade en pensant à la cabane de plaid, les latte, la soirée cuisine, la citrouille en plastique trônant sur mon bureau, juste face à mon regard, la robe de mariée. À toutes ces petites attentions. Je sais que dans l'instant, je souris de façon mielleuse.

— Non. Il est du genre grandes actions romantiques.

— Et c'est exactement ce que tu mérites.

Mélanie se lève, laissant ses boucles se promener le long de son dos alors qu'elle se dirige vers l'horreur qu'on ose appeler cafetière. Elle me tend un gobelet vide et je hoche la tête, elle prépare donc deux jus de chaussettes.

— Et toi ? Il te plaît ?

Je me fige instantanément. Ce qu'il me fait ressentir me plaît. Ce qu'il pense de moi me plaît. Ses actions me plaisent. Ses pensées, ses paroles, nos discussions. Oui, Orion me plaît.

— Ne réponds pas. Je lis la vérité sur ton visage.

Elle dépose le café devant moi avant de s'accroupir pour relever mon visage, lui permettant d'observer mon menton.

— Je suis rassurée, tu n'as pas de gros bleu.

Sa main caresse tendrement mon cuir chevelu. C'est bien d'être amie avec une maman, c'est rassurant, une maman, ç'a des gestes rassurants, une maman. Ou du moins, une maman Mélanie.

Les bras chargés de sacs en carton bien remplis, je franchis la porte vitrée et je sens mon cœur se réchauffer au tintement de la cloche. Balayant la salle du regard, je ne peux retenir un petit sourire en apercevant une tignasse blonde devenue si familière.

Je contourne les tables pour m'approcher de lui, tout en faisant attention à ce qu'il ne puisse pas voir l'intérieur de mes deux sacs. Il est en train d'essuyer une table lorsque je dépose ma tête sur son épaule.

— Bouh !

— Raté *Nora*, tu ne pourras pas m'effrayer.

— Comment tu as su que j'étais là ?

— Secret, *tesoro* !

— J'avais une surprise pour toi. Je vais peut-être me la garder finalement.

Tandis que l'amusement dans son regard prend une teinte de défi, son corps se rapproche du mien, venant chuchoter contre moi, plus proche qu'il ne le devrait.

— Tu sens divinement bon, Nora. C'est ton odeur qui t'a trahie.

Les joues en feu, je baisse la tête pour sourire discrètement. Il profite de ce moment pour m'embrasser le front. *J'adore le contact de ses lèvres sur moi.* Je me redresse pour, depuis la pointe de mes pieds, à mon tour poser mes lèvres, mais sur les siennes. C'est rapide, doux, presque chaste. Et pourtant je suis certaine qu'à son tour, il rougit.

À la hâte, sous un regard brûlant, je fais demi-tour pour monter deux par deux les marches de l'escalier afin d'arriver dans l'appartement.

Cinna m'accueille en courant et sautant partout, elle est adorable cette lapine. Quelque part, elle me fait un peu penser à Orion. Je me mets à genoux et pose le sac à côté de moi, il n'en faut pas plus à la petite bélier pour venir sur mes cuisses réclamer des câlins.

— Je suis nulle en cuisine d'accord, mais je me débrouille bien pour une chose, les hotdogs ! Tu ne vas pas vraiment pouvoir m'aider, mais ce n'est pas grave !

Après quelques caresses supplémentaires, je me lève pour m'atteler à la tâche. Avant tout, je lave quelques branches de persil que Cinna s'empresse de dévorer.

J'ai tout juste terminé d'installer le dernier oreiller, lorsque j'entends un coup timide contre la porte. Je me précipite vers celle-ci et ouvre, pour découvrir un Orion souriant, trépignant sur place, visiblement rongé d'impatience.

Avec un sourire timide, je me pousse pour le laisser franchir le seuil et admirer ma petite surprise. À mon tour, j'ai dressé une tente de plaids, avec tous les coussins de l'appartement en dessous pour s'installer. J'invite d'un signe de la main mon colocataire à aller y prendre place pendant que je me dirige vers la cuisine pour amener un plateau de café et des minihotdogs préparés plus tôt.

Il ressemble à un enfant le matin de Noël, sauf qu'au lieu de regarder sous un sapin, il observe partout autour de lui, des étoiles dans les yeux. *Une constellation pleine d'étoiles, Orion, quoi.*

— C'est un peu un vol d'idée non ?

— Tu as déposé un brevet sur les cabanes de couettes ?

— J'aurais peut-être dû y penser.

Son sourire en coin me fait agréablement frissonner.

Je le vois fixer le sac cartonné un peu plus loin.

— Et ça, c'est quoi, *tesoro* ?

Dans un sourire, je vide le contenu du sachet devant nous, plusieurs petites toiles, des pinceaux, de la peinture, de toutes les couleurs. Elle est là, cette lueur joueuse que j'aime tant dans ses yeux, elle brille d'une douce chaleur qui me fait frissonner.

— Tu as froid *amore* ?

— J'ai senti un léger courant d'air. Ça va mieux.

Hors de question d'avouer que c'est simplement une réponse de mon corps au sien. Orion enlève alors son pull vert pour me le tendre. Je souris en l'enfilant, *il sent le café*. Finalement, c'est peut-être une jolie couleur le vert. Je crois que je commence à l'apprécier. Surtout quand je regarde les yeux d'Orion.

Assis, l'un en face de l'autre, une assiette de minihotdogs d'un côté et tout le nécessaire de peinture de l'autre, chacun s'empare d'un pinceau, *Gilmore Girls* en fond sonore. Je commence doucement à dessiner une sorte d'ovale orangé, observant du coin de l'œil un Orion à la langue tirée et a l'air concentré. *Il est mignon comme ça.*

— Que peins-tu *tesoro* ?

Je sursaute presque au son de cette voix, trop occupée à fixer Orion, ma tache orangée n'a pas avancé d'un poil. Depuis combien de temps je le regarde ? Aucune idée, mais sûrement trop.

— Une citrouille, ça se voit non ?

La grimace qu'il affiche me fait le regarder de travers, les sourcils froncés et les lèvres pincées.

— Je répète, ça se voit non ?

— Le ton autoritaire, ça ne te va pas *tesoro*, mais la peinture, je crois que ça te va encore moins.

Je pose ma toile visiblement ratée pour me relever. Tant mieux s'il pense que je boude, en réalité, je veux juste aller récupérer de quoi boire à la cuisine. Je n'ai pas le temps de me mettre debout qu'une main se pose avec douceur sur ma cuisse. Les yeux d'Orion sont presque suppliants tandis que cette main me retient assise.

— Non. Reste et continue. Tu es belle quand tu peins et comment je ferais sans modèle ?

Je n'ai plus soif. Ou au contraire, je n'ai jamais autant eu besoin de m'hydrater ?

Je me penche en avant pour admirer le travail de monsieur et ma bouche s'ouvre seule, incapable de se refermer.

Je comprends mieux qu'il trouve ma citrouille pitoyable.

Sa toile est devenue un fond de feuille d'automne, au milieu duquel trône une femme en robe blanche, de longues boucles rousses. *Moi.* Je reconnais très bien la robe de mariée portée hier, je reconnais les petites taches au poignet représentant mes bracelets.

— Il y a une chose que tu ne sais pas faire ?

— Être ordinaire ?

Ça, c'est sûr. Orion n'est pas une personne ordinaire, il est bien plus que ça, bien mieux que ça.

— C'est magnifique. Tu es incroyable Orion, vraiment.

Je quitte le tableau des yeux pour me plonger dans les siens. C'est sans compter sur son pinceau plein de peinture qu'il vient innocemment essuyer sur ma joue.

Je ne sais pas ce qu'on fait, ni où ça va nous mener, mais seul l'avenir nous le dira.

De façon mature, je m'approche lentement de lui, les lèvres entrouvertes, le regard fixé sur les siennes, je viens doucement vers lui. Dans un premier temps, il semble déçu que je n'entre pas dans son jeu, mais le nouveau en préparation allume vite autre chose en lui. Discrètement, pendant que toute son attention est retenue ailleurs, j'attrape le support à peinture. Toujours aussi discrètement, je le monte minutieusement. Alors que nos lèvres ne sont plus qu'à quelques millimètres les unes des autres, j'accélère mon mouvement et viens frotter l'assiette cartonnée pleine de peinture contre le visage d'un Orion dubitatif.

Il se redresse, un sourire narquois scotché au visage. Je l'observe, défaire un à un les boutons de sa chemise avant de la laisser glisser le long de ses bras. Il passe ensuite son débardeur par-dessus ses cheveux. Je ne sais pas pourquoi, mais automatiquement mon corps suit et imite ses gestes. J'enlève le pull vert, puis je laisse mes bretelles de salopette glisser à leur tour avant de jeter au loin mon pull blanc.

Son torse nu est face à moi, tandis que ses yeux brûlants fixent ma poitrine, toujours retenus par mon soutien-gorge de dentelle blanc.

— Ce n'est pas très équitable *amore*.

Ses mains se tendent et m'enlacent, venant caresser mon dos et l'attache de mon vêtement.

— Je peux ?

Je hoche la tête, la respiration presque coupée. La dentelle va rejoindre mon pull, laissant mes seins nus s'offrir aux yeux d'Orion.

Très vite, la nudité n'est plus. Il attrape à pleine main un tube de peinture pour vider quelques gouttes sur mon corps avant de l'étaler avec ses doigts. Une nouvelle fois, j'imite ses faits et gestes et nous partons dans une bataille de peinture.

Je ne sais pas combien de temps nous laissons nos mains caresser le corps de l'autre avec comme excuse la peinture. Je ne sais pas au bout de combien de temps le reste de nos vêtements finit dans un coin de la pièce, loin de nous. Je ne sais pas au bout de combien de temps la peinture n'est plus un prétexte pour se toucher l'un l'autre, ni au bout de combien de temps nous ne faisons qu'un.

Tout ce que je sais, c'est que, l'un contre l'autre, couverte de peinture, essoufflée et transpirante, je me sens m'endormir. La moi de demain va me détester de ne pas avoir pris de douche avant que ça ne sèche. Oui, elle va me haïr, mais c'est le problème de la moi de demain. La moi d'aujourd'hui, elle veut juste profiter de cet instant.

16.
Ton affogato

Je me déteste.

Enlever de la peinture, *notamment sèche,* dans des cheveux bouclés, est un véritable enfer. De retour chez Dante, je souffle sous la douche, massant délicatement une mèche de cheveux avec une dose à peine exagérée de shampoing. Très vite, le rideau s'ouvre, me laissant échapper un cri d'effroi se perdant sous les moqueries d'Orion. Il est si occupé à se rire de ma réaction qu'il ne remarque que trop tard lorsque j'oriente le jet d'eau vers son visage, *à moi de sourire.*

Entre deux gloussements, il enlace ma main pour changer la direction du pommeau de douche et libère son visage. *Il a toujours été aussi beau ? Bien sûr, quelle question.*

— Je peux ?

Le sourire aux lèvres, je tire sa main pour l'inviter à entrer. Il se penche pour embrasser mon épaule avant d'attraper le savon et de me frotter le dos avec délicatesse. J'ai l'impression de rêver. Je rêve que je suis éveillée ou je rêve éveillée ?

L'eau chaude coule le long de nos corps, l'odeur du café fraîchement moulu qui nous attend dans la cuisine se fraye un chemin jusqu'à nous, venant nous envelopper. Ce n'est pas un rêve, c'est plus beau qu'un rêve, plus doux que le réel aussi.

— À quoi tu penses, *cuore mio* ?

— À nous.

— Comment ça ?

Je souffle entre mon pouce et mon index pour créer une jolie bulle ronde. C'est beau les couleurs qui dansent contre cette petite surface lisse et fragile, presque aussi fragile qu'une relation humaine.

— Nous, ce qu'on est.

— Et qu'est-ce qu'on est ?

Je l'entends, la lueur d'amusement dans ses yeux, elle est aussi dans sa voix, curieuse et moqueuse. Impatiente et pleine de joie. Je reste fixée sur la bulle qui prend son envol avant de venir mourir contre la paroi de la douche. *Fragile comme une relation humaine.*

— Un café latte. Nous sommes un café latte.

Les lèvres venant se poser le long de ma nuque me font frissonner, dressant mes poils sous ce contact doux et chaleureux.

— Sans sucre alors.

— Bien évidemment. Tu me prends pour qui ?

— Une femme de goût *tesoro*, ça va de soi.

À mon tour, je savonne soigneusement son dos, remontant vers sa nuque, effleurant au passage la petite cicatrice que j'avais déjà remarquée. Il frémit à ce contact, me faisant arrêter mon mouvement.

— Désolée, je t'ai fait mal ?

— Non, pas vraiment. Dans l'instant, c'est sensible, mais pas douloureux.

Dans son dos, je hoche la tête comme s'il allait le voir. Je sens que ce n'est pas le moment, il n'est pas prêt. *Ma curiosité attendra.*

— Je vois autre chose qui a l'air sensible.

Je baisse le regard et dans un nouveau rire, nous finissons cette douche qui, étonnamment, ne dérive pas.

Vêtue d'un pull crème à rayures marron et d'une jupe patineuse assortie aux rayures, je finis de sécher mes boucles rousses. *Ça ne va pas. Si, ça va ?*

— *Tesoro*, même vêtue d'un sac-poubelle, tu serais magnifique.

Je sursaute au son de la voix d'Orion.

— C'est une habitude de te cacher pour m'observer ?

— Qui sait ?

Je le vois par-dessus mon épaule, rouler des yeux dans le miroir. Dans sa chemise crème, surplombée d'un pull sans manches en col V noir et son pantalon de la même teinte, nous sommes plutôt bien assortis. Nous sommes même très bien assortis *et ça, ça me donne envie de sourire.*

— Vraiment, tu es superbe *amore.*

— Tu crois qu'il faut que je les coiffe ?

Orion attrape mon menton du bout des doigts et me caresse doucement la joue, son regard si joueur, son sourire enjôleur, ses caresses ensorcelantes. Tout chez lui me transporte sur un nuage.

— Ma famille n'est pas comme ça, ils ne te jugeront pas sur un vêtement, une coiffure ou ton apparence. Ils te jugeront s'ils sentent que tu joues un rôle. C'est *Nora* qu'ils veulent rencontrer, pas une actrice.

Alors que son nez tapote délicatement le mien, je me sens transpercée par son regard. Pas comme une lame, comme quelque chose de doux, qui réchauffe le cœur, envoûte les pensées et se propage en vous de part et d'autre. Le genre de regard que l'on décrit dans un livre, dans une histoire d'amour. *Le genre de regard que j'ai toujours rêvé de sentir fixé sur moi.*

Je me sens entièrement analysée, même mise à nu malgré les quelques couches de vêtements me recouvrant. Oui, je me sens complètement nue devant Orion, bien plus que si je l'étais réellement. Car ce n'est pas mon corps qu'il regarde, ce n'est pas ma poitrine qu'il admire ou mes fesses qu'il fixe. Non, c'est moi, Nora, que son regard parcourt. Moi, pas un corps.

Mes joues se réchauffent, plus qu'elles ne le devraient pour un simple coup d'œil, qui est pourtant bien plus que ça. Ce sourire, au moment où il s'apprête à me faire part de son analyse, ce sourire-là, il accélère un peu plus mon cœur.

— Tu es un pumpkin spice latté. Des nuances de café avec une touche de citrouille et une pointe de cannelle. Un assortiment parfait.

— Comment peut-on être un café latte si moi, je suis un pumpkin spice latte ?

— À l'individuel, tu es ce café à la citrouille. Ensemble, on est un café latte, c'est tout.

— Et dans tout ça, qu'est-ce que toi tu es ?

Il est si proche de moi, que je sens son souffle contre mes lèvres. Quand est-ce qu'il s'est tant rapproché ? Quand a-t-il comblé la distance entre nous ?

— Ça, c'est à toi de le trouver, *amore mio.*

— Tu n'es pas un espresso, ça, c'est sûr ! Toi, tu es doux, chaleureux, mais rafraîchissant. Tu es un affogato.

— Erreur *tesoro.*

Son souffle chaud caresse ma peau et réfléchir devient impossible lorsqu'il vient lier nos lèvres. C'est toujours si doux, mais rempli de passion, chaque baiser est similaire, mais si différent. Si surprenant et surtout, si addictif de lui.

— Je suis *ton* affogato.

Je n'aime pas les voitures. Enfin non, je n'ai rien contre les voitures en elles-mêmes, mais je n'aime pas être à l'intérieur quand elles roulent. Je n'aime pas conduire et je n'aime pas non plus être passagère.

Les gens sont imprévisibles, la tromperie d'Eliott était imprévisible, son mensonge plus encore. Rencontrer un inconnu qui me renverse son café dessus était imprévisible, habiter chez lui, coucher ensemble et devenir… Je ne sais pas ce que nous sommes, mais ce que je sais, c'est que c'était, et que nous sommes également, imprévisible.

Chacune des réactions des uns est plus imprévisible que celles des autres. Alors, comment être rassurée en étant enfermée dans une boîte en métal, à la merci des réactions et actes imprévisibles de nos semblables si imprévisibles ?

Au vu de la main enlaçant la mienne, mon stress est palpable, ou du moins suffisamment pour qu'Orion le ressente. Je le vois me zieuter sans aucune discrétion à travers le rétroviseur intérieur et peut-être que ça me fait très légèrement apprécier cette voiture.

— *Cuore mio*, qu'est-ce que c'était, ta chose préférée quand tu étais enfant ?

— Charlotte aux fraises. Sans aucune hésitation.

Ça fait du bien d'arrêter un instant de s'adonner à la réflexion. Je n'ai pas souvent l'esprit vide et tranquille, ces derniers temps, il est obnubilé par un blond aux yeux vairons sentant divinement bon, j'ai déjà dit que j'aimais le café ?

Sous ces fameux yeux intrigués, je souris en gloussant, *je ressemble à une dinde ?*

— Je vivais, je dormais, je dansais et je rêvais Charlotte aux fraises. J'ai même demandé plusieurs fois à ma mère d'avoir une petite sœur pour l'appeler Croque-Pomme[1], elle n'a jamais voulu.

— Quelle mauvaise mère ! Qui ne rêve pas d'une fille avec ce prénom ? Et laisse-moi deviner, elle ne voulait pas non plus de chat Pralinette ni de chien Clafoutis[2] ?

Je lui réponds d'un petit coup de coude dans les côtes, *je ne veux pas mourir dans un accident de voiture.*

— Ne te moque pas ! Et comment connais-tu tout ça ?

— Il faut forcément être une fille pour aimer Charlotte et ses amis ? Je rêvais d'être Coco Berry et j'étais amoureux de Baba Hortensia.

— Pourquoi Baba Hortensia[3] ?

— Parce qu'elle était jolie !

Il hausse les épaules comme si la réponse était si évidente que la question en devenait stupide. *J'aime ce genre de discussion, c'est futile, mais passionnant.* C'est le genre

[1] *Prénom de la petite sœur de Charlotte aux fraises dans le dessin animé éponyme.*
[2] *Prénoms du chat et du chien de Charlotte aux fraises dans le dessin animé éponyme.*
[3] *Personnages du dessin animé* Charlotte aux fraises.

qui fait battre mon cœur tout en me détendant. C'est ça aussi un Orion, un anxiolytique naturel. Cette pensée m'arrache un sourire que je n'ai pas envie de cacher.

— Tu es encore plus jolie quand tu souris. Je ne pensais pas ça possible.

Je baisse la tête, rougissante, je me mords la lèvre inférieure de joie face à ce compliment. *Une vraie adolescente tête à claques.* Mais une adolescente curieuse de lui.

— Et toi, c'était quoi ta chose préférée ?

— Ma famille.

— Ah non ! J'aurais pu répondre ça moi aussi, là, je passe pour une fille et sœur ingrate !

Son rire est le plus contagieux que je n'ai jamais entendu. Il met du baume au cœur dans ce cercueil de fer ambulant, le rendant même quasiment appréciable.

— Alors, je dirais les banana splits. J'avais le droit d'en manger un à chaque fois que je devais faire une prise de sang ou que j'allais chez le médecin. Du coup, je me suis presque mis à aimer les rendez-vous médicaux pendant un moment.

Sa voix perd en joie, elle perd en tout, mais reste malgré ça la plus douce des mélodies.

— Puis il y a eu Roméo.

Je vois sa main venir automatiquement caresser son cou, une lueur de tristesse ou peut-être de culpabilité ? Dans le fond de son regard redevenant vite si rieur.

— D'ailleurs, prépare-toi *tesoro*, tu vas bientôt le rencontrer, lui et tous les autres.

Mon souffle se coupe et je serre mes mains, empoignant l'ourlet de ma jupe pour les occuper tandis qu'Orion manœuvre pour garer la voiture devant un petit portail blanc, enfin, il a dû être blanc un jour. Je sens mon ventre tourbillonner de l'intérieur alors que je me retrouve seule dans la voiture. Orion passe devant le pare-choc puis apparait à côté de ma portière qu'il m'ouvre avant de me tendre la main.

— *Amore mio.*

Je respire un grand coup et attrape cette chaleureuse paume qui me rassure. *Ça va aller.* Nous franchissons le petit portail, pas à pas sur les dalles au sol, j'admire une belle petite bâtisse en pierre. C'est petit, mais joli, si différent de chez mes parents, mais je ressens cette même chaleur, ce même sentiment de douceur que lorsque je rentre.

— C'est la maison où tu as grandi ?

— Oui, elle a un peu changé au fil des années, mais elle reste la même malgré tout.

Le sourire d'Orion est si calme, apaisé et apaisant. Cette lueur d'amusement dans son regard a été remplacée par une expression de bien-être. *Comment fait-il pour toujours faire battre à ce point mon cœur et réussir à me surprendre ?*

— Mon liner n'a pas coulé ?

— *Tesoro*, tu es parfaite, d'accord ?

Pourquoi personne ne prévient du stress intensif de rencontrer ses faux (?) beaux-parents ? Orion lève la main pour sonner puis il n'attend pas de réponse pour ouvrir la porte et me fait une révérence me signifiant d'entrer. Le vent caresse une dernière fois mon visage et je franchis le seuil. Debout, face à un escalier, je suis d'abord frappée par l'odeur enivrante flottant dans l'entrée.

— Ça sent les pâtes au butternut ?

— Ma mère a appelé, elle voulait connaitre ton plat préféré.

— Et donc l'odeur de cannelle…

— Des cinnamon rolls en dessert.

— Mais c'est l'anniversaire de Valentin, c'est à lui qu'il faut faire plaisir.

— Une soupe aux cailloux l'aurait ravi ce palais de dobermann !

Je sursaute à l'entente d'une voix féminine et inconnue.

— Viens là que je te serre fort ! Oh ! tu as encore grandi toi.

Un sourire si différent de d'habitude collé aux lèvres, Orion enlace la femme que j'identifie comme étant sa mère. Ses cheveux blond foncé parsemés de gris sont réunis en un chignon aussi bancal que sont habituellement les miens. Elle est si petite, que le menton d'Orion caresse à peine son chignon pareil à la tour de Pise posé sur le haut de sa tête. *En réalité, elle doit faire ma taille lorsque je ne triche pas avec mes chaussures à grandes semelles.*

Orion se détache de sa mère, la laissant m'analyser de haut en bas. Difficilement, je déglutis, m'apprêtant à me sentir mise à nu par des yeux bleus. Mais rien ne vient, son regard reste doux et rempli de gentillesse lorsque ses bras s'ouvrent à nouveau en grand.

— Et toi, tu dois être la fameuse Nora ? Val et Orion m'ont beaucoup parlé de toi. Dans mes bras, *mia nuora.*

C'est un peu étrange, ce visage si semblable à celui d'Orion, mais cette façon si différente de prononcer mon prénom. À mon tour, je me retrouve emmitouflée dans un cocon d'amour à l'odeur de cannelle. *C'est si différent de ma rencontre avec la mère d'Eliott.* Quand je me suis retrouvée face à Meredith, je me suis sentie comme une puce face à un peigne, comme un nuisible que l'on toise en espérant le voir déguerpir ou mieux, éradiqué.

— *Amore*, tu vas l'étouffer !

— Oh excuse-moi ! Je suis Solange et je suis ravie de faire ta connaissance.

Derrière elle, un homme d'une cinquantaine d'années apparait et me tend la main. Ses cheveux gris assortis à sa moustache sont parfaitement coiffés, *contrairement à ceux d'Orion qui ont toujours l'air si en pagaille.* Je suis perturbée par ses yeux verts, identiques à l'œil droit d'Orion.

— Pietro. Merci de vous occuper de notre fils, *signorina.*

Son accent italien prononcé accentue son charme, *ou il me fait simplement penser au surnom que me donne Orion, me faisant trouver ça charmant ?*

J'attrape la main qu'il me tend et il la secoue avec tant d'entrain que mon bras entier bouge. Sous les rires, Solange somme à son époux de venir l'aider en cuisine.

— Surtout, fait comme chez toi *mia nuora* !

Le rouge aux joues, je les remercie pour leur accueil. Je ne sais pas ce que veut dire nuora, mais je suis certaine que j'ai raison de rougir. Par automatisme, je viens déposer ma tête contre le torse d'Orion, c'est étrange de me sentir chez moi ici, entourée d'inconnus pourtant si familiers. Oui, étrange, mais pas si désagréable.

— Ça va *tesoro* ?

— On t'a déjà dit que tu donnais l'impression que tes parents ont été mis dans un mixeur et que tu en es ressorti en étant leur parfait mélange ?

— Ça, c'est l'un des plus beaux compliments que tu pouvais me faire.

Ma tempe accueille avec joie les lèvres qui viennent tendrement se poser dessus.

— On a plutôt l'impression que j'ai été cloné, mais que l'imprimante a eu un souci au niveau des yeux.

Ils sont tous blonds dans cette famille ? C'est vrai que sa ressemblance avec Orion est plus que frappante. On dirait deux jumeaux, leur seule différence est au niveau de leurs regards. Cette fois, c'est à nouveau une paire d'yeux bleue qui se fixe sur moi. *L'autre différence est peut-être aussi le fauteuil roulant dans lequel il est assis.*

— Tu dois être Roméo ?

— Le grand frère, oui. Et toi, tu dois être la fameuse jolie fille au latte.

Orion se racle la gorge sous l'air malin de son ainé. Je n'aime pas le fait que la même expression de malice d'Orion se lise dans les yeux de son frère. Ce n'est pas que je n'aime pas, c'est plutôt que pour moi, c'est à Orion et à personne d'autre.

J'avance de quelques pas pour tendre une main vers un Roméo qui l'attrape en tirant la langue vers mon *copain. Mon copain ? Mon faux copain ? Mon café latte.* Oui, c'est plus simple comme ça.

J'entends dégringoler dans les escaliers et soudain, le fauteuil recule, comme happé vers l'arrière par quelqu'un. Valentin apparaît avec sa familière tête blonde me dépassant malgré mes dix ans de plus, aïe.

— Nora, tu es venue !

Son sourire est si grand, si sincère qu'il en est des plus touchants. Est-ce que je ressemblais à ça quand j'ai fêté mes seize bougies ? Je me souviens vaguement d'une robe rose pâle, *elle me donnait un air malade* et de la présence de quelques amis à qui je n'ai pas adressé la parole depuis au moins cinq ou six ans. Mes parents avaient voulu me faire une surprise et me faire plaisir, *pour ça, un café accompagné d'un bon livre en me laissant enfermée seule dans ma chambre aurait été bien plus efficace.*

Je n'ai pas le temps de répondre aux salutations que je suis trainée vers ce que j'identifie comme étant la salle à manger.

La maison est petite et rustique avec des murs en briques et des poutres apparentes. *C'est beau.* Pas la plus belle que j'ai vue, mais elle n'a rien à envier aux plus grandes. Mon instinct d'agent immobilier meurt d'envie de monter à l'étage, mais à la place, je m'assieds sur une chaise en bois, face à une table bien remplie. *On se croirait à la maison, à l'époque où Mémé était encore là et que l'odeur de sa cuisine envahissait toutes les pièces de la maison.*

Je sais qu'elle me manque, mais je m'en rends compte encore plus alors qu'Orion saute de sa chaise pour courir enlacer une femme. Ses cheveux, courts et plus blancs qu'un nuage, caressent le menton de mon barista, *sa fameuse Nonna.* À mon tour, je me redresse pour contourner la table et les rejoindre. *Je sais qu'elle compte énormément pour lui, donc qu'est-ce que je dois faire ?* Lui serrer la main ? La prendre dans mes bras ? Rester les bras ballants comme une idiote ? Et si elle ne m'apprécie pas et qu'Orion préfère me mettre dehors pour ne pas la décevoir ?

Toutes ces questions se chamboulent dans ma tête alors que je sens un regard m'analyser de bas en haut. Des petits yeux gris et brillants de bonté semblent chercher au plus profond de moi-même avant que deux bras fins et d'allure fragile ne s'ouvrent pour m'enlacer. Deux bises se déposent sur chacune de mes joues.

J'entre un peu plus dans le monde d'Orion et ça, ça me plaît, même plus que ça. Mon cœur s'emballe à chaque nouvelle personne, je me sens m'emplir de joie à chaque sourire, une douce chaleur se propage et c'est agréable, un repas en famille.

J'aime ma famille, sincèrement et profondément. Mais plus rien n'est pareil entre nous depuis le décès de Mémé… On s'aime, on se voit et on organise des repas de famille, mais ils sont différents d'avant. Les discussions sont les mêmes, mais elles ont perdu ce petit quelque chose que je retrouve ici. Il manque une pièce à notre puzzle, pièce qui, je le sais, ne pourra jamais être remplacée. Elle s'est envolée et je sais que c'est la vie, mais je n'aime pas ça.

Chacun me parle comme si j'étais de la famille, depuis toujours, et une part de moi se demande s'ils agissaient ainsi avec chaque fille qu'a pu ramener Orion ? Mais combien en a-t-il ramené ? Pensent-ils au fond d'eux-mêmes qu'ils préféreraient voir Sisi à ma place ?

— Vos cheveux sont exceptionnels, vraiment magnifiques. Et cette tache blanche juste ici, est-ce une mèche naturelle Nora ?

Je sursaute en étant sortie de mes pensées par un accent italien prononcé, *c'est joli comme accent.*

— C'est de la peinture *Nonna*, on a repeint un peu à l'appartement.

— Ma foi, tu aurais pu utiliser un pinceau et non pas les cheveux de cette pauvre jeune femme !

Je sens le long de ma cuisse la main d'Orion remonter ma jupe et me caresser délicatement la peau. Le rouge aux joues, je m'étouffe avec mon verre de vin sous un regard brûlant et amusé. *Je n'ai jamais été si heureuse de ne pas avoir mis de collants.*

C'est donc ça un repas de famille où l'on ne vous prend pas pour une fourmi tout en bas de l'échelle ? Chez Eliott, je ne me sentais pas à ma place au sein de la fourmilière. Je n'étais qu'une ouvrière entourée de mâles et de reines ou plutôt d'un mâle et d'une reine. Ici, la fourmilière a explosé et je ne vois pas d'ordre de puissance. Valentin parle librement, coupant même parfois la parole aux ainés. Ici, j'ose ouvrir la bouche même sans y être conviée et surtout, ici, je me sens observée, mais pas dédaignée.

Ici, je suis caressée par cette main qui allume en moi cette flamme que je pensais éteinte depuis si longtemps.

17.
Un anniversaire latte

L'entrée, à base de figues rôties du jardin, *c'est important de le souligner pour Solange,* fourrées au fromage et enrobées de prosciutto, fond dans la bouche.

Le repas se passe bien, je retrouve dans le goût des pâtes ce petit quelque chose qui me rappelle nos carbonaras, c'est là que je devine qu'elles sont faites maison. Je ne peux pas m'empêcher de sourire à cette pensée. Ça rend chaque bouchée plus chaleureuse que la précédente. Vu l'expression d'allégresse de Solange, on lit sur mon visage que je me régale, et ça me fait plaisir. Je suis heureuse qu'elle puisse voir que j'apprécie ce repas, cet instant, cette famille.

— Donc vous êtes une femme magnifique, agente immobilière, mon fils m'a dit que vous aviez beaucoup de livres, visiblement, vous peignez également…

Je rougis légèrement au souvenir de ma peinture

désastreuse, *je n'ai aucun talent pour ça,* et surtout de la façon dont s'est terminée l'activité.

— On a compris Maman, à écouter Orion, cette fille est vraiment parfaite !

Roméo tend les bras de manière dramatique en souriant et en adressant un clin d'œil dans ma direction, sentant possiblement le malaise monter en moi face à tant de compliments.

— Là où je voulais en venir, c'est que vous feriez de merveilleux enfants.

À côté de moi, Orion recrache son verre d'eau et tousse, s'étouffant de stupeur tandis que ma fourchette retombe violemment dans un tintement désagréable au milieu de mon assiette presque vide.

— Ce que veut dire ta mère, c'est que l'on ne restera pas jeune toute la vie. Elle se demande si vous comptez faire de nous des grands-parents un jour ? Puis Nonna serait sûrement ravie de rencontrer une autre génération.

J'appréciais cet instant. Sous le hochement de tête de Nonna face à ce discours, je vois ma bonne humeur s'envoler, mais je tente de masquer mon malaise en buvant une gorgée de vin.

— Maman. Je ne crois pas que ce soit le genre de questions à poser, encore moins lors d'une première rencontre.

La voix d'Orion est dure, moins que lorsqu'il s'est adressé à Eliott, mais trop pour un homme discutant avec ses parents. Je me sens coupable du soudain malaise palpable à cette table.

Mais heureusement, Valentin est là pour s'étouffer. Entre deux toux, il laisse une pâte se frayer un chemin de sa trachée à son nez. Elle dépasse à la fois de ses lèvres et de sa narine. Roméo crie de dégoût, tandis que l'adolescent pleurniche pendant que son père vient tirer sur la pâte, libérant son fils.

Après le froid laissé par les mots, le ridicule de cette situation réchauffe les cœurs et l'ambiance. Les discussions se suivent les unes les autres. Je tente de mon mieux de retrouver un semblant de joie et de m'intégrer aux dialogues jusqu'à ce que la lumière s'éteigne.

Solange franchit la porte vitrée donnant sur la cuisine qui a été laissée ouverte. Son visage est éclairé par les flammes chancelantes des seize bougies allumées sur un gâteau. Derrière elle, Pietro tient un second plateau duquel s'échappe une douce odeur de cannelle.

Nous finissons de chanter, enfin, ils chantent en italien et je baragouine de temps à autre sous les coups d'œils amusés d'Orion et de Roméo. Du coin de l'œil, derrière le sourire, je perçois un Orion plutôt fière d'avoir oublié de me parler de ce détail.

Quand j'étais en CE2, j'ai eu un enseignant du nom de William, passionné de rugby, il nous faisait pratiquer ce sport sur le bitume pour le malheur de mes genoux frêles. C'était aussi très important pour lui de nous cultiver. À chaque anniversaire d'un camarade, nous devions apprendre la fameuse chanson dans une nouvelle langue étrangère. J'ai tout oublié de la version italienne, tandis que la version portugaise parfois me revient sans raison en tête et il m'arrive même de la chantonner, *ça n'aurait pas pu être l'italien ?*

Sous le regard doux d'Orion, j'accompagne le chant avec un temps de retard, je perçois le sourire qu'il tente vainement de retenir. Je perçois également une lumière dans ce regard que j'aime tant, un éclat de quelque chose qui accélère mon cœur et joue avec les papillons dans mon ventre.

L'adolescent souffle ses bougies et la lumière se rallume, me laissant admirer un gâteau au chocolat blanc et un plateau de cinnamon rolls. Chacun se lève pour faire une accolade au gamin, souriant de toutes ses dents pour retenir un filet de bave à la vue de ce que j'imagine être son gâteau préféré.

— Joyeux anniversaire Valentin.

Je lui tends un petit paquet enveloppé dans un emballage blanc avec des motifs de citrouille dessus. J'entends mon Barista pouffer dans mon dos, je le fais taire d'un petit coup de coude dans les côtes sous le regard admiratif de sa mère.

— C'est tout mou, qu'est-ce que c'est ?

— Idiot, ouvre-le, tu verras bien.

Il se renfrogne légèrement à la remarque de Roméo puis, des étoiles dans les yeux, l'adolescent attrape le paquet et me demande s'il peut l'ouvrir. Après mon hochement de tête, il déchire le papier-cadeau sous un faux cri d'horreur d'Orion, pleurant sur le sort des pauvres citrouilles. Il est dans un premier temps souriant en découvrant une peluche en forme de lapin faite à la main en crochet. Le lapin est posé sur un carré granny jaune. Je souris en coin, remarquant que l'adolescent n'a pas encore compris.

Orion se rapproche de moi, posant ses mains au niveau de ma taille, il les laisse en suspens, me regardant avec interrogation. Il attend que j'acquiesce avant de poser ses doigts sur mon pull, me faisant frissonner malgré l'épaisse couche de vêtement.

Sa tête vient se caler sur mon épaule et dans mon dos, il chuchote à mon oreille, provoquant une vague de fourmillements en moi.

— Ma mère peut rajouter à sa liste que tu sais faire des peluches ou tu l'as achetée toute prête ?

Je joue nerveusement avec mes manches, m'interrogeant intérieurement sur l'utilité d'être honnête. Mais c'est Orion et Orion, je ne veux pas lui mentir. *Je ne lui dis pas tout, mais ce n'est pas comme si je mentais, il n'a pas demandé.*

— J'ai vraiment essayé de le faire, mais je suis nulle. Le tuto était marqué pour débutant et Mélanie se moquera de moi jusqu'à la fin de mes jours. Heureusement qu'elle est plus douée que moi !

— Et tu lui as commandé quoi exactement ?

— Un lapin et une flaque de pipi. Je te laisse imaginer le regard qu'elle m'a lancé.

La lueur de malice se ravive dans ses yeux vairons, alors qu'Orion demande à son petit frère de s'asseoir. Il s'approche de lui, pose le carré jaune sur sa jambe avant de sourire de toutes ses dents, tenant le lapin en hauteur à quelques centimètres de son urine.

— Ça s'utilise comme ça. Je crois qu'elle l'a baptisé " Cinna, un amour humide ".

Les rires de toute la famille résonnent autour de nous, face à un Valentin rouge tomate. Orion reprend sa place près de moi, sous les cris de son frère appelant sa mère, trop occupée à montrer sa joie pour l'écouter.

— On t'a déjà dit que tu étais parfaite *tesoro* ?

— Je me suis dit qu'il apprécierait l'attention et que toi, tu adorerais l'idée.

Avec un regard complice, nous regagnons nos places pour nous servir en dessert.

Je remarque que la chaise de Solange est vide. Je prends l'initiative de rejoindre la cuisine.

— Vous voulez de l'aide ?

— C'est adorable *mia nuora,* tu veux bien apporter le premier plateau de café ? Je me charge du second.

En souriant, j'attrape ce qu'elle me montre d'un mouvement de tête pour rejoindre la joie de la salle à manger.

Je dépose le plateau et, une à une, pose des tasses devant chacun, arrivant à Nonna, sa main se referme délicatement sur la manche de mon pull comme pour attirer mon attention.

— Et comment vous êtes-vous rencontrés ?

— Votre petit-fils est plus maladroit qu'il n'en a l'air et m'a renversé un café dessus.

Je souris un peu plus fort en repensant à cette pauvre robe anciennement blanche.

— Ne l'écoute pas Nonna, elle dit ça alors que c'est elle qui avait la tête dans les nuages et a percuté mon pauvre latte ! Même si je la soupçonnerai toujours d'avoir prémédité cet attentat caféesque !

Orion semble presque outragé de cet affront, enfin, il semblerait si toutes ses dents n'étaient pas visibles.

— Je n'y peux rien, ma robe avait froid et soif !

— Donc je lui en ai offert un autre, puis on s'est recroisés quand j'ai accompagné Roméo pour une de ses visites de routine à l'hôpital.

— Mais que faisiez-vous à l'hôpital, vous êtes malade Nora ?

Le ton compatissant et inquiet de Solange me fait plaisir, mais la réponse à donner un peu moins.

— Quelqu'un que je connais avait eu un accident de voiture.

— J'espère que cette personne va bien alors.

— Malheureusement oui.

Orion a marmonné entre ses dents, mais le torchon volant à travers la table pour atterrir sur ses cheveux montre qu'il a parlé un peu fort. Son sourire angélique et sa main sur ma cuisse suffisent à éloigner Eliott et sa trahison de mon esprit.

Après un passage éclair aux toilettes, je passe par le salon pour retourner à la table, j'entends le brouhaha de la joie qui provient de la salle à manger. Mais je reste quelques minutes dans ce semblant de calme à observer des photos d'un Orion à qui il manque une dent. Sur certaines, il est déguisé en chevalier, ou à côté d'un bébé qu'il enlace, un grand sourire aux lèvres. Je le vois aussi au milieu d'une rue pavée, une glace à la main, sûrement en Italie.

— Les plus intéressantes sont cachées dans des albums. Je te montre les gros dossiers si tu veux.

— C'est toi sur celle-là ?

Roméo sourit tristement en hochant la tête devant le cadre d'un petit garçon d'environ cinq ans. Il est debout au milieu de feuilles mortes et paraît faire la course avec un chaton.

— J'adorais courir avant. À mes côtés, c'est Pika, j'aimais aussi beaucoup les Pokémons.

— Certaines choses n'ont pas changé.

Je fixe d'un regard moqueur les chaussettes Bulbizarre dépassant de ses chevilles, ce qui lui arrache un rire, un vrai qui me fait plaisir.

Nous restons là quelques secondes dans un semblant de silence envahi par le brouhaha de la pièce à côté. J'observe défiler devant moi, dans des cadres, des morceaux de l'enfance d'Orion tandis que son frère semble les revivre mentalement, un sourire mélancolique aux coins des lèvres.

Cette fois-ci, je tends les doigts vers un petit garçon sur les genoux d'une Nonna bien que plus jeune, toujours âgée.

— Celle-là, elle a été prise à Rome. Dans une petite rue où presque aucun touriste ne va, là où Nonna et Nonno ont ouvert leur café avant que Papà ne soit né.

Sa voix chantante et ses yeux brillants trahissent son amour pour ce lieu. Il approche son fauteuil de moi et vient caresser du bout de l'index l'enseigne du café en arrière-plan de la photo.

— En parlant de Nonna, elle t'aime bien. Ça se voit,

elle a ce quelque chose dans le coin des yeux, le même que quand elle apprend une bonne nouvelle ou qu'on fait la surprise de venir la voir. Le même que quand Orion a fait son premier café buvable. Elle aime la façon dont tu fais sourire Orion aussi, ça la rend heureuse.

— Et toi ?

— Moi, je crois que je l'envie un peu.

— Nonna ?

Son rire me fait sursauter et je quitte un instant la photo pour le visage détendu d'un Roméo au sourire pourtant triste et à l'antipode du sentiment qu'il pense montrer.

— Non, Orion. Pas que je te drague, même si tu es très jolie, mais je l'envie de rendre Nonna heureuse.

Je hoche la tête, toujours absorbée par l'enfant sur les genoux de sa grand-mère. Moi aussi, à une époque, je rendais Mémé joyeuse et je jalousais un peu Élie quand c'est elle qui la faisait sourire. C'est puéril, mais on se battait secrètement à coup de bouquets de marguerites pour l'amour d'une personne qui avait pourtant tant à donner.

— Vous avez l'air proches. Orion, Valentin et toi.

— Plus qu'à une époque en tout cas.

— Moi, c'est l'inverse avec Élie, ma grande sœur. On a été proches un jour, comme deux jumelles. On s'aime toujours très fort, mais c'est comme si un mur s'était fabriqué entre nous.

— Après mon accident, c'est moi qui ai fabriqué ce mur. Mais Orion l'a brisé à coups de massue.

Son sourire en coin et ses yeux railleurs m'intriguent. Ça doit se lire sur mon visage puisque ce sourire se fait malicieux.

— J'imagine qu'il t'a déjà tout raconté de toute façon.

— Non. Il ne m'a rien dit là-dessus, parce qu'il estime…

— Que c'est à moi de le faire si j'en ai envie. Roh, il fait chier ce morveux.

Ses mots ne paraissent pas suivre ses pensées, vu son air reconnaissant et l'éclat de remerciement dans ses prunelles bleues.

— Tu sais qu'Orion a peur des chiens ?

L'image de lui, figé comme une statue, complètement paralysé devant le petit chien alors qu'il m'emmenait visiter cette boutique de robes de mariée cette semaine, me revient en tête.

— J'ai cru comprendre oui.

Derrière nous, depuis la salle à manger nous parviennent les éclats de rire de Valentin, vite rejoints par ceux de sa mère. Sous son sourire rempli d'amour, l'aîné reprend.

— Quand il était petit, Val adorait les chiens, vraiment, il les idolâtrait. Un jour, on nettoyait le jardin tous les trois. Enfin, j'arrosais les plantes, Orion désherbait et le petit jouait dans la boue avec son tracteur en plastique.

Roméo fait une pause dans l'histoire, son histoire, leur histoire. Ce silence laisse entendre des bribes de discussion en italien qui font doucement sourire mon narrateur, *ça doit être une nouvelle blague qui m'échappe*. Ses yeux se posent sur moi et il semble se rappeler qu'il me parlait.

— Un *Maltipoo* s'est retrouvé seul sur le trottoir devant la maison. Val était jeune et s'est dirigé vers le portail, il l'a ouvert et s'est approché lentement du chien. Il était tout petit cet animal, minuscule même. Mais il s'est mis à grogner d'abord faiblement, puis de plus en plus fort et violemment. Naïvement, le gamin a continué d'approcher.

Une nouvelle pause, et cette fois, je sens une main se poser sur mon épaule. Orion s'assoit à côté de moi sur le canapé, un sourire gêné scotché au visage, la lueur d'amusement remplacée par quelque chose de flou. De l'appréhension face à ma réaction ? Je dépose ma tête sur son torse et enlace sa deuxième main. D'un mouvement de tête vers son frère, Roméo continue.

— Moi, je n'ai rien vu, mais lui, il l'a remarqué et a couru, il a attrapé Val par le col et l'a protégé de son propre corps. Le minuscule chien lui a littéralement sauté au cou. Je n'ai pas réfléchi, j'ai couru vers mes frères avec le tuyau d'arrosage pour éclabousser le chien qui est parti en courant. Le petit tracteur vert de Val a roulé sur la route, bêtement, j'ai avancé pour le ramasser, sans regarder. Une voiture m'a percuté et à mon réveil, je ne sentais plus mes jambes.

— Et Valentin se sent coupable d'être allé voir ce chien.

— Exactement.

Une part de moi se sent plus légère de savoir, de connaitre l'origine de cette marque sur la nuque d'Orion. De connaitre la provenance de cette culpabilité si mal dissimulée tout au long du repas lorsque Valentin donnait du pain à son frère. De sa façon de se porter volontaire pour l'accompagner partout tout au long de la journée.

— Mais c'était un enfant, il n'a rien fait de mal. Où étaient les propriétaires de ce chien ?

— Ils ont voulu porter plainte contre nous en disant qu'on avait maltraité l'animal avec le tuyau d'arrosage. Quand ils ont vu l'état de mon cou, ils se sont ravisés pour ne pas avoir à faire piquer la bestiole qui a continué de se balader librement dans la rue.

— Il est mort l'an dernier. En même temps, il était devenu tellement gras que c'est étonnant qu'il ait vécu si longtemps.

Une expression de colère parcourt le visage d'Orion, elle disparait très vite quand je dépose mes lèvres sur sa joue. Son corps entier se détend et il saute sur ses deux pieds.

— Un autre café ?

J'acquiesce et me lève à mon tour, prête à retourner avec le reste de la famille. Sauf que je remarque une des roues du fauteuil de Roméo coincée à cause du tapis. Sous leur regard, je m'accroupis pour libérer la roue et ranger correctement le tapis rouge au motif étrange. *Ça par contre, c'est laid.*

— Merci.

— Tu te livres à une parfaite inconnue, mais c'est toi qui me remercies ? Merci plutôt de m'avoir parlé.

— Non. Merci parce que même si tu m'as écouté et que tu m'aides, je ne vois pas cette lueur de pitié, que je hais, dans ton regard.

— De quoi je devrais avoir pitié ? Tu as été et est certainement toujours un excellent frère.

Un petit silence s'installe et je passe derrière lui pour pousser son fauteuil, afin de permettre à ses bras de se reposer. Il s'est livré, à mon tour.

— Tu veux une blague ?

— Essaye toujours ?

J'entends un rire caché derrière son ton détaché. *Il ment très mal.*

— J'étais fiancée. Il a eu un accident de voiture et a préféré faire semblant de m'oublier plutôt que d'avouer qu'il me trompait.

Son visage se tourne vers le mien, les yeux grands ouverts, remplis d'incrédulité.

— Il a vraiment fait ça ?

Une nouvelle fois, je hoche la tête, cette fois-ci et pour la première fois, en riant de cette situation. *C'est à Eliott d'avoir honte, pas à moi.*

— L'inconnue ne voit pas non plus de pitié dans ton regard. On est quitte ?

— L'inconnue, oui…

Il se pense peut-être discret, ou bien c'est volontaire, mais je remarque ce sourire en coin et le clin d'œil vers mon oreiller humain.

— Mon inconnue préférée !

Cette fois, le clin d'œil m'est destiné tandis que je sens une douce chaleur se propager sur mon visage quand les lèvres d'Orion se posent délicatement sur ma tempe.

— La drague pas trop, Valentin suffit et elle est déjà à moi !

— Si elle est aussi accro au café que tu le dis alors non merci, je ne veux pas d'une toxico, monsieur. Tu me suffis amplement !

Un coussin vole à travers la pièce pour atterrir en plein dans le visage de Roméo sous les rires de son frère et mon air faussement blessé. Orion nous contourne à son tour et m'attrape par les hanches, me faisant quitter le sol de quelques centimètres alors qu'il m'éloigne d'un Roméo hilare.

Je profite de cette prise de hauteur pour rapprocher mes lèvres de l'oreille de mon barista.

— Donc comme ça tu parles de moi à ta mère *et* à ton frère, *amore* ?

Je suis presque certaine de le voir rougir lorsqu'il m'embrasse, trouvant le meilleur moyen de ne pas avoir à me répondre.

Le reste de l'après-midi s'écoule à coup de Uno[1], puis le soleil commence peu à peu à disparaitre derrière l'horizon, nous obligeant, Orion et moi, à envisager le départ.

Devant la porte d'entrée, les accolades défilent, vient mon tour de saluer Nonna. Elle enlace mes mains dans les siennes, son visage légèrement fripé me sourit entièrement alors que son regard sérieux se fixe dans le mien.

— J'aime la manière dont vous vous regardez l'un l'autre.

Ses yeux glissent sur Orion qui ébouriffe les cheveux d'un Valentin chafouin.

— Oui, exactement ce regard, celui que vous avez maintenant.

Son ton est doux, ses yeux pétillent d'un petit quelque chose qui me fait comprendre les paroles de Roméo.

— *Bella*, vous prendrez soin de lui, n'est-ce pas ?

— Je fais et ferai toujours de mon mieux.

---

[1] *Jeu de cartes basé sur les règles du 8 américain (qui se joue avec un jeu de cartes standard), le Uno lui applique un jeu de cartes spécifiquement dédié, ainsi que quelques règles supplémentaires.*

— C'est un bon petit.

Elle se perd sûrement dans des pensées lointaines qui viennent voiler son visage d'un sombre tulle.

— Oui, c'est un bon petit, mais il boit trop de café.

— Là-dessus, je risque plus de l'enfoncer que de l'aider. Pardonnez-moi.

Ma touche d'humour fait naitre un sourire venant masquer cette gravité qui reste malgré tout visible.

— Il n'a pas l'air, mais il a besoin de vous, alors je vous le confie, Nora.

18.
Baby-sitting et café houleux

Le dimanche, c'est fait pour rester en pyjama devant une série, à lire un livre avec un café à la main, le tout emmitouflée dans un plaid. *Petit bonus si je suis dans les bras d'Orion.* Pas pour être sur un banc, frappée par la fraicheur du vent, pour surveiller Alya et Quentin jouant sur des balançoires.

Orion sort de son sac un thermos de café et je lui souris en lui arrachant presque des mains, sans lui laisser le temps de s'en délecter. *On repassera pour la douceur, j'ai besoin de ce café.*

Du coin de l'œil, je le remarque boudeur, alors je papillonne innocemment des cils, portant le thermos au plus près de mon sourire.

— Tu es une bénédiction du ciel.

La première gorgée me brûle un peu l'œsophage, mais j'en prends tout de même une seconde que j'accueille avec un gémissement.

— Ah ouais, donc le café te fait plus d'effet que moi.

Les lèvres chaudes d'Orion sont à présent collées à mon lobe d'oreille, *quand s'est-il autant rapproché ?* Pour ne pas être entendu par les enfants jouant à quelques pas. Son souffle me caresse les tympans, venant dresser les baby hair à l'arrière de ma nuque.

À peine j'ai le temps de me tourner vers lui qu'il s'est déjà éloigné à une distance raisonnable, me lançant au passage un clin d'œil et laissant un profond vide contre mon corps.

— Pas alors qu'on garde des enfants, *amore*.

Je lis parfaitement cette petite malice, cette moquerie dans ses yeux rieurs et fiers de me faire cet effet-là. Je crois que même un dyslexique la lirait sans soucis, tant elle est claire.

Honteuse d'en vouloir plus dans de telles circonstances, je baisse la tête, mon regard noisette fixé sur la chemise blanche dépassant de mon pull crème. *Elle a une minuscule, mais existante tache de café.* Je l'ai faite au petit déjeuner ? Avec le thermos de café ? Avant, et elle n'est pas partie à la machine ? *Aucune idée.*

Je me redresse pour admirer Quentin pousser sa sœur sur la balançoire, les rires des deux enfants me réchauffent le cœur tout en le transperçant. J'ai l'impression de me faire couper en deux et pourtant, je reste là, à les observer jouer ensemble, quitte à me sentir mourir.

Un bruit résonne et Alya se met à pleurer, les fesses sur le sol de terre, froid et rendu humide par l'automne bien entamé. Sans attendre, d'un bond, je quitte le banc pour aller la relever et dépoussiérer sa robe en tartan rouge. *Elle est adorable.*

Moi aussi, si j'avais une fille, je l'habillerais ainsi. Je pourrais coiffer ses cheveux, qu'ils soient longs ou courts, roux ou non, bouclés ou pas. Peu importe. Rien n'importerait plus que son bonheur.

Les pleurs d'Alya cessent lorsqu'Orion nous rejoint, elle saute dans ses bras et le barista la fait tourner en l'air comme si elle était une petite fée des bois.

Son grand frère se met sur la pointe des pieds, tirant ma jupe tartan bleu et crème pour attirer mon attention. Ça fonctionne puisque je quitte le visage d'Orion pour celui du jeune Quentin.

— Il me vole ma petite sœur.

Je ris doucement, caressant les cheveux bouclés de l'enfant pour lui enlever une feuille orange s'y étant coincée. À mon tour, je me penche vers lui pour venir chuchoter comme il l'a fait.

— Je crois plutôt que c'est elle qui essaye de me voler mon amoureux.

— Comme quand elle m'a pris le paquet de bonbons que maman m'avait ramené de la boulangerie ! Elle, elle a eu un cookie, le paquet qui pique était pour moi !

— Vois le positif Quentin, les bonbons, c'est mauvais pour les dents.

— T'es plus rigolote d'habitude.

Il a raison. Je suis de mauvaise humeur et je m'en veux parce que c'est la journée des enfants que je risque de gâcher.

Enfin ce n'est pas vraiment de la mauvaise humeur, plutôt un peu de mélancolie. Les petits yeux gris devant moi paraissent soudainement tristes, me fendant un peu plus le cœur.

— J'ai une idée Quentin.

J'attrape une poignée de feuillages au sol avant de les lancer en direction d'Orion et Alya. Dans un premier temps, la petite crie de façon suraiguë, comme si elle s'était prise une balle de pistolet, avant de rire aux éclats, voyant son frère me rejoindre dans mon jeu.

— Là, tu es rigolote !

J'aime cette ambiance de joie et le doux rire des deux petits. Mais j'aime plus encore la malice et le regard joueur d'Orion, qui dépose la fillette au sol. À son tour, il attrape à pleines mains des feuilles mortes, se rapprochant de moi pour me les lancer sur les cheveux.

Nous nous courons après autour d'un arbre, des feuilles virevoltant partout autour de nous. J'essaye tant bien que mal d'utiliser le tronc pour m'abriter, mais à chaque fois que je sors la tête d'un côté, je finis recoiffée avec de nouvelles parures. Nos rires font se retourner plus d'un passant gloussant dans leurs coins et je sens mon cœur se raviver.

Orion finit par franchir ma barrière de bois, il enlace ma taille et me fait à mon tour tourner dans les airs. Le vent fouette agréablement mon visage, le dégageant de mes boucles et laissant l'air libre à mes taches de rousseur. Nous tournons si vite que l'on finit par trébucher et s'étaler dans un tas de feuilles sur la terre toujours humide.

Allongée à même le sol, j'observe les rayons du soleil se frayer un chemin parmi les branches dénudées. La lumière caresse délicatement mes joues et c'est agréable, donc je ferme les yeux pour profiter, mon corps entier se nourrissant du contact d'Orion près de moi et de sa chaleur traversant nos vêtements.

Puis, je sens quelque chose me chatouiller le bout du nez, le front, la nuque. Je rouvre les paupières et j'admire une pluie de feuilles tombant du ciel en glissant au gré du vent jusqu'à moi. Orion, à présent agenouillé, amasse devant lui ces flocons d'automne pour continuer de les faire pleuvoir. *Ça, c'est un instant que je veux garder en moi pour toujours.*

La petite Alya vient s'allonger à mes côtés, positionnant sa robe comme le ferait une petite princesse. Ses yeux brillent alors que ses boucles noires, semblables à celles de sa mère, encadrent ses joues rondes.

Elle lève ses mains vers le ciel et ses doigts potelés d'enfant de quatre ans, qui tentent d'attraper au vol quelques feuilles. Ensuite, avec un grand sourire, les étoiles dans ses yeux vont vers Orion. Ses lèvres chuchotent, comme pour elle-même ou pour me mettre en garde ?

— Je crois que je tombe amoureuse.

Son frère saute sur ses deux pieds comme foudroyé par cette nouvelle.

— Et Tilio de la maternelle alors ?

— J'aurais plusieurs amoureux. Comme Nora. Avant elle nous gardait avec le garçon moche et maintenant avec le beau.

Une part de moi prend une douche froide, mais la seconde, ris en apercevant Orion plié en deux, les larmes aux yeux et se tenant le ventre. Le rouge aux joues, je me redresse pour assener un coup de coude dans les côtes de celui continuant de se moquer de moi.

Ses mains quittent son ventre pour venir se poser sur ma taille et m'attirer à lui. Il embrasse délicatement ma joue avant de venir murmurer des mots me faisant frissonner.

— Tu n'as pas à t'inquiéter, je suis un homme fidèle *tesoro. Ti voglio un mondo di bene.*

Puis ses lèvres trouvent les miennes, mettant fin à une torture, celle de rester loin de lui.

Une petite main vient tirer le bas de ma chemise, cachant ainsi la tache de café par des traces de doigts en terre.

— Nora, y'a le garçon moche là-bas.

— Il nous regarde avec une fille qui a pas l'air gentille.

Je suis du regard la direction que pointe l'index plein de terre d'Alya. *Eliott.*

Effectivement, ses yeux sont perçants et braqués sur nous. Sur moi, sur la main d'Orion autour de ma taille, sur sa tête reposant sur mon épaule, sur ces lèvres venant à peine de quitter les miennes et prêtes à les retrouver.

J'aimerais qu'ils continuent leur route comme si de rien n'était, qu'ils suivent simplement le chemin de leur balade. J'aimerais que l'on reste à quatre sous cet arbre, entourés de feuilles. Mais on obtient rarement ce que l'on souhaite. Leurs pas dévient du sentier de gravier pour venir vers nous. *Je ne sais pas pourquoi, mais ça ne sent pas bon, et je n'ai même pas encore senti le parfum bon marché à la vanille d'Estelle.*

La voix d'Eliott prend le dessus sur les rires d'enfants au loin et sur le crissement des feuilles. Elle m'arrache un frisson de dégoût, *voilà donc ce qu'il me fait à présent ressentir ?*

Dans un premier temps, personne ne parle, chacun observe les autres dans un malaise palpable. Puis Eliott se met à fixer le grain de beauté sous mon œil gauche, un éclair de colère passe rapidement sur son visage, si vif que je crois un instant l'avoir rêvé.

Ensuite, il regarde les enfants avant de sourire, pas avec douceur ou avec joie, plutôt comme la caricature d'un requin dans un dessin animé. *Oui, il est carnassier, et ça ne présage rien de bon.*

La première fois que j'ai vu ce sourire-là, c'était à un repas d'entreprise, lorsqu'il a humilié un collègue qui a osé tenter de le contredire. Ce soir-là, c'est la première fois que j'ai ressenti une sorte de dégoût pour celui que j'aimais. Dans son regard, j'ai vu passer la joie d'écraser les autres, je me suis sentie prise d'une nausée. Très vite dissipée par des mots doux *et sûrement mensongers.* Peut-être que ce soir-là, quand à peine rentré il a dû retourner au bureau, c'est Estelle qu'il est allé retrouver ? Je ne sais pas. Je ne le saurai jamais et je ne veux pas le savoir.

— Et vous, c'est pour quand la petite famille ?

— Ça ne te regarde pas, trou duc.

Orion tombe dans ses filets bien trop vite, trop facilement. Faisant redoubler ce rictus qui me tord les entrailles. *Non, ne parle pas de ça, s'il te plait, n'en dit pas plus.*

Je sais que mes yeux le supplient de se taire, je sais qu'il le voit et je sais qu'il prend un profond plaisir à réfléchir où placer les détonateurs de sa bombe.

— Attends mince, tu ne lui as rien dit, c'est ça ?

Son sourire mal dissimulé me laisse aisément deviner que sa phrase était tout à fait volontaire. Orion joint nos mains et referme ses doigts sur les miens, m'accordant toute son attention, comme si Eliott n'était qu'un grain de poussière sur son passage.

— Il parle toujours autant ?

La langue d'Eliott rencontre bruyamment son palais, me faisant sursauter.

— Il est plus poli quand il parle italien.

— *Stronzo* ! C'est assez poli pour toi ?

— Du calme mec. Moi, je suis juste de ton côté. Après tout, elle te ment ouvertement.

D'un sourire narquois, il me défie du regard avant de fixer ma main, confortablement installée contre celle d'Orion. Ancrée à un pilier dont je vais avoir besoin si la discussion ne s'arrête pas maintenant.

— J'espère seulement que tu ne veux pas d'enfants, le serveur.

Les yeux vairons d'Orion se couvrent d'un voile d'incompréhension tandis que ses sourcils se froncent. *Non, non, non… Je n'étais pas prête. Je ne suis pas prête à faire éclater notre bulle parfaite.*

— De quoi il parle, *tesoro* ?

Ses yeux que j'aime tant, remplis d'interrogation, se posent sur moi. Je sens les miens me piquer et les larmes monter. Je sais qu'il les voit se remplir peu à peu d'eau salée. Je serre un peu plus fort sa main dans la mienne et difficilement, je les contiens ces larmes, sous le regard acerbe d'Estelle et les paroles minutieusement choisies d'Eliott.

Il me fait mal, plus que jamais, et il le sait, c'est son but ultime dans l'instant. Me blesser autant que je l'ai blessé en osant le repousser. Ce sont des centaines de dagues qui viennent se planter partout en moi.

— Je lui ai fait croire pendant longtemps que sa tare ne me dérangeait pas. Que le fait qu'elle ne soit qu'une moitié de femme n'était pas grave, mais ce n'est pas pour rien que je suis allé voir ailleurs. Je suis retourné vers mieux. Là où j'aurais toujours dû rester. Ne laisse pas cette sorcière te mentir sur ce qu'elle est et restera. Une femme incomplète.

Je sens quelque chose en moi se briser. *Une moitié de femme. Incomplète.*

Il dit tout haut ce que ses parents ont toujours pensé tout bas. Ce que je me suis répétée des milliers de fois la nuit, roulée en boule dans mon lit. Ce qui m'a traversé l'esprit toutes ces fois où Mel m'a parlé des deux petits.

À ses yeux, je n'ai toujours été qu'une moitié de femme.

J'avale difficilement ma salive, ne retenant pas cette larme qui se fraie un chemin entre mes cils, pour venir couler le long de ma joue et pendre à mon menton. Ces yeux bleus me transpercent, ils révèlent sa joie, mais je la vois tout au fond, bien cachée, cette pointe de culpabilité. *Hypocrite.*

— Ce n'est pas ce que tu disais à la soirée à laquelle tu m'as suppliée devant les toilettes de t'embrasser et de te reprendre. Comment tu l'as qualifiée déjà ?

D'un mouvement de tête enragé, je montre la louve, je sais que mes paroles vont lui faire mal à elle, mais je souffre et je ne veux pas souffrir seule. *Monstre.*

— Ah oui ! “ une erreur ”. Oh non ! c'était “ une grosse connerie ”, je crois. Et ensuite, tu as répété à quel point tu m'aimais moi. Mais tu sais quoi Eliott ? Tu me fais pitié. Parce que tu n'es pas foutu de garder quelqu'un dans ta vie sans t'autosaboter. Tu te sens obligé de faire exploser la vie de ceux qui t'entourent pour rendre la tienne moins misérable. Et ça, c'est triste.

Son bras enserre la taille de sa copine alors que son visage se referme. Elle, on dirait que mes paroles lui passent au-dessus. Enfin, c'est ce que je pensais, jusqu'à ce qu'elle s'avance vers moi et lève sa main, prête à me gifler.

Orion s'interpose et à son tour, il prend un coup qui m'était destiné. *Ça va devenir une habitude ?*

La main est partie vite et haute. L'affreuse émeraude de mon ancienne bague de fiançailles a entaillé l'arcade de mon barista, laissant du sang perler dans ses sourcils blonds.

Il ne crie pas. Il ne pleure pas. Il ne s'énerve pas non plus. À la place, il rit, un rire moqueur comme il les fait si bien.

— Tu ne recycles pas que les femmes, mais aussi les bijoux, à ce que je vois. Dis-le, Grainville, s'il te faut une augmentation, je peux m'arranger avec mon frère.

La veine sur la tempe de mon ex gonfle, son front rougit et je sais que là, il a été piqué au vif. *Ça me fait du bien.* Il grince entre ses dents, son regard fixé sur moi, mais sa main enlaçant celle d'Estelle.

— On y va bébé, tu sais à quel point ils sont dérangés de toute façon.

— Bébé ? Sérieusement ?

Orion mime un haut le cœur avant de finir par se plier de rire. Ce son salvateur, il me réchauffe légèrement, sans pour autant effacer les paroles ravageuses.

Le couple, *même si ça fait mal de les appeler ainsi*, commence à s'éloigner, mais la louve s'arrête devant moi. Elle me détaille de haut en bas, pour s'arrêter sur mon poignet.

— Joli bracelet.

Je n'avais jamais remarqué avant aujourd'hui à quel point ses paupières étaient tombantes. Elle a un peu cette beauté qu'on dit fatiguée et ce n'est qu'aujourd'hui que je le vois. Son odeur de vanille m'agresse les narines, me faisant retrousser le nez.

Je l'ai déjà regardée, je l'ai observée et bien sûr que comme une bonne ex-copine brisée, je suis allée stalker ses photos Instagram avant de me faire bloquer l'accès à son profil. Mais malgré tout ça, c'est la première fois que je la vois. Ses lèvres pulpeuses esquissent un demi-sourire avant que ses yeux bleus, masqués par une mèche brune qu'elle s'empresse de replacer, ne se posent dans mes noisettes.

— On ne portera pas plainte, pour l'effraction.

C'est sa façon à elle de souligner les dires de l'homme à ses bras, sa façon de souligner que je suis folle et qu'Orion m'accompagne dans ma folie. *Sa façon de surligner qu'à son sens, elle vaut bien mieux que moi, elle, cette femme… entière.*

Ils disparaissent, comme si le vent les avait balayés en même temps que les munitions que nous utilisions un peu plus tôt. Eux disparaissent, mais leurs mots tournent encore autour de nous, accompagnés d'une odeur de vanille me donnant une nouvelle nausée.

Timidement, je sens une main tirer sur le bas de ma jupe. Je baisse le regard pour croiser une enfant complètement perdue. Alya réfléchie, elle cherche ses mots parmi le peu qu'elle connait.

— Si j'ai compris, le monsieur moche, c'est plus ton amoureux ?

— Tu es intelligente, toi, pour ton âge.

Le blond à mes côtés tapote la tête de la fillette, emmêlant au passage ses doigts dans les boucles brunes, malgré tout, elle sourit, heureuse de cette attention.

Puis, il repose son regard sur moi, cette fois sa main vient caresser ma joue, ou plutôt essuyer une larme solitaire.

— Je sais que c'est une question bête, mais est-ce que ça va *tesoro* ?

Face à mon mutisme, Orion demande à Quentin de bien vouloir retourner pousser sa sœur sur la balançoire. Ensuite, il m'attrape par la main pour me ramener vers le banc où il me tend à nouveau le thermos de café.

Oui, je passais une bonne journée, mélancolique, mais bonne.

J'attrape le contenant marron décoré par des stickers en forme de grain de café et j'en bois machinalement une gorgée. La chaleur ne me brûle pas cette fois, je suis comme anesthésiée de tout. *Parfois, les paroles blessent bien plus que le reste.*

— *Nora* ?

Je ne réponds toujours pas, piégée dans mon mur du silence tout aussi douloureux que si je faisais l'effort de parler.

— *Amore*… Qu'est-ce qui ne va pas ?

Mon mur se fissure, il craquelle, les larmes montent de plus en plus et j'explose. Je ne retiens plus aucune d'elles et les laisse couler, hoquetant entre deux sanglots. Une main chaude se pose dans le bas de mon dos, une autre sur mes omoplates et je me retrouve emmitouflée dans une odeur de café, protégée par un corps rassurant.

Ici, je suis en sécurité.

Je ne parle jamais de ça. Je l'ai abordé une fois avec mes parents puis je leur ai demandé de ne plus jamais mettre cette discussion sur le tapis, ils ont accepté. Élie est au courant, mais jamais ça ne lui est venu à l'idée d'engager une discussion et je lui en ai toujours été reconnaissante.

— Je suis stérile Orion. Mes trompes sont complètement bouchées, mortes, inexistantes. Je n'aurai pas d'enfants.

J'attends. J'appréhende une réponse, mais j'appréhende plus encore le silence.

J'ai appris ça quelque temps avant de me mettre avec Eliott et ce fut très dur pour moi d'aborder ce sujet. Il m'avait dit ne pas vouloir d'enfant et que donc ça ne le dérangeait pas, *encore un mensonge.*

— Ce qui explique ta réaction d'hier et le fait que tu aies pris la même teinte que la neige.

Sa voix est calme, je n'y entends pas une once de colère ou de pitié. L'amusement habituel a laissé place à un certain sérieux, néanmoins, c'est toujours le même Orion face à moi.

— Mais est-ce que tu en veux, des enfants ?

Mon cœur se broie un peu plus à cette demande.

— La question ne se pose pas, je ne peux pas en avoir. Je n'en aurai pas.

— Mais si tu le pouvais *amore*, tu en voudrais ?

— Bien sûr… contrairement à Élie qui n'a jamais voulu d'enfants, moi, j'ai toujours rêvé d'être mère…

— Alors, nous aurons des enfants. *Tesoro*, qui a dit que pour qu'on les aime, ils devaient être biologiquement de nous ?

— Ça ne te dérange pas que je ne puisse pas ? Que nous ne pourrons pas normalement ?

— Ce qui me dérange, c'est que tu souffres *cuore mio*, que cet abruti a pu te faire du mal. Toi, tu es parfaite et peu importe la biologie, tu resteras parfaite.

Même si Orion a été plus qu'incroyable cet après-midi, c'est fatiguée, de mauvaise humeur et avec l'envie d'étrangler tous les blonds aux yeux bleus prénommés Eliott, que je claque la porte derrière nous. Sans prononcer un mot, je cours presque m'enfermer dans la salle de bain pour me glisser dans un bain bouillant.

La tête à moitié enfoncée dans l'eau, je souffle sur la quantité astronomique de mousse en priant intérieurement pour que mes soucis s'envolent aussi légèrement. *C'est beau, de rêver, c'est rêvant, le beau.*

Je laisse mon dos aller le long de la baignoire jusqu'à finir la tête complètement enfuie, et je hurle. De toutes mes forces, je m'époumone. Si je crie assez fort, je serais réparée ? Si je l'exprime assez fort, la douleur s'envolera ? *Si je le souhaite assez, Orion restera à mes côtés ?*

Sûrement plus fripée que la personne la plus âgée du monde, je quitte l'eau devenue glacée, mes yeux rougis, à force d'avoir tant pleuré, *je mettrai ça sur le dos du shampoing.*

Discrètement, toujours ruisselante, je prends la direction de ma chambre, Orion est merveilleux, mais j'ai besoin d'être seule. J'ai besoin de digérer ce qui a été dit à mon sujet et j'ai besoin de me repasser en boucle sa réaction pour être certaine de ne pas l'avoir rêvée. *Et si une nouvelle fois, j'étais tombée sur un menteur ?* Je n'arrive pas à éloigner cette possibilité de mon esprit. Et s'il avait mimé une réaction qui n'était pas la sienne ? Et si à présent, je le dégoûtais autant que je me suis longtemps dégoûtée ? Après tout, il m'a bien demandé d'être sa fausse copine, c'est un comportement de menteur non ?

Je reste immobile sur le parquet, mes cheveux gouttant sur le sol, l'eau perlant le long de mes clavicules et l'esprit embrumé, envahi d'un coton chaud, m'empêchant de percevoir plus loin que mes craintes.

Puis soudainement, je me sens observée, cette impression me ramène à moi.

Sur mon lit, adossé à mon oreiller orange se tient une petite citrouille avec un visage. Ses longs bras tiennent de part et d'autre un livre dont dépassent ses longues jambes écrasées.

Une citrouille est allongée sur mon lit, à lire un livre qui n'est pas à moi.

Je sèche mes mains avant de m'emparer du bouquin dans lequel se trouve un petit papier en forme de lapin. Une écriture ronde fait battre mon cœur.

"Je ne l'ai pas vu dans ta bibliothèque, mais je me suis dit qu'il te plairait. Bonne lecture cuore mio."

Je ne peux réprimer mon sourire en caressant la peluche du bout des doigts.

C'est là qu'une chose me frappe, cet après-midi, Orion a parlé d'un futur, d'un futur entre nous.

Et cette perception ravive la flamme en moi.

19.
Peanut butter affogato

Je fixe une affiche qui détaille comment pratiquer l'autopalpation mammaire, puis une autre sur l'importance de la cœlioscopie passé la cinquantaine. Je suis coupée dans ma tentative de m'instruire sur le monde médical quand Orion dépose dans ma main un gobelet cartonné chaud à l'odeur douteuse, *ça ne sent pas le café*. Méfiante, je jette un œil à l'intérieur, c'est un drôle de marron foncé.

— Ils osent appeler ça du café ?

— Absolument.

— C'est une honte.

— Une honte à la honte même.

Je laisse une gorgée couler le long de ma gorge et, dans une grimace, je parcours du regard les personnes nous entourant. Un homme est assis quelques sièges plus loin, il tape son pied au sol à une vitesse hallucinante, traduisant ainsi son stress contagieux. Il semble si inquiet que j'en viens à me faire du souci pour lui et pour l'inconnu dont il attend certainement des nouvelles.

Puis quelque chose me frappe. Je n'avais pas remis les pieds ici depuis l'accident d'Eliott. Toute empathie pour les patients et leurs proches me quitte, je reprends une nouvelle gorgée et je ne suis plus si sûre que ce soit cette boisson qui me fasse grimacer. Très vite, Orion remarque mon malaise, pas seulement dû au jus de chaussette que je bois.

— Ça va *tesoro* ?

— Oui. C'est juste… étrange.

— Qu'est-ce qui est étrange ?

— La dernière fois que je suis venue ici, j'étais fiancée et cocue par un homme qui faisait semblant de m'avoir oublié.

Puis, tu as été là. Dans ce couloir, j'ai pu m'effondrer dans tes bras chauds à la rassurante odeur d'arabica.

Assis sur les sièges en fer inconfortables de la salle d'attente de l'hôpital, nous attendons, *sans blague,* que Roméo ait fini son rendez-vous de contrôle. Orion l'accompagne à chacun d'entre eux, et maintenant, j'accompagne l'accompagnateur.

Ils pourraient tout de même s'arranger pour créer un semblant de confort. Les gens viennent rarement ici par plaisir et patientent toujours une éternité, se rongeant les ongles jusqu'à l'os, et en plus, ils ont à la fin mal au coccyx.

Après l'interaction mouvementée du week-end dernier, nous n'avons pas du tout parlé d'Eliott et des révélations qu'il a faites à ma place. Pas un mot à ce sujet de toute la semaine. Je ne sais pas si je dois en être reconnaissante, ou au contraire remplie d'appréhension, parce que je crois que ça me pèse, le moment où nous devrons en parler ne tardera pas à arriver et j'ai peur. Peur qu'Eliott ait raison au fond et qu'Orion me lâche comme lui avant. Je sais pertinemment qu'ils ne sont pas du tout les mêmes, je le sais, mais j'ai peur.

Je vois bien qu'aux yeux d'Orion, je n'ai pas changé. Je n'ai pas dormi dans mon lit depuis un moment, partageant désormais sa chambre. Il ne me l'a pas proposé, je n'ai pas demandé, ça s'est fait naturellement. Comme si retourner dans ma propre chambre serait une action étrange. Ce n'est pas ce que font des cafés latte. Oui, des cafés latte, ils dorment ensemble.

En rentrant du parc dimanche, je me suis blottie dans le lit contre lui et j'ai pleuré. Tellement que le lendemain au bureau, mes yeux ne voulaient ni dérougir ni désenfler. Tant que Mélanie s'est comportée comme une petite maman avec moi, sans savoir que ça contribuait à me faire aller pleurer en toute discrétion dans les toilettes de la boîte à chaque pause.

Orion est resté là chaque nuit, près de moi, à caresser mes cheveux et murmurer contre mon oreille qu'il ne partirait pas, qu'il ne m'abandonnerait pas pour ça. Je crois que ça m'a fait du bien. Tous les midis, il m'a rejoint au bureau avec un repas différent et une nouvelle recette de latte pour laquelle il avait soi-disant besoin de mon avis en toute urgence.

Je bois à nouveau une gorgée du café de la machine de l'hôpital. Il n'a vraiment pas de goût, c'est de l'eau chaude marronnasse qui vient me brûler les lèvres.

L'homme un peu plus loin laisse tomber le stylo qu'il faisait danser entre ses doigts, me faisant sursauter. Quelques gouttes s'échappent du gobelet cartonné et viennent s'écraser sur le coin de mon siège inconfortable.

Avec Eliott, quand j'allais mal, je devais aller bien. Ce n'était pas bon pour son image, une fiancée triste. Il n'était pas aux petits soins, parce qu'il a été élevé ainsi. Je n'arrivais pas à lui en vouloir, lui dont les parents n'avaient que les cris comme moyen de communication. Quand il m'a quitté comme une malpropre, j'ai ressenti beaucoup de colère. Maintenant, je suis plus ou moins indifférente, *du moins j'essaye.* Mais une chose est sûre, ce n'est pas parce que des cons t'ont élevé que tu dois devenir con avec ceux que tu “ aimes ”.

Au fond, je crois qu'Eliott ne sera jamais heureux. Il voudra toujours plus pour rendre toujours plus fiers des parents indifférents. Leur image compte bien plus que leur fils. Il est le genre de personne dont je n'aurais pas été étonnée qu'un jour, il explose et mette le feu à la cuisine familiale, emportant tout le monde avec lui pour que cette pression cesse.

Je pensais vraiment que notre couple l'avait aidé à s'éloigner de tout ça. Mais au contraire, il est resté la marionnette de Meredith qui lui a fait croire qu'il avait un semblant de liberté alors qu'elle était dans l'ombre à attendre quand agir au mieux. Je ne serais pas étonnée que ce soit elle qui ait remise Estelle sur la route de son fils.

Une main se pose sur mon genou, me faisant réaliser qu'il tressautait depuis un moment. Je sens sa chaleur à travers mon collant et les raclements de gorge d'Orion me font quitter mes pensées.

— *Amore*, j'ai fait des recherches.

— À quel sujet ?

Il semble à la fois gêné, tout timide, mais déterminé. Mon cœur s'emballe face à cette expression que je ne lui avais jamais vue. *Je veux l'embrasser.*

— J'ai vu ton visage se fissurer dimanche. J'ai vu ses mots te transpercer et j'ai enfin remarqué tes sourires tristes et tes yeux humides devant ces femmes aux ventres ronds.

D'un mouvement de tête, il indique une jeune femme d'une trentaine d'années, assise en caressant son ventre, attendant sûrement son gynécologue.

— Orion…

— Non, laisse-moi finir. Je t'ai vue te retenir de pleurer bien trop de fois. Alors, je te le promets *cuore mio*, on fera ce qu'on peut pour que tu sois enceinte un jour.

— Et comment ? Tu connais un magicien ?

Je sais que ma voix est cassante, je déteste m'énerver, mais je n'arrive pas à garder mon calme. *Je me déteste d'être comme je suis, et je me déteste de lui crier dessus.*

Il se penche vers son sac avant d'en sortir plusieurs papiers qu'il vient déposer sur mes genoux. L'un d'eux glisse vers le siège de métal froid et absorbe les gouttes de café n'ayant pas coulées sur le sol.

— J'ai cherché un peu, ou peut-être beaucoup. Et je suis tombé sur quelques cliniques, dont là où nous sommes, qui pratiquent la PMA[1].

En silence, je dépose sur le carrelage blanc mon gobelet qui malgré son goût est presque vide. J'attrape du bout des doigts un flyer et je le feuillette doucement, lisant entre les lignes certaines informations.

Mes sourcils se froncent tout seuls, pourquoi aucun de mes médecins ne m'a parlé de ça ? *Ils ont toujours dit que je*

---

[1] *Procréation Médicalement Assistée.*

n'aurai pas d'enfants et se sont arrêtés là, parce que ce n'était pas leur vie, je n'étais pas leur fille, ils s'en fichaient.

Orion me tire de ma réflexion alors que je lis attentivement cette fois les notes qu'il a pris la peine d'ajouter en bas de page ci et là.

— D'accord, c'est un peu contraignant comme pratique et moins naturel. Ce n'est pas efficace à cent pour cent non plus, donc potentiellement inutile. Mais, c'est une solution qui existe et t'offre plus de chance que le zéro actuel.

— Alors, je pourrais être enceinte un jour ?

— Peut-être. Ou peut-être pas. C'est à toi que revient la décision *amore*. Et rien ne dit que ça fonctionnera, mais ce sera à toi d'avoir le choix d'essayer ou non.

Sa main caresse délicatement ma joue, elle a absorbé la chaleur de son gobelet et vient répandre cette douce fièvre sur ma pommette.

— J'ai conscience que pour le moment, c'est rapide et précipité comme discussion, mais je ne supporte pas de te voir t'assombrir à chaque rire d'enfants.

Mon regard alterne entre les encarts et les yeux fixés sur les miens.

— Mais quand est-ce que tu as eu le temps de te renseigner sur tout ça ?

— Je n'ai pas eu le temps, j'ai pris le temps, pour toi.

Je sens à nouveau ma vision s'obstruer, des gouttes salées se frayant un chemin. Je bats des cils pour les faire disparaitre, un sourire sincère aux lèvres.

— La sœur de Sisi est sage-femme, alors je lui ai posé quelques questions par-ci par-là entre deux préparations de commande. Elle a fini par lui demander de passer au café et on en a discuté un peu.

Sa main quitte ma joue pour se plonger à nouveau dans son sac d'où il en sort un carnet rempli de notes gribouillées et de schémas.

— J'ai tout noté, et j'ai pris son numéro, elle est d'accord pour revenir en parler au besoin, si et seulement si tu le veux.

Cette fois, je saute au cou d'Orion, il ne s'y attend pas et nous basculons tous les deux en avant pour nous écraser sur le carrelage froid. C'est dur, mais dans l'instant, c'est l'endroit le plus confortable du monde. Nous roulons un peu sur nous-mêmes, jusqu'à être arrêté par le contact d'un fauteuil contre nos flans. Le tout sous le regard rempli de jugement d'un Roméo tout juste revenu.

— La prochaine fois, je crois que je viendrai seul, vous me foutez une de ces hontes. C'est honteusement honteux.

C'est en riant que l'on se dirige à trois vers la voiture et toujours avec un rire dans la gorge que nous prenons la route.

En arrivant devant les briques rouges de *l'Aristote,* je sens mon cœur se remplir d'une douceur incomparable. *Je ne m'étais jamais sentie chez moi comme ça avec Eliott.*

Orion m'ouvre la porte avec une révérence et ça me fait doucement pouffer. Le tintement devenu habituel résonne au-dessus de nos têtes, *je suis à la maison.*

Mon barista préféré se dirige vers l'escalier, sauf que je m'arrête et lui lâche subitement la main, fixant derrière le comptoir les cheveux verts, beaucoup moins flamboyants, de Sisi. Je me mordille légèrement la lèvre, pesant le pour et le contre. Puis je fais face à un Orion intrigué.

— Tu peux monter si tu veux, je te rejoins.

— Je peux te préparer un café là-haut.

— Je sais.

J'embrasse sa joue avant de me tourner et lentement me diriger vers elle, jouant avec la manche de mon pull brun, rentré dans ma jupe plissée en tartan. Je m'assieds sur un tabouret, juste face à elle, et enlève de mes épaules ma veste côtelée marron.

— Sisi ?

Je m'attends à être ignorée, *je le mériterais*, et pourtant, la jeune femme pose la tasse qu'elle essuyait avant de se tourner vers moi et m'accorde toute son attention.

— Nora, c'est ça ?

— Oui.

— Je me doutais que tu ne t'appelais pas réellement tesoro ou amore.

Le coin de ses lèvres se relève en un sourire si triste que je sens mon cœur se serrer. Je remarque alors son septum, il lui va bien, si bien que je ne l'avais pas vu avant. On pourrait croire qu'il est intégré à son visage depuis sa naissance.

— Il ne m'a jamais donné de surnoms comme ça. Jamais.

— Mon ex ne m'en donnait pas. Mais il appelle sa nouvelle copine “ bébé ”, c'est tellement…

— Cringe.

Nous rions en même temps, puis comme si ce partage d'instant nous avait brûlées, nous nous arrêtons de façon synchronisée. Ensuite, Sisi reprend sa phrase, comme pour effacer ce moment de complicité.

— Il ne m'a jamais appelé par un mot italien. C'est important pour lui, tu sais. L'Italie, Nonna, l'italien.

Elle fait une nouvelle pause avant de souffler dans un presque murmure.

— Toi. Toi aussi, tu sembles importante pour lui. Et ça fait mal de le dire à voix haute.

Je vois que ces mots lui coûtent autant, si ce n'est plus, qu'ils m'animent d'une joie mal placée.

— Tu l'es aussi, importante, à ses yeux.

— Pas comme je l'aimerais. Pas comme tu l'es. Mais ce n'est pas grave, j'ai compris, ça ne se choisit pas.

Elle s'éloigne prendre une commande un peu plus loin, puis revient préparer ce que je devine être un cappuccino et un matcha latte.

À nouveau, mon pouce et mon index jouent avec un fil dépassant de mon pull. Je cherche mes mots avant de décider qu'être spontanée serait sûrement une meilleure idée.

— Je voulais te remercier Sisi.

— J'avais un doute, mais je n'étais pas sûre. C'était pour toi toutes ses questions et la visite de ma sœur ?

Je hoche timidement la tête, me sentant soudain mise à nu. La jeune femme retourne à la table d'où elle vient pour déposer les deux verres transparents remplis de boissons aux belles couleurs. Derrière elle, sa robe en dentelle noire virevolte, lui donnant l'aspect d'une cape. *Elle est jolie, j'espère qu'elle le sait.*

Puis, elle revient derrière son comptoir et essuie une tache humide entre nous deux, laissée par la condensation des deux tasses en verre. Elle vient ensuite poser ses deux coudes sur le bois, prenant son menton en coupe dans ses mains pour me fixer un instant.

— Je te fais un peanut butter affogato ?

— Je veux bien, merci.

Elle sort un autre grand verre et commence sa préparation. Ses mouvements sont comme une danse apprise par cœur. C'est envoûtant de la voir préparer avec tant de fluidité, entourée de ces odeurs enivrantes. Puis sa voix vient couper mon observation.

— Je te détestais vraiment.

— C'était mérité. J'ai été jalouse et je n'aurais jamais dû te parler comme je l'ai fait. Je suis désolée.

— C'est moi qui suis désolée. Parce que ce n'est que quand j'ai compris qu'Orion parlait de toi avec ma sœur, il avait ce truc dans le regard qu'il a seulement quand tu franchis la porte, que je t'ai humanisée.

Elle interrompt sa phrase, analysant mes réactions. Je

hoche simplement la tête pour lui signifier que je l'écoute et qu'elle peut continuer.

— Non pas que tu n'étais pas humaine avant. Mais tu étais juste l'autre fille. Celle-là que je montre du doigt et qui existe uniquement dans l'optique de me prendre ce que je veux. Et je m'en veux de t'avoir humanisée seulement en apprenant tes problèmes. On a tous des problèmes, on est tous l'autre fille de quelqu'un d'autre et ce n'est pas une raison pour te traiter comme un grain de poussière dans le coin de la pièce.

Je ne réfléchis pas, parce que je comprends tout à fait ce qu'elle ressent.

— En gros, je suis ton Estelle.

— C'est quoi, une Estelle ?

— Une louve. Une femme qui te vole l'amour sous ton nez alors que tu te dis le mériter bien plus qu'elle.

— Dans ce cas, tu n'es pas une Estelle. Si Orion t'a choisie, c'est que tu le mérites. Il est peut-être parfois un peu con, mais pas complètement.

Elle hoche à son tour la tête, convaincue de ces propos, tout en sortant un saladier d'un congélateur et s'attelant à la préparation d'une chantilly au beurre de cacahuète.

— Tu n'es pas une Estelle, tu es une Nora et au fond, c'est pire. Parce que je sais que je n'ai aucune chance et que tu le mérites, Orion.

Mais probablement qu'une Estelle aussi mérite une discussion et pas seulement de la haine mal refoulée ? Puis je repense à son regard au parc et à ses sous-entendus menaçants concernant une possible plainte. *Non, je n'ai pas envie de communiquer avec cette femme, tant pis si ça fait de moi quelqu'un d'immature.* Je laisse cette idée glisser dans un coin de mon esprit, prenant une gorgée de la tasse que fait glisser Sisi devant moi.

— C'est super bon.

Elle me fait un signe de tête accompagné d'un petit sourire. Je suis presque sûre de voir ses joues rougir, ou peut-être est-ce simplement son blush ?

Elle triture les manches en dentelle de sa robe noire et me rappelle moi avec mon pull. Le silence dure quelques secondes de plus avant qu'elle expire un grand coup, posant la question qui lui brûle les lèvres, sûrement l'esprit et le cœur aussi.

— Tu l'aimes, Orion ?

— Je crois.

— Moi, je suis certaine de l'aimer. C'est injuste un peu, tu ne trouves pas ? Qu'il choisisse celle qui n'est pas sûre.

Cette fois, je sens mon visage chauffer. Instinctivement, je prends une nouvelle gorgée du nectar à la cacahuète. Sous des yeux brûlants d'une réponse que je ne m'avoue pas à moi-même.

— Je crois que je commence à être sûre. Mais ça me fait peur d'aimer. De donner autant d'importance et le moyen, aussi bien de régir ton bonheur que de te détruire, à une personne tiers. Mais…

— C'est Orion, alors il vaut la peine de franchir cette peur.

— C'est exactement ça.

Ça fait peur aussi de se livrer à une inconnue qui jusqu'à récemment nous haïssait du plus profond de son cœur.

— Rends-le heureux s'il te plait. Je vais essayer de

t'apprécier, vraiment, je vais essayer. Je ferai des efforts pour, mais je ne sais pas si je réussirai.

— Non. Apprécie-moi si tu le peux. Déteste-moi si c'est plus simple. Mais ne te force à rien Sisi, tu vaux mieux que ça. Et ça, j'en suis certaine.

Son poing rencontre violemment le plan de travail, me faisant par la même occasion sursauter. *J'aurais dû me taire ?*

— Tu fais chier Nora. Parce que je commence tout doucement à te mettre dans la case des gens qui ne me dérangent presque pas.

— Avec qui je partage cette case ?

— Valentin, quoiqu'occasionnellement, il tangue dangereusement vers la case du dessous.

Nous échangeons notre premier rire complice qui ne laisse pas place à un malaise ou un lourd silence. L'abcès a été percé, un poids a quitté nos épaules à toutes les deux.

— Par contre, tu ne partageras jamais la même case que *Timothée Chalamet* ou *Jenna Ortega.* Sinon ça voudrait dire que je me battrais contre Orion pour toi.

Nos rires redoublent, et ça fait un bien fou. Puis Sisi fait un signe vers l'escalier, faisant voler autour de son visage ses mèches lisses et vert d'eau. Son sourire est toujours présent, mais je la vois, cette pellicule de chagrin qu'elle ne parvient pas à complètement dissimuler.

— Il t'attend.

— Je devrais peut-être aller le rejoindre alors.

— Pas la peine, il vient vers nous.

Je hoche la tête, finis la dernière gorgée de mon café puis mets la main dans mon sac pour en sortir mon portefeuille en cuir brun. C'est Élie qui me l'a offert à Noël il y a deux ans.

— Je te dois combien pour le café ?

— Pas la peine, cadeau de la maison. Je suis certaine que le patron ne dira rien.

— C'est gentil, merci.

Nous échangeons un autre sourire avant que je ne sente une main se poser sur mon épaule. Ce contact, agréable et devenu familier, me donne l'impression d'être sur un nuage.

— Personne n'a étripée personne ?

Je lève les yeux au ciel sous le rictus de Sisi.

— Tu es sûre qu'il n'est qu'un peu con ?

— *Parfois*, il ne l'est qu'un peu.

Dans un dernier rire, je quitte ma chaise et ramasse mon manteau d'une main, enlaçant celle d'Orion de l'autre.

— Nora ?

Je me tourne vers Sisi, qui essuie le comptoir, là où reposait un peu plus tôt l'une des meilleures choses qu'il m'ait été donné de boire.

— Si tu veux revenir boire un café… N'hésite pas.

Je souris sincèrement en acquiesçant, à côté d'un Orion dont le visage trahit son soulagement et son bonheur face à une nouvelle et étrange forme de complicité.

Je ne sais pas si je peux dire m'être fait une amie de plus, mais je sais que j'ai une ennemie de moins.

Doucement, nous reprenons le chemin vers l'escalier, vers chez nous. Quelqu'un ouvre la porte vitrée de *l'Aristote*, laissant un courant d'air s'introduire, renforçant le tintement de la clochette.

Les cheveux d'Orion s'ébouriffent un peu plus au gré du vent. Le soleil le frappe à travers la fenêtre, leur donnant un aspect doré, illuminant son teint et faisant ressortir la différence de ses yeux. Son écharpe vert sapin est enroulée autour de son cou et je crois que je commence à l'apprécier cette couleur.

C'est là que mon cœur rate un battement. C'est maintenant que j'en suis sûre.

Je suis amoureuse d'Orion.

20.
Espresso

Mes boucles rousses tombent mollement dans le creux de mon dos au rythme de la musique. Je bouge la tête, sirotant un mocktail au café, en attendant qu'Élie revienne des toilettes. *Il n'est pas terrible, c'est meilleur à l'Aristote.*

De retour, Élie a les yeux rougis, elle aura beau tenter de le cacher, elle a pleuré et je le sais.

Ma sœur vient de quitter son copain, ce n'est pas parce qu'elle l'aimait follement que le chagrin la ronge. C'est parce qu'au contraire, elle n'arrive pas à assez aimer pour garder un homme ou une femme près d'elle.

— Tu sais comment moi, j'ai su que ça ne le faisait pas avec Arnaud.

La paille entre les lèvres, je nie. Elle finit sa limonade cul sec avant de se rappeler que ce n'est pas un verre de vodka. Calant son front contre son bras, elle me regarde, mais semble se parler à elle-même.

— Ç'a été exactement la même chose avec Andy et Célia.

Elle souffle un peu trop fort, comme si elle se moquait d'elle-même. Sa fatigue se lit dans les cernes sous son regard bleu ? à peine cachées par la forme de ses lunettes.

— J'ai eu le choix entre un resto romantique et rester tard derrière un bureau à lire des dossiers glauques pour innocenter un gars qui a vraisemblablement commis ce putain de meurtre. Tu sais ce que j'ai choisi ?

— Quelque chose me dit que ce n'est pas la soirée romantique…

Cette fois, son front se pose sur la table, faisant frissonner son cou au contact froid du marbre. *Je ne me sens pas à ma place ici.* Je préfère de loin les tables en bois de *l'Aristote.*

Mon regard se pose sur ma sœur qui, comme ça, me rassemble un peu plus.

— Tu te mets peut-être en couple trop vite ?

— Tu veux que je fasse quoi ? Que je prenne le temps d'apprendre à connaitre l'autre autour d'un verre, puis d'un dîner, ensuite, un goûter et une sortie au musée avant de commencer à envisager du concret ? Je suis censée placer tout ça où dans ma vie et mon emploi du temps ?

— Défends moins de tordus ?

— Vends moins de maisons.

Avec un sourire narquois, je lève les mains en l'air en signe de paix sous le regard courroucé d'Élie. J'ai l'impression que c'est mon père qui me foudroie du regard. Elle lui ressemble trait pour trait, me rappelant le jour où la police est venue sonner chez nous pour dire qu'on m'avait aperçue en train de visiter un lieu abandonné de façon illégale. *Je n'aurais jamais dû donner de seconde chance à Dylan Varle, ça m'a appris à ne plus en accorder.*

— Ok ok, désolée, je me tais.

Elle se redresse et secoue la tête, son carré blond a poussé depuis la dernière fois et encadre à présent son cou jusqu'à ses épaules. Ses cheveux ont toujours poussé vite, j'étais jalouse petite.

— Non, tu as raison. Je bosse trop et je le sais. Regarde, je n'ai même plus de temps pour toi.

— Ça me fait plaisir que tu m'aies appelée.

— C'est normal. Je n'ai pas envie de parler de mon manque de stabilité sentimentale aux parents. Puis sans mentir, vu le coup que t'a fait Eliott, ce n'est pas toi qui vas me juger.

Balle perdue pour moi. Je ne lui en tiens pas rigueur, je sais qu'elle souffre et, la connaissant, ça fait un moment qu'elle a mal en silence, attendant que la douleur fuite par chacun des pores de sa peau pour envisager de discuter.

— Je l'ai croisé l'autre jour. J'étais avec Orion.

Elle se redresse instantanément, ses cheveux passant à quelques centimètres de mon pauvre œil innocent.

— Et ? Vous vous êtes ignorés, j'imagine.

— Non. Il est venu vers nous et a balancé à Orion qu'avec moi, il n'aurait pas d'enfants.

La peau d'Élie, aussi pâle que la mienne devient plus rouge qu'une tomate tandis que ses yeux s'écarquillent.

— Quel bâtard.

— C'est typiquement quelqu'un avec qui je me suis mise trop vite.

— Pourquoi tu dis ça ?

— Sérieusement Élie, comment j'ai pu croire que ça marcherait entre moi qui suis bordélique et un mec qui a un tiroir pour ranger ses sacs de courses.

Elle sursaute sur sa chaise tout en me lançant un regard noir qui m'arrache un sourire.

— Hé ! J'ai un tiroir à sacs !

Nous rions toutes deux, son visage se détend et ses traits se font plus juvéniles, *je préfère la voir comme ça.*

— Et Orion, tu as attendu longtemps avant de sauter le pas ?

Oui… Non. J'ai emménagé chez lui environ huit jours après l'avoir rencontré.

— On est là pour parler de toi, je te signale !

— Honnêtement Nora, je ne vois pas quoi dire. Toi, tu as une vie parfaite et moi, je suis… Seule.

— Tu sais que je pense l'inverse ? Je ne savais pas comment parler de ma rupture avec Eliott sans paraître pitoyable à côté de la grande Élisabeth ! C'est sûr que ce n'est pas toi qu'un mec aurait fait semblant d'oublier. C'est impossible tellement tu es… Élie. Il n'y a même pas d'autres mots.

— C'est de famille Nora. C'est de famille.

Sa tête se pose sur mon épaule et nous faisons la folie de commander un *irish coffee* pour moi et un *sex on the beach* pour elle.

— Vous vous aimez avec Orion ?

— Moi, je l'aime. Et j'ai peur chaque jour qu'il parte.

— Putain, ça veut dire que je suis le Orion d'Arnaud, Andy et Célia ?

Nous sommes assaillies d'un éclat de rire avant d'être interrompues par la sonnerie de mon portable. Une photo de Roméo prise à l'anniversaire de Valentin, ainsi que son nom s'affiche sur mon écran, attirant l'œil d'une Élie dont les joues s'empourprent.

— Je te présente l'effet De Luca.

— Roméo De Luca… Intéressant.

Les yeux bleus de ma sœur s'allument d'un quelque chose que je ne lui ai jamais vu. *Et ça me fait plaisir. Je crois que Célia, Andy et même Arnaud sont maintenant très loin dans un minuscule coin de son esprit.*

Je prends l'appel et suis accueillie par une voix joyeuse, Roméo me remercie alors d'avoir tenu compagnie à son frère pendant sa visite de contrôle.

À peine je coupe l'appel que je sens ma sœur se rapprocher de moi, je fixe ses cils qui papillonnent exagérément tandis qu'elle glousse. Ses lèvres s'entrouvrent et je la coupe en levant mon index.

— Un gars te mate de l'autre côté de la salle.

— Tu parles du brun, chemise bleu et à la petite barbe un peu sexy ?

— J'aurais pas dit sexy, mais oui.

— Normal, tu préfères les blonds.

Ses yeux bleus glissent vers mon écran à présent éteint tandis que le coin de ses lèvres se relèvent dans une fausse innocence.

— Et soudainement moi aussi. Mais pour en revenir à monsieur, je t'assure que c'est toi qu'il mate et depuis un moment.

Mes boucles virevoltent quand je secoue la tête de gauche à droite.

— Non non, c'est toi, je suis pas aveugle.

— Ah oui ?

Une lueur de défi ne me disant rien de bon s'empare de son regard alors qu'elle tourne son tabouret et montre ledit homme du doigt tout en parlant un peu trop fort vers lui.

— On n'est pas d'accord : tu mates ma sœur ou moi ?

Le rouge aux joues, l'inconnu se lève et prend ses jambes à son cou sous les cris d'une Élie insatisfaite de cette réaction.

— Mais réponds avant de partir ! Hé oh ! trop tard, on ne saura jamais.

Elle reprend place face à son verre et en boit une petite gorgée avant de mettre ses mains en coupe et d'y déposer innocemment son menton dans un air angélique qui, je le sais, ne lui va pas.

— Revenons à une discussion plus importante, petite chaussette.

Le reste de notre soirée fille se passe autour d'un seul et unique sujet de discussion qui paraît soudainement passionner mon ainée : Roméo De Luca.

Il est tard quand nous décidons d'être raisonnables et de rentrer chez nous. Élie propose de me raccompagner avec sa voiture, mais je refuse poliment, je ne veux pas qu'elle fasse un si grand détour alors que, par les rues piétonnes, j'arriverais en moins d'un quart d'heure.

J'aurais peut-être dû accepter.

Après quelques minutes de marche, je les entends derrière moi, ces pas en contretemps des miens. Je m'arrête, les bruits de pas cessent. J'avance à nouveau, ils reprennent. Serait-ce l'homme à la chemise bleue ? Il reviendrait vengeur, après avoir été vexé et humilié ?

Mon cœur s'accélère, la rue est déserte, les lampadaires ne sont pas rassurants le moins du monde et j'ai envie de disparaître dans un trou de souris.

— Je vois que t'as fini par te rapprocher à nouveau de ta sœur.

— Je n'ai pas envie de parler avec toi Eliott.

Je devrais être soulagée que ça ne soit pas un inconnu bizarre, un homme dont je ne sais pas de quoi il est capable. Et pourtant, mes muscles ne se détendent pas. J'ai du mal à respirer et plus il approche, plus mon dos se serre contre le mur de briques rouges.

Ses yeux me déshabillent du regard, ils sont si rouges et l'odeur d'alcool qui émane de lui franchit la barrière de mes narines, me faisant retrousser le nez. Je trouve soudainement que ma chemise crème cousue à une robe à bretelles vert foncé, *je commence vraiment à apprécier cette couleur*, ne me couvre plus assez. *J'ai oublié ma veste dans la voiture d'Élie, mais je ne suis pas sûre que ma chair de poule soit due au froid.*

J'ai peur. Je suis terrifiée. Je m'attends au pire sous son regard lubrique. Alors que son bras se lève, je retiens ma respiration. Il monte lentement sa main pour venir essuyer ses yeux. Je ne remarque que maintenant qu'il pleure.

— Je suis désolé, Nora. Tu ne peux pas savoir à quel point je m'en veux pour tout. De t'avoir menti, de t'avoir trompé… De t'avoir dit ce que j'ai dit…

Son visage est trempé par les larmes lorsqu'une odeur de vanille commence à envahir la rue, je n'ai pas besoin de me tourner pour savoir d'où elle provient. Je sens quelqu'un me frôler l'épaule, puis avancer jusqu'à Eliott, à présent agenouillé au sol, les larmes lui brouillant certainement la vue. Elle l'aide alors à se relever, continuant leur chemin comme si je n'avais jamais été là.

— Estelle.

Je m'attends à être ignorée, mais elle s'arrête et se tourne vers moi, aussi indifférente que si j'étais une inconnue. Son carré brun est plus lisse que jamais, aucun cheveu ne rebique. C'est là que ça me saute aux yeux. Dans son tailleur en tweed style Chanel parfaitement coupé dont aucun fil n'ose dépasser. Ses talons hauts blancs, restant éternellement immaculés, qu'elle maitrise parfaitement et son air de grande dame. *Ils sont faits pour être ensemble et c'est moi qui ai été un obstacle entre eux.*

Je prends sur moi et respire un grand coup.

— Soyez heureux. Sincèrement.

Ses paupières tombantes s'écarquillent légèrement, son indifférence laisse place pendant une fraction de seconde à de la surprise avant qu'elle ne reprenne ce visage de marbre qui se marie si bien avec la décoration intérieure d'Eliott.

Elle fait demi-tour, celui qu'elle aime accroché à son bras, puis fait un pas avant de s'arrêter sans pour autant se retourner. Dos à moi, ne montrant rien de ses émotions, fidèle à elle-même, elle met le point final à toute cette histoire.

— Je suis désolée, Nora.

Ses talons résonnent contre le bitume alors qu'ils s'éloignent définitivement. Pas de cette rue, mais de ma vie. Maintenant, je le sais, *c'est terminé.* Le cœur plus léger, l'esprit comme apaisé, je reprends mon chemin, Eliott ayant à jamais disparu de mes pensées.

Parfois, nous avons simplement besoin d'excuses pour que la page se tourne, pour fermer ce livre qui est fini depuis bien longtemps.

— Avant tout *amore,* est-ce que tu es bourrée ?

— Bonsoir à toi aussi, oui, j'ai passé une bonne soirée, puis étrange et enfin… Libératrice. Et toi ?

À peine ai-je franchi le seuil, qu'Orion apparait devant moi, droit comme une pique, un sourire fier sur le visage et ses mains dans le dos. J'aime ça chez lui, qu'il m'accueille quand je rentre, qu'il se mette à sourire de cette façon quand il cache quelque chose, *comme la cabane de couvertures de la dernière fois.*

— T'es sacrément casse-pieds quand tu veux, *cuore mio,* magnifique, mais casse-pieds.

Sa remarque me fait sourire, tandis que lui hausse un sourcil, visiblement intrigué.

— Comment ça, étrange et libératrice ?

— Je les ai croisés.

Ça aussi, c'est une chose que j'aime chez Orion, je n'ai pas besoin de préciser, il comprend de qui je parle sans avoir besoin d'en rajouter. Il comprend toujours mes mots et mes actions. *Et ça fait du bien.*

— Dans ce cas, j'ai peut-être une solution pour libérer ta colère et ta frustration. Et non, ce ne sera pas nécessaire de te déshabiller.

Je sens mes joues chauffer à ses sous-entendus. *Soudainement prise d'une forte envie d'envoyer voler ma robe.*

— Je ne suis pas en colère. Je crois même que je suis heureuse.

Je me dresse sur la pointe des pieds pour déposer un baiser sur la joue d'Orion, il ne s'est pas rasé ce matin et mes lèvres sont chatouillées par de petits poils. Ce n'est pas désagréable, au contraire même, j'aime bien la sensation.

Il se décale de quelques pas, me laissant découvrir la table couverte d'une nappe plastifiée sur laquelle reposent deux citrouilles et des objets tranchants.

— Du coup, tu ne voudras pas imaginer leurs têtes quand tu planteras le couteau ?

Avec un grand sourire, je me dirige vers la table et caresse les courges du bout des doigts.

— Je n'ai jamais sculpté de citrouille.

— Moi non plus *tesoro.*

Je sens son corps collé dans mon dos alors que ses lèvres se déposent sur ma nuque, il remonte vers mon oreille en laissant une trainée de baisers sur ma peau en feu.

— Tu veux bien être ma première fois ?

Des frissons s'emparent de tout mon être, *j'en veux plus.*

Je devine à son sourire en coin que je suis actuellement un livre ouvert. Sans attendre, je glisse mes lèvres vers les siennes pour commencer une danse endiablée.

Mes mains descendent lentement le long de son torse avant de remonter sous sa chemise pour caresser sa peau. Je le sens frissonner au contact de mes doigts encore glacés par l'air extérieur. *Et ça m'excite.*

C'est lui qui se détache en premier, reculant légèrement, pas assez pour que nos corps se délient, mais suffisamment pour que je puisse admirer chacun de ses traits, pour que je puisse le voir me dévorer du regard. Je lis dans ses yeux, derrière sa joie et son air joueur habituel, du désir. Une chaleur ardente se propage en moi. Il fait soudainement trop chaud pour tous ces vêtements. Je remonte mes mains le long de ses avant-bras, puis de ses biceps avant de faire tomber de ses épaules sa chemise en flanelle entrouverte. Je le caresse à nouveau doucement par-dessus son débardeur avant d'en attraper le bas pour lentement le remonter et le passer au-dessus de sa touffe blonde.

Je me penche alors pour lui embrasser délicatement la peau. C'est comme si ce contact électrique venait de le rallumer. À son tour, je sens ses mains parcourir mon dos, ses doigts trouvant la fermeture de ma robe. À peine est-elle ouverte que celle-ci glisse le long de mon corps lui offrant ainsi la vue de ma poitrine nue. Immédiatement, je sens un contact dur contre mon ventre à travers son pantalon. Dans un sourire, je me mets sur la pointe des pieds pour venir embrasser son cou avant de souffler dans le creux de son oreille.

— Je te fais tant d'effet, *amore* ?

Je recule pour admirer le résultat de mes mots. Ses yeux vairons sont envahis d'un brasier qui, je le sens, humidifie mes sous-vêtements. Sa main empoigne sans aucune violence mes cheveux, ramenant mon visage vers le sien pour à nouveau faire danser nos lèvres. Très vite, sa langue trouve la mienne tandis que sa main libre caresse sensuellement mon dos dans une douce torture.

Ses mains continuent leur valse sur mon corps pendant que les miennes commencent à détacher sa ceinture, puis je fais glisser son pantalon en velours qui rejoint ma robe au sol.

Ses doigts sillonnent maintenant entre mes seins, continuant leur descente, jusqu'à ce que ses mains se referment sur ma taille. Mes jambes se soulèvent alors et s'enroulent autour de lui. Je sens mon dos entrer en contact avec le mur froid pendant que notre baiser s'approfondit.

Je bouge contre lui, le sentant se durcir un peu plus contre moi, uniquement séparés par le tissu de son caleçon. Ses lèvres quittent les miennes pour venir embrasser et mordiller mon cou, je ne retiens plus mes gémissements, vite suivis des siens qui répondent à ma main.

Je quitte la paroi pour être allongée au sol, Orion au-dessus de moi parcourt tout mon corps avec sa langue, mordillant ma peau par moment, l'embrassant, la suçotant. Jusqu'à ce que ses doigts écartent ma lingerie pour venir lentement s'insérer en moi. Je continue de gémir sous ce supplice si savoureux.

C'est moi qui romps ce contact, les paumes sur son torse, je le repousse, puis je l'allonge à son tour sur le parquet froid. Avec une lignée de baisers, je descends peu à peu vers ce tissu que je fais glisser le long de ses jambes.

J'embrasse d'abord son intimité avant de la lécher puis de la prendre entièrement entre mes lèvres, ses doigts se perdant dans mes boucles rousses. Je finis par me redresser pour m'assoir sur lui, enfin, mon corps l'accueille avec joie.

Je bouge mes hanches au rythme de ses coups de reins, entourés de nos gémissements et du bruit de nos peaux l'une contre l'autre.

— Orion….

Mon corps entier est parcouru d'une chaleur dont je me délecte, tandis que mon sang pulse contre mon intimité que je sens se resserrer contre lui. C'est comme si un expresso circulait dans mes veines. Nous continuons cette danse parfaite de nos corps s'emboitant à la perfection. Puis, je sens ses derniers mouvements venir, en même temps que nos cris de plaisir.

Je m'allonge sur lui, son intimité toujours dans la mienne, je sens des gouttes de transpirations perler le long de mon dos. Je ne saurais pas reconnaître la mienne de la sienne, tant nous ne faisons qu'un. L'oreille contre son torse, j'entends son cœur battre si fort qu'il ferait presque de l'ombre au mien. Puis sans réfléchir, parce que c'est le moment, je plante mon regard dans les siens, donnant vie à mes pensées d'une façon tangible. Posant des mots sur mes sentiments, m'ouvrant à lui, je me mets à nu.

— *Ti amo.*

Ses joues, pourtant déjà pourpres, rougissent un peu plus. Son sourire se fait différent, plus doux, plus angélique aussi.

Oui, il ressemble à un ange.

— *Ti amo anch'io, cuore mio.*

Nos lèvres se retrouvent avant que je ne me rallonge sur ce torse si doux, cherchant à reprendre ma respiration.

Maintenant, j'en suis sûre, c'est ici, avec lui, le paradis.

Après notre activité, *plus sportive que prévu*, je laisse l'eau chaude s'occuper des gouttes salées sur ma peau. Mon haut de pyjama absorbe le reste d'eau gouttant de mes cheveux tandis que je retourne dans le salon où nous attendent deux citrouilles dans lesquelles ont été taillés des visages approximatifs. Au même moment, j'aperçois Orion s'effondrer au sol.

Il n'est pas inconscient, à genoux sur le parquet, son portable à la main, il fixe l'écran comme si l'appareil lui était étranger. Il ne pleure pas, il ne crie pas non plus. Il est là, mais comme absent.

— *Amore mio ?*

Il ne sursaute pas au son de ma voix. Son visage se tourne lentement vers moi et il est vide. Vide de toute émotion. Les moqueries ont disparu de son regard. Ses lèvres entrouvertes bougent puis se ravisent. Il redresse son regard et plonge dans mes noisettes. Cette fois-ci, je perçois ses prunelles s'humidifier, mais il semble toujours vide, vide de tout.

— Nonna est morte.

Son monde s'effondre. Ces mots sonnent comme le détonateur d'une bombe qui le fait exploser.

Je cours vers lui et le prends dans mes bras tandis que ses larmes jaillissent. Je sens ses mains s'accrocher désespérément à mon pull alors que je lui caresse tendrement les cheveux.

Parfois, il en faut peu pour que le paradis ne se change en enfer.

Parce que, parfois, la vie vous plante un couteau si profond et si pointu en plein cœur qu'il est impossible à déloger.

21.
Café italien

C'est étrange comme ambiance, le silence sur la route n'est pas pesant, juste silencieusement étrange. C'est Valentin qui le rompt pour la première fois depuis plusieurs heures.

— Ils ont mis des fleurs sur le monument aux morts. C'est joli.

— Aujourd'hui, on a d'autres fleurs à acheter.

— C'est beau, t'es poétesque à tes heures perdues.

— On dit poète ou poétique.

— Je ne suis pas tout le monde.

Les joues rouges, Valentin baisse la tête sous le sourire moqueur de Roméo, *premier sourire, c'est positif.* Je ne sais pas vraiment s'il camoufle sa gêne ou les larmes qu'il retient difficilement depuis notre départ.

À côté de moi, Orion conduit, les yeux fixés droits sur la route, un visage vide de toute émotion. *Je ne peux rien faire pour lui, et ça me tue.*

Lentement, je glisse ma main sur sa cuisse, il sursaute avant de sourire tendrement, le regard embué. *Je sais qu'il ne pleurera pas. Pas devant Val et Roméo.* Il va attendre que l'on soit arrivés, que l'on soit montés dans notre chambre pour ouvrir les vannes dans mes bras. *Sauf s'il décide plutôt de me repousser.*

— Tu veux faire une pause ou ça va ?

— Je peux encore conduire, ça va aller.

Son sourire est le plus faux que je n'ai jamais vu. Je me sens égoïste à cette pensée, mais j'ai peur. Je sais que le deuil transforme les gens. J'en suis la preuve, ma relation avec Élie en est la preuve. Petite, nous étions si complices qu'on nous pensait jumelles. Puis Mémé nous a quittées et un froid glacé s'est installé entre nous. On ne s'est pas mises à se haïr, non, juste, il y a eu ce quelque chose entre nous, ce mur de givre qui s'est planté dans notre relation si fusionnelle.

Et aujourd'hui, peu à peu, cette glace fond, nous

laissant redevenir deux fausses jumelles. Mais ce fut si long.

J'ai si peur. Peur qu'Orion devienne à son tour un mur de givre, je sais que ce n'est pas son genre, mais ce n'était pas le nôtre non plus…

— Orion, tu lui as expliqué comment ça allait se dérouler ?

L'ambiance redevient pesante, le conducteur fixe quelques secondes son frère dans le rétroviseur intérieur avant de souffler et d'affaisser ses épaules.

— Peut-être au moins le *velorio*[1] ?

Il acquiesce et nous avons trouvé un sujet de discussion pour le reste du trajet. Les trois frères m'expliquent que pour commencer les rituels italiens, il y a une veillée organisée chez le défunt autour d'un cercueil ouvert.

Ouvert, je vais revoir une personne morte, comme j'ai vu Mémé il y a plusieurs années.

Difficilement, je déglutis, les images de ma mémé se

1 *La veillée funèbre, appelée aussi veillée mortuaire*

superposant aux visages d'une Nonna pâle, sans vie, allongée pour l'éternité sur un tissu satiné.

Après quelques heures de plus, nous nous arrêtons sur une aire de repos, je profite de cette pause pour aller au distributeur nous réapprovisionner en café quand je sens une douce odeur d'arabica. *Ça, ça ne peut pas provenir de la machine à la piètre qualité.*

— Bouh !

Je souris timidement à un Orion affichant une moue enfantine.

— Je ne t'ai pas surprise ?

— Je t'ai senti arriver.

— J'ai pris une douche avant de partir *tesoro* !

— Justement, je suis contente qu'elle n'ait pas chassé ton odeur naturelle. Tu sens bon.

Sur la pointe des pieds, je dépose un chaste baiser sur ses lèvres gercées, à force qu'il ne les ronge d'appréhension. Les cris de dégoût de Valentin sortant des toilettes me décrochent un autre sourire tout aussi timide que le précédent.

— Jaloux ?

Le cadet De Luca mime d'enfoncer deux doigts dans sa gorge, mais je remarque ce rapide coup d'œil sur mes lèvres et ses joues pourpres avant qu'il ne s'éloigne de nous.

Je secoure la tête un peu amusée, puis Orion glisse ses doigts le long de mon menton. Délicatement, il redresse mon visage, ancrant nos pupilles.

— Tu ne vas pas bien *amore*, tu es encore plus pâle que d'habitude.

Je hausse les sourcils, *il s'inquiète pour moi, malgré la situation, c'est lui qui s'inquiète pour moi.*

— Ne te sens pas obligée de venir pour le *velerio* si c'est trop pour toi.

Je me dégage si vite de son contact que mes boucles rousses fouettent sans aucune douceur son visage.

— Tu vas y aller toi ?

Ses yeux vairons se plissent sous la question, comme s'il ne me comprenait pas.

— Bien sûr, j'imagine que je n'ai pas le choix de toute façon.

— Alors, j'irai. Je l'ai déjà vécu, je ne vais pas te mentir, ça va être dur, pour toi, je veux dire. Donc, je serai là. Si tu y vas, j'y vais, si tu n'y vas pas, je reste avec toi. Mais c'est absolument hors de question que je te laisse seul, Orion. Ce que je t'ai dit, je le pensais. Je resterai avec toi *amore*, de A à Z, je serai là. Mais si c'est trop pour toi, ne te force pas. Personne ne t'en voudra. Tu as le choix.

Je remarque ses yeux remplis d'eau, je reçois sa larme silencieuse quand elle glisse le long de ma joue lorsqu'il m'enlace. Il embrasse mon front et je sens un poids quitter ma poitrine, *il ne dresse pas de mur de glace.*

Nous restons des cafés latte.

Merci Orion.

À peine arrivés, nous n'avons pas le temps de poser nos affaires que Pietro et Solange nous accueillent, les yeux rougis et gonflés, mais visiblement soulagés de voir leur fils.

Ils sont arrivés quelques jours plus tôt, pour organiser

les funérailles. Je me sens mal que Pietro ait eu à s'occuper de ça, silencieusement. Je souffre pour cet homme prêt à enterrer sa mère.

Instinctivement, ma main vient enlacer celle d'Orion dont le sourire n'a jamais été aussi triste. Mon pouce caresse circulairement sa paume, faisant se détendre légèrement ses épaules jusque-là raides comme des piquets.

Nous sommes vite allés nous changer, c'est étrange de voir Orion tout de noir vêtu. Lui si solaire a presque l'air pâle dans cette chemise sombre assortie à son pantalon chino. Sa ceinture accentue sa taille fine et lui allonge le buste, lui donnant l'air plus grand encore. Heureusement que j'ai prévu des talons. Ses origines italiennes ressortent, lui donnant un air de mafieux comme on les imagine dans ces livres où l'homme mystérieux au passé troublant enlève la jeune femme innocente.

Face au miroir, j'essaye de dompter ma chevelure un peu trop vive pour l'événement. Orion s'arrête derrière moi, posant ses mains sur ma taille et sa tête sur mon épaule en gloussant doucement.

— Entre la robe noire et les boucles folles, tu as un

petit air à la *Bellatrix Lestrange*[1].

Je pourrais être vexée de la comparaison, mais je suis surtout soulagée de ce trait d'humour. Puis j'ai toujours aimé Harry Potter.

— Vas-y toi, je te regarde faire si tu es si doué !

Je dépose mes longueurs dans sa main, une lueur de défi dans le regard. Et bordel, cet homme sait tout faire. Il tresse habilement mes boucles avant de les réunir en un chignon tenu par quelques pinces.

— Ok, tu deviens dès à présent mon coiffeur officiel.

— Quand j'étais petit, Nonna avait de très longs cheveux, tout doux. Pendant nos vacances ici, elle aimait bien qu'on les lui coiffe pour qu'ils ne la dérangent pas le reste de la journée.

Sur la pointe des pieds, malgré mes talons noirs, je dépose mes lèvres sur le bout de son nez.

— Je ne l'ai rencontrée qu'une fois, mais tu sais ce que j'ai vu dans son regard ? De la fierté. Elle était et sera toujours fière de toi, de qui tu es, *cuore mio.*

---

[1] *Personnage de la saga* Harry Potter

— Elle serait aussi presque fière de ta prononciation italienne.

Mes mots l'ont touché, je le sais, je le vois. Et les siens m'arrachent un sourire qui ravive doucement la flamme d'amusement dans son regard.

Après une grande inspiration et un dernier baiser passionné, nous nous dirigeons vers le salon.

Mon ventre se serre lorsque Orion voit le cercueil de bois, au milieu de la pièce, ouvert, laissant apparaitre celle qu'il a tant chérie. Nous nous approchons lentement, son visage devenant de plus en plus blanc, jusqu'à nous arrêter juste devant le cercueil. Orion parle plusieurs minutes, bien que je ne comprenne pas l'italien, je sais que ces mots sont d'une douceur incommensurable. Quelques larmes s'échappent par moment, sa main serrant la mienne comme si sa vie en dépendait. Enfin, il s'apprête à faire demi-tour alors qu'à mon tour, je me penche au-dessus du cercueil, pour murmurer ce qui me brûle les lèvres et que je me répète mentalement depuis un moment pour ne pas oublier.

— *Mi prenderò cura di lui. Te lo prometto*[1].

---

[1] *Je prendrai soin de lui. Je te le promets.*

Mon italien n'est pas parfait et je le sais, c'est *Google traduction* qui m'a aidée. Il y a sûrement des erreurs dans ma phrase, mais c'était important pour moi de lui adresser ces derniers mots dans sa langue à elle.

Je n'ai jamais cru aux esprits. Jamais. Même après que Mémé nous ait quittés, je suis restée rationnelle. Et pourtant, je suis certaine de sentir une douce chaleur sur ma joue, comme le ferait un baiser tendre déposé sur mes pommettes. Puis un courant d'air fait danser les mèches folles qui se sont libérées de ma coiffure.

Je ne crois pas aux esprits, mais je crois que c'étaient les adieux que m'a faits Nonna, me laissant comprendre qu'elle me le confie bel et bien, notre Orion.

La messe funèbre m'a semblé passer à une vitesse accélérée. Ou alors, j'étais si concentrée sur Orion, sur le fait de ne pas lâcher sa main et de lui caresser le dos, que je n'ai pas remarqué le temps qui avançait. La procession m'a paru, quant à elle, durer une éternité.

Des dizaines de personnes nous ont arrêtés, pour enlacer mon barista, lui souffler des mots que je n'ai pas compris, lui arrachant quelques larmes, vite accompagnées des leurs. Nous avons traversé des rues pavées, avançant tous ensemble derrière un cercueil plein d'amour, jusqu'au cimetière.

Et nous voilà devant un caveau de pierre, Orion est accroupi et n'a pas bougé depuis bientôt vingt minutes, et je ne le forcerai pas à le faire. Je reste debout à côté de lui, une main qui se veut rassurante posée sur son épaule.

Puis, je finis par enlever cette main, Orion la rattrape à la volée, délicatement, mais tout de même avec force.

— Non, s'il te plaît, reste avec moi.

— Je ne pars pas. J'ai quelque chose pour toi.

Je fais une pause dans ma phrase hésitante, avant de poursuivre.

— Et pour Nonna.

J'attire son attention, il quitte du regard la crypte, pour fixer mon sac que je fouille.

— Ce n'est pas de la porcelaine, mais j'avais peur qu'autre chose ne se brise dans mon sac.

Je sors alors trois gobelets cartonnés et un thermos de café encore fumant.

— Tu m'as raconté que c'était Nonna qui t'avait donné goût au café, donc je me suis dit que ce serait peut-être une bonne idée…

Orion relève vers moi ses yeux vairons, brillants de larmes qui ne coulent pas. Il se redresse, se glisse dans mon dos et m'encercle de ses bras chauds sous sa chemise si douce. Sa tête vient se caler contre ma nuque et je le sens respirer mon parfum.

— Merci, *tesoro*. Merci.

Toujours entre ses bras, je sers une première « tasse » de café, que je lui donne lorsqu'il se détache de mon corps tremblant légèrement sous le vent frais de la fin d'après-midi. Je remplis un deuxième gobelet que je dépose devant la pierre, puis un troisième, que je garde entre mes doigts frigorifiés.

En silence, nous buvons nos cafés, ma tête reposant sur l'épaule d'Orion, son visage entre deux gorgées enfui dans mes cheveux.

Les draps sont froids et fleuris, un peu trop à mon goût, mais je souris à Solange lorsqu'elle m'aide à finir de border notre lit pour la nuit. Orion, quant à lui, est quelque part avec Roméo en train d'entraîner Valentin dans je ne sais quelle bêtise. Nous les laissons faire, si ça leur fait du bien, qu'ils en profitent.

Jusqu'à ce que des cris nous parviennent. Nous nous regardons dans les yeux avant de courir rejoindre la petite cour pavée remplie de lierre rougi par l'automne.

Je ne sais pas comment réagir. Les deux ainés sont pliés en deux par le rire, tandis que le petit dernier hurle à la mort, bloqué sur le faîtage de la maison. Je cligne des yeux, comme si ce mouvement allait me faire comprendre la situation. Orion m'attrape la main pour me tirer vers le centre de la cour.

— *Dai, fallo adesso !*

Posant ma tête sur le torse de mon barista, je lève mes noisettes vers lui.

— Mais qu'est-ce qu'il se passe ?

Il sourit à pleines dents, *mon cœur rate un battement.* Le voir comme ça me donne les fameux papillons dans le ventre, mes pensées se brouillent, obnubilées par une seule chose, Orion.

— C'est une tradition. Roméo l'a fait, puis me l'a fait faire. C'est une idée de notre cousin Andrea à la base.

Ma tête va de Val, perché sur ce toit, aux yeux d'Orion, si pleins de vie qui me donne chaud au cœur.

— Mais quelle tradition ? Celle de se tordre le cou ?

Orion dépose un baiser sur le dessus de mon crâne en riant doucement.

— Je te promets qu'il ne risque rien. On l'a tous fait et on va bien.

— Promis, ce n'est pas comme ça que j'ai perdu mes jambes !

Les deux frères s'esclaffent un peu plus fort devant mon expression abasourdie. Puis Orion se penche vers mon oreille pour reprendre ses explications.

— Tu vois l'ornement en haut du faîtage ?

— Avec les vieux bouts de tissu ?

— Justement, ce sont nos t-shirts. C'est autour de Val d'accrocher son drapeau.

Accompagné d'un sourire fier, le plus jeune passe son

t-shirt au-dessus de sa tête, je jurerais malgré la distance le voir frissonner au gré du vent. Puis, il accroche le vêtement sur les lambeaux de tissus.

Une fois revenu sur terre, Solange hurle sur ces fils en italien, je ne sais pas ce qu'elle leur dit, mais vu son ton, je préfère l'ignorer. Malgré ça, la main d'Orion se place dans le bas de mon dos et il m'attire a lui, le regard fier fixé sur son petit frère. En observant Roméo, je lis sur son visage la même expression.

Ils sont heureux l'espace d'un courant d'air, et c'est beau à voir.

La nuit est tombée depuis un moment lorsque je me démaquille en fixant dans le miroir le corps d'Orion recouvert d'une fine couverture. Je remarque bien son air agité dans les draps fleuris. Sa respiration n'est pas calme, il ne dort pas.

— Votre tradition des t-shirts, il faut obligatoirement être un garçon ?

— Non, on avait proposé à Giulia de le faire, elle est partie en pleurant se plaindre dans les jupons de Nonna.

On a été punis, hyper punis.

Il sourit aux souvenirs de cette “ hyper punition ” tandis que j’acquiesce de la tête, pensive. Je glisse un t-shirt et enfile un short de pyjama à la va-vite avant de sauter pour me mettre debout.

— Très bien, alors suis-moi.

Il paraît intrigué, ainsi main dans la main, sur la pointe des pieds, nous traversons les couloirs de la maison en pierre où vivait Nonna avec d’autres membres de sa famille. Discrètement, nous rejoignons à nouveau la cour intérieure où nous avons passé la fin d’après-midi à jouer aux cartes en buvant du café.

— Attends-moi là.

Je l’embrasse tendrement avant de contourner un petit mur. Je prends appui sur une pierre et à l’aide de mes bras qui me hissent, je monte sur ce muret. Dans un équilibre incertain, j’avance pas à pas, presque effrayée lorsque Orion murmure avec force au cœur de la nuit.

— *Amore*, descends de là, tu vas te faire mal !

— C’est hors de question.

J'arrive sur le bas du toit où est accrochée une petite échelle, que je commence à monter, *décidément entre elles et moi, c'est une grande histoire d'amour.* Une fois le faîtage atteint, je m'assieds, une jambe de chaque côté et j'avance à nouveau en rampant approximativement. *J'ai peur, mais hors de question de le laisser transparaître.*

J'atteins l'ornement, j'enlève alors mon haut marron et l'accroche autour du bout de fer, juste en dessous du t-shirt de Valentin. En soutien-gorge, je fais le chemin inverse, j'arrive sur le muret et Orion tend les bras pour m'aider à descendre, comme quand j'ai sauté de l'échelle la nuit de notre casse d'enfer.

Dans les bras toujours aussi chauds de mon barista, j'ai l'impression de voler. Puis mes pieds touchent à nouveau le sol et je me sens toute petite face à lui.

— T'es complètement folle !

Je n'aime pas me faire crier dessus. Mais je ne dis rien. Je suis de nouveau enlacée, si fort que je pourrais avoir l'empreinte de ses doigts incrustés dans la peau de mon dos. Puis il reprend, bien plus doucement.

— J'ai cru que tu allais te tuer.

Nous finissons par nous décoller, son regard glisse sur moi, s'arrêtant sur ma poitrine simplement vêtue de dentelle couleur pêche. Il regarde ensuite les drapeaux de vêtements, et à nouveau mes sous-vêtements, avant que nous n'explosions de rire à l'unisson.

Orion retire à son tour son t-shirt pour me l'enfiler.

— Si Valentin te voit comme ça, il va en rêver toutes les nuits. Déjà que la serviette ne quitte pas ses pensées.

Rouge de honte à cette évocation, j'assène un petit coup derrière sa tête, qui le fait sourire. Puis, il lève la tête vers le ciel, ensemble, nous observons la constellation à son nom.

— C'est Nonna qui m'a appris que mon prénom était aussi inscrit dans le ciel. C'est aussi elle qui m'a appris à faire du café et les pâtes. Sans elle, mes pizzas seraient infâmes, mon accent aussi. Elle a passé des heures à m'aider pour la prononciation. À m'écouter raconter ma vie, même si elle ne comprenait pas tout ce que je lui déblatérais. C'est la première personne à qui j'ai parlé de toi.

Des larmes commencent à glisser le long de ses joues,

elles contrastent avec son sourire dirigé sur les drapeaux improvisés.

Nous retournons toujours main dans la main vers notre chambre. Je rends son haut de pyjama à Orion qui le jette au sol, puis il s'approche de mon dos et dégrafe mon soutien-gorge qui rejoint vite le bout de tissu.

— J'ai envie… Non, j'ai besoin de te sentir contre moi.

J'allume une bougie à la cannelle, j'ai remarqué que cette odeur l'apaise. Ensuite, je me glisse à ses côtés sous la couverture. Ma peau frisonne à ce contact glacé, vite remplacé par le torse brûlant d'Orion collé contre ma poitrine nue. Dans les draps aux immondes fleurs, bercé par ma respiration, il se laisse enfin aller, ouvrant les vannes.

Blotti contre moi, ma main caressant ses cheveux blonds si doux, il pleure. Il me raconte aussi des souvenirs ici et là. J'apprends qu'à leur dernière visite ici, il a dormi avec Valentin qui a fait pipi au lit, sur les jambes d'Orion. Nonna moqueuse, mais folle de rage, lui a fait nettoyer à la main les draps sur la place, devant les jeunes filles qui passaient pour se rire de lui.

Puis, après un certain temps à l'écouter et lui embrasser le font, les tempes et toutes les parties de son visage pouvant être embrassées, entre deux sanglots, le bruit du téléphone d'Orion résonne.

— Il est minuit, *tesoro.*

— Et alors ?

— *Buon compleanno, amore mio.*

Il comble l'espace entre nos lèvres, un baiser salé par ses larmes, enrobé de son éternelle odeur d'arabica et la cannelle de la cire se consumant peu à peu.

La journée a été longue, difficile et ça va être un anniversaire étrange. Mais je ne veux être nulle part ailleurs que dans les bras où je suis.

C'est sous les draps, seulement éclairés par les reflets de la bougie à la cannelle, qu'Orion m'offre mon premier cadeau d'anniversaire, je fais de mon mieux pour rester silencieuse, tandis qu'il fait son deuil, à sa façon.

22.
Dates au café

Mes talons frappent violemment contre le bitume, à chaque pas, je dois battre sans aucune discrétion des bras pour éviter de ne finir les fesses contrer la pierre humide.

Distraite, j'observe mon reflet dans la vitre d'un commerce avant de m'arrêter net. Au lieu d'apercevoir mes boucles rousses se faire royalement envoyer chier par le vent, *je n'ai pas trouvé plus poétique comme illustration*, mes yeux se posent sur une tasse. Pas n'importe quel tasse, *LA* tasse, celle qu'il faut à tout prix pour Orion.

Quel barista fan de *Gilmore Girls* n'a jamais rêvé d'un mug blanc ou trône fièrement, en lettres rouges sur un dessin de tasse jaune, le nom de Luke dessus ? Je me dévisse la tête pour essayer d'apercevoir les autres trésors cachés dans ce magasin que je n'avais jamais aperçu.

Dans une contorsion étrange de mon corps, ma cheville ne suit pas et mon talon se bloque entre deux dalles, laissant tout le loisir au pavé d'accueillir mes genoux. J'ai peut-être l'air ridicule, mais si c'est pour arracher un de ses sourires si doux à Orion, toutes les hontes et les genoux égratignés en valent la peine.

Plus tard, quand je franchis le délicieux carillon de *l'Aristote*, Sisi ouvre la bouche en un O parfait, ses yeux exorbités se posant sur mon collant plus qu'effilé et mes genoux sanguinolents.

— Mais qu'est-ce que….

— Les pavés m'ont fait tomber sous leur charme.

— Un vrai cœur d'artichaut cette femme.

Les tresses nouvellement violettes de Sisi remuent en même temps que son visage alors qu'elle se moque ouvertement de moi.

Son regard se pose sur mes sacs de courses et ses sourcils se relèvent, pleins d'intrigues.

— Tu as trouvé tout ce que tu voulais ?

— Yep ! Juste à temps en plus.

Elle acquiesce, soudainement pensive, un sourire diabolique illumine son visage.

— À la fin de la journée, il va soit t'aimer encore plus, soit…

Elle mime un haut-le-cœur avant de reprendre sa phrase.

— Soit te haïr jusqu'à la fin de ses jours et se souvenir que ma merveilleuse personne est là, aussi célibataire et désespérée que Valentin.

D'un talent d'actrice douteux, son corps se cambre dans une nouvelle crise de faux vomissements. Cette fois-ci, à mon tour de me moquer. Nous ne rions non plus l'une de l'autre, mais ensemble et c'est étrangement appréciable.

Mes noisettes glissent vers l'horloge avant que je ne fasse un bond vers l'escalier.

— Je vais finir par être en retard ! C'est toujours ok pour…

— Deux cafés latte, supplément chantilly au beurre de cacahuète pour l'un et crème de pistache pour l'autre, c'est noté, enregistré et presque exécuté.

Dans un dernier clin d'œil et en lançant un rapide merci vers ma nouvelle, je ne sais pas, amie ? je cours quasiment dans l'escalier pour arriver avant qu'Orion n'ait fini de prendre sa douche.

À peine la porte de l'appartement franchie, je regrette d'être rentrée. Certains sont nés avec un talent pour la chanson, d'autres ont des facilités qu'ils doivent entretenir, parfois, il faut énormément d'efforts. Et puis, il y a Orion, qui même avec tous les cours et toute la volonté du monde, ne chantera jamais juste et qui pourtant continue de s'obstiner à croire qu'il est une diva.

Il est actuellement toujours sous la douches prenant certainement encore le pommeau pour un micro, et je plains sincèrement cette pauvre salle de bain de subir ça depuis toutes ces années. *Étonnant que les murs n'aient pas déjà commencé à s'effriter.*

Cinna est partie se cacher dans son tunnel et j'aimerais vraiment l'y rejoindre, remplie d'espoir qu'il possède des murs insonorisés. Mais à la place, je m'allonge du mieux que je peux sur le plan de travail de la cuisine. En tentant vainement de ne pas déchirer mes vêtements de fortune qui recouvrent ma jupe tartan bleu et crème ainsi que mon pull en laine bleu marine.

Quand j'étais petite, ma mémé n'arrêtait pas de me répéter que j'étais un cadeau, le plus beau cadeau que le monde ait fait à mes parents. Enfin pas moi, nous, Élie et moi bien sûr.

Donc pour le Noël de mes six ans, je me suis enroulée de papier-cadeau, il était affreux, bleu avec des bonhommes de neige blancs, effrayants. Et je me suis allongée sous le sapin pour devenir physiquement ce cadeau qu'on m'a tant répété être.

Aujourd'hui, j'ai vingt-sept ans, ce n'est pas Noël et nous n'avons pas de sapin, mais j'ai trouvé un papier-cadeau orange avec des grains de café dessus. *Je l'ai plutôt fait fabriquer moi-même et je suis vite aller le récupérer ce matin.* Je me suis enroulée dedans et allongée sur le plan de travail de la cuisine.

Cela fait trois jours que nous sommes rentrés d'Italie et Orion sourit parfois, et d'autres, il pleure. C'est normal, je le sais, mais aujourd'hui, je veux qu'il soit la constellation qu'il est.

Il a une façon très à lui d'appréhender le deuil, qui consiste à nous deux, nus ou presque, un peu partout. Le comptoir de *l'Aristote* n'a pas été l'endroit le plus confortable, mais c'était toujours mieux que la chambre froide qui n'a pas rafraîchi ses ardeurs.

J'entends le bruit de l'eau s'arrêter, et si je peux l'entendre, c'est que le concerto de malheur a cessé. Après quelques minutes où respirer devient compliqué dans ma bulle de papier, le grincement caractéristique de la porte de la salle de bain me parvient. Je comprends à ses bruits de pas, approximativement discrets, qu'Orion espère me surprendre dans le salon, *s'il savait.* Je me retiens difficilement de rire à l'entente de son « bouh » enfantin.

— *Amore* ? T'es partie ?

Les pas se rapprochent et au son de son hurlement, je sais qu'il m'a découverte. Je sens ses mains parcourir mon corps à travers l'emballage, avant de déchirer sans ménagement le papier. Son regard est rempli de cette presque éternelle lueur d'amusement, mêlée à de l'incompréhension, *il est craquant.*

— Mais qu'est-ce que ça veut dire ?

— Ça veut dire qu'aujourd'hui, Sisi s'occupe de tout en bas et que c'est une journée surprise pour toi. Premier cadeau !

Je lui tends la tasse déniché ce matin et son sourire redouble.

— Je l'ai cherchée partout, mais je n'en trouvais pas !

— Café café café ! Allez, ce n'est que le début de la journée.

J'essaye de redescendre de mon perchoir, mais ses doigts s'agrippent à ma taille, ses lèvres venant délicieusement embrasser la peau de mon cou.

— Je peux m'occuper de toi avant ?

Ses yeux suppliants font accélérer les battements de mon cœur d'une façon envoûtante, c'est difficile de garder les pieds sur terre en sa présence, surtout au contact électrique de ses doigts caressant ma clavicule.

— Hop hop hop, on y va avant de finir à poil !

Je saute du plan du travail, ma jupe tartan retombant mollement sur mes cuisses couvertes d'un fin collant que j'ai pris le temps de changer. Mon bond fait au passage tinter les deux boucles sur le côté de ma jupe. Le feu aux joues, j'enfile ma paire de *Derbies, loin de moi, maudits talons, plus jamais,* avant qu'Orion ne parvienne à me faire changer d'avis.

Avec un clin d'œil complice, *c'est toujours aussi étrange d'ailleurs,* Sisi me tend les deux cafés à emporter commandés plus tôt.

Aussi étonnant que ça puisse paraître, on s'échange des messages, beaucoup même, et je crois qu'on s'entend bien. Ça fait du bien de s'être fait une presque amie, d'entrer un peu plus dans le monde d'Orion aussi, d'en apprendre plus sur ses années lycée. Et surtout, d'avoir eu le privilège de pouvoir voir les photos de son horrible coupe mulet de l'époque.

Main dans la main avec mon barista, nous franchissons le carillon si apaisant de *l'Aristote* et je sais, à la brise nous accueillant, que cette journée sera bonne. *Elle doit l'être.*

Nous marchons côte à côte, parfois l'on se met volontairement des coups d'épaules, d'autres fois, son bras se perd contre ma taille. Par moment, entre deux gorgées de cafés, nous faisons des pauses dans notre promenade pour quelques baisers passionnés sous les dernières feuilles tombantes de cette mi-novembre. *C'est dommage, nous n'avons pas fêté Halloween ensemble cette année. La prochaine sera la bonne.*

Le temps est encore doux pour la saison, c'est étrange, mais pas désagréable.

Très vite, nous atteignons notre première destination, sous les sourcils haussés par la surprise d'Orion.

— Le musée ?

— Toi et moi, on a emménagé ensemble avant même de se connaitre. On n'a jamais eu de dates. Aujourd'hui, on rattrape ça.

— Avec un date au musée donc ?

— Oui, mais non. C'est une journée de dates au pluriel.

Il est là, cet éclat de malice, de joie, cet amusement dans ses yeux vairons, cette lueur qui m'a fait tomber amoureuse sans même que je n'ai le temps de m'en apercevoir.

De salle en salle, d'œuvre en œuvre, nous déambulons et ça fait un bien fou. Je n'ai jamais eu de rendez-vous au musée. Ce n'est pas allé assez loin avec Dylan Varle pour ça. Pour Eliott, il a passé son enfance à écumer les lieux de culture pour parfaire une éducation si chérie par ses parents, il refusait que l'on y mette ne serait-ce qu'un orteil. Sauf si les photos prises là-bas pouvaient faire envier les autres.

Après un temps, je m'arrête pour observer, accrochée sur le grand mur tapissé de rouge, *Lady Godiva*[1], nue sur son cheval blanc. À nouveau, je suis comme hypnotisée par cette femme et ce qui l'entoure.

— On dirait Cercei Lannister[2] dans la saison cinq.

La remarque d'Orion me décroche un sourire en coin. Mes doigts caressent les perles de mon collier *Vivienne Westwood,* alors que je me perds à nouveau dans ma contemplation.

— Pourtant, c'est tout son contraire. C'était une noble anglo-saxonne. Son époux étouffait les habitants de *Coventry* avec toujours plus de taxes. Lady Godiva lui a demandé plusieurs fois d'arrêter, lassé, il a fini par lui répondre qu'il cesserait quand elle se promènerait dans les rues dans le plus simple appareil. Elle l'a donc fait.

— C'est vrai tout ça ?

— Godiva a existé, mais l'histoire est une légende. On

[1] Lady Godiva *est un tableau du peintre français Jules Lefebvre, réalisé en 1890.*
[2] *Référence à la série HBO* Game of thrones.

dit que par respect pour elle, les habitants seraient restés enfermés chez eux pour protéger sa pudeur. Sauf Tom qui l'aurait aperçue et serait devenu aveugle, ce qui a créé l'expression anglaise *"peeping tom"* pour parler de voyeurisme.

— T'en sais des choses, *amore.*

— Seulement sur ce qui m'intéresse.

— Donc l'art t'intéresse ?

— Pas vraiment, mais ce tableau m'a toujours tapé dans l'œil.

— Un peu comme tu m'as tapé dans le cœur.

Je me tourne vers lui, posant délicatement mes lèvres sur les siennes. Puis je suis rattrapée par une certaine pudeur devant cette femme d'huile.

— Ne dis pas de bêtise *amore.* Allez, j'ai d'autres choses prévues pour toi aujourd'hui.

Je fais un pas, m'éloignant de la toile, mais la main d'Orion se referme avec douceur sur mon poignet.

— Regarde-le autant que tu veux, moi, je resterai concentré sur une autre œuvre d'art.

Il s'assoit sur le siège en mousse gris derrière nous et prend son visage en coupe, le regard rivé sur moi.

— C'est ta journée, pas la mienne !

— Et si j'aime juste rester là à te regarder ? Tu es magnifique *cuore mio,* et je n'exagère pas.

Chaque seconde à ses côtés est un éternel paradis.

Orion est un enfant. *Ça tombe bien, j'ai prévu une activité potentiellement un peu enfantine.*

Pour le repas, j'ai découpé des saucisses que j'ai enroulées dans de la pâte feuilletée, donnant l'impression d'adorables petites momies. Et Orion est en train de jouer à la poupée avec. Pendant un moment, ce sont deux personnes dansantes l'une avec l'autre. Puis à l'aide de ketchup, nous voilà face à deux guerriers s'étripant avant que l'un d'eux ne se fasse arracher la tête par le géant de la constellation.

Son air de gamin ne s'efface pas lorsque j'apporte le dessert composé de mini-tartes aux pommes que, par miracle, je n'ai pas carbonisées.

— Mais qui êtes-vous et qu'avez-vous fait de ma *Nora ?*

Avec un regard noir, je lui sers une boule de glace à la vanille venant fondre sur la pomme chaude.

— OK, vous pouvez rester fausse *Nora,* je vous aime bien !

Je lui réponds d'un coup de coude dans les côtes, il s'empare alors de ma main qu'il porte à ses lèvres avant de la lécher.

— Non, c'est bien toi. Et tu auras toujours meilleur goût que n'importe quel dessert.

Le repas fini, je traine monsieur le barista dehors pour la suite du programme. Je le vois s'apprêter visiblement à marcher pour digérer et être plus que surpris quand je lui tends la main.

— Donne-moi tes clefs de voiture, c'est moi qui conduis.

— Tu as le permis toi ?

Je hausse les épaules avec nonchalance.

— On verra bien.

Face à son visage devenu blême, je roule des yeux de façon exagérée, je pourrais quasiment être vexée.

— Je plaisante Orion, oui, je sais conduire et j'ai mon permis.

— J'espère. Je l'aime ma voiture jaune moutarde. Je l'aime très fort.

Il m'échange les clefs contre le thermos de caféine brûlante à l'odeur alléchante. *Il aime sa voiture, mais il a tout de même des priorités.*

Le trajet n'est pas silencieux, nous sommes bercés par la playlist qu'Orion a réalisée juste pour nous deux, *c'est bête, mais cette attention me touche.* Nous ne parlons pas, mais ce n'est pas pesant, au contraire, c'est même apaisant. Sa main caressant avec délicatesse ma cuisse, les notes de musique résonnant dans l'habitacle. *Ce n'est peut-être pas si terrible la voiture.*

— On est arrivés.

J'ai presque mal au cœur de prononcer ces mots et quitter notre bulle de béatitude.

— C'est donc maintenant que tu me montres ton vrai visage et que tu la joues à la Ted Bundy[1], *tesoro* ?

Je ne peux pas m'empêcher de sourire en coin. Hier, Orion s'est aperçu que lorsque je me maquille le matin, j'écoute des podcasts ou regarde des vidéos de *true crime*. Cette information et mon petit intérêt malsain pour ces histoires l'ont visiblement traumatisé puisqu'il s'est empressé de faire des recherches sur la corrélation entre cette passion et le risque de finir tueur en série.

— Si je voulais te tuer, *amore*, je n'aurais qu'à t'enfermer dans la chambre froide et faire passer ça pour un accident.

Je dépose un baiser sur sa joue avant d'ouvrir ma portière et de sortir de la voiture jaune. *Je l'aime bien, sa voiture, peut-être parce qu'elle est à lui justement ?*

Je sors de mon sac un paquet de craies, en attendant qu'Orion me rejoigne, je trace une immense marelle colorée sur le béton froid.

— Tu m'as fait venir jusqu'ici pour jouer à la marelle ?

— Oui et non. Je t'ai fait venir pour vivre.

[1] *Theodore Robert Bundy, dit Ted Bundy, est un tueur en série américain. Il a agressé et assassiné de nombreuses jeunes femmes et jeunes filles durant les années 1970 et peut-être même avant.*

Je ramasse une pomme de pin, elle est belle, ça me fait presque mal au cœur au moment où je la jette sur la première case. Puis chacun notre tour, nous retombons en enfance.

Je me revois en primaire dans la cour de l'école, dessiner cette même marelle avec Élie et jouer toutes les deux, parce qu'on était comme ça. À deux, nous n'avions besoin de personne. Juste d'une craie et d'une pomme de pin.

Mes pieds s'emmêlent entre les sauts, ou alors je glisse sur les feuilles mortes au sol ? Mes bras battent dans le vide avant de sentir une douce chaleur à travers mon pull bleu. J'ai l'impression que le temps avance à reculons, ou avec une lenteur nonchalante. C'est comme si les feuilles dansaient autour de nous, si lentement que j'ai le temps d'en détailler chaque détail. Puis la fin de l'instant arrive, comme toujours.

Allongée sur Orion à même le sol, je hume son odeur d'arabica, entourée de toutes ces feuilles recouvrant notre marelle arc-en-ciel. *Je suis bien contre son cœur qui bat.*

— Dis quelque chose.

— Quoi ?

— Qu'importe. J'aime juste le son de ta voix.

Je réfléchis un instant, le sourire aux lèvres, mon visage dissimulé contre son pull brun.

— C'est en 1994 que John Wayne Gacy a été exécuté. Le plus grand tueur en série américain a tué près de…

— Tout, mais pas ça par pitié !

Je ris contre son cou avant d'y déposer un chaste baiser.

— Tu veux une preuve de mon amour Orion ? J'ai passé le permis à dix-huit ans pour faire plaisir à mes parents. Je n'ai plus jamais conduit après ça. Jamais. Je suis terrifiée par ces engins, que je sois passagère ou conductrice, je me pisse littéralement dessus à chaque seconde passée dans ce monstre de fer.

Je me coupe, pour écouter le chant d'un oiseau quelque part dans un branchage, j'aime ce son. J'aime cet instant. *J'aime Orion.*

— Et pourtant, pour toi, je suis montée là-dedans, plusieurs fois, et j'ai même pris le volant. Tu peux demander à Élie, c'est pas un geste anodin.

— Tu vas finir par me rendre encore plus fou de toi, *cuore mio.*

Je souris mi-amusée mi-gênée par l'humidité visible dans ses yeux tandis que je fouille discrètement l'intérieur de mon sac. Je dépose sur ses genoux un bocal de verre rempli de papiers orangés pliés en forme de citrouille.

— Qu'est-ce que c'est ?

— Pour les coups de blues, les moments de faiblesse interne ou les déprimes de l'hiver.

L'intrigue dans ses yeux rieurs embrouille mon esprit d'un doux nuage dont je ne me lasserai jamais. Il ouvre le pot et déplie une première citrouille avant de raviver cette malice que j'aime tant dans ses pupilles. Par-dessus son épaule, j'aperçois mon affreux dessin de lapin dormant sur le ventre, *on reconnait le lapin uniquement grâce aux grandes oreilles.*

Son rire est mélodieux et son expression touchante, alors qu'il se pince les lèvres.

— J'ai envie d'en ouvrir un autre, mais ce n'est pas le moment.

— Pourquoi donc ?

— Parce que quand tu es là, il n'y a pas de blues ou de déprime.

— C'est moi qui vais être folle de toi.

Sa tête est lourde sur mon épaule, mais j'aime ça. J'aime ce poids qui me rappelle qu'il est là.

J'ai presque peur de tout gâcher en lui proposant une rencontre officielle avec ma famille. Oui, j'ai vu la sienne, mais c'était prévu dès le début dans notre deal, est-ce que lui est prêt pour ça ?

— Mes parents m'ont appelée, ils aimeraient fêter mon anniversaire en famille samedi soir.

— C'est chouette, tu ne les as pas vus depuis longtemps, non ?

— Oui. Mais je ne me sentirai pas complètement en famille si tu n'es pas là.

Il se redresse, le poids disparait de mon épaule, laissant un vide et un froid glacial que seule sa présence peut combler. *Je sais que je suis accro au café, mais depuis peu, je suis aussi entièrement addict à Orion De Luca.*

La chaleur ne parcourt plus mon épaule, mais mes lèvres, liées aux siennes. Elle me picote la joue, là où sa main me caresse délicatement. Sa langue trouve la mienne et je fonds littéralement de l'intérieur. *Je ne pensais jamais dire ça un jour, mais c'est beaucoup mieux qu'une tasse de café.*

Puis nos lèvres se quittent, mais son front se colle au mien, sous les feuilles quittant les arbres, je crois que je vis le moment le plus doux de toute ma vie.

— Je t'aime, *cuore mio.* Je t'aime.

Un, je t'aime café. Un, je t'aime latte. Un, je t'aime nous deux.

Un, je t'aime café latte.

Moi aussi, je t'aime Orion De Luca, moi aussi.

23.
Un café chevelu au goût de mots compte triple

— *Cuore mio ?*

— Hum ?

— Reste calme, mais je crois que j'ai fait une bêtise.

C'est à moi de garder mon calme ? Je souffle une boucle rebelle me caressant les yeux, sans prendre la peine de lever ceux-ci de mon livre pour répondre à l'homme en pleine crise de nerfs.

— Non Orion, boire du matcha n'est pas une bêtise, juste une faute de goût. Je ne t'en veux pas, mais oui, tu me dégoûtes. Ne t'inquiète pas, on s'en remettra.

Je me replonge corps et âme dans l'histoire de *Daisy Colman*, je vais enfin savoir qui est *Frank*[1] et…. Bingo, j'avais raison depuis le début ! Je veux continuer de dévorer les dernières pages de l'histoire, mais c'est sans

[1] *Référence au roman* L'as de pique *de Morgane Moncomble*

compter sur mon barista qui se racle la gorge pour à nouveau m'extraire de mon monde imaginaire.

Dans un souffle d'exaspération, sans grande conviction, je relève le regard, lâchant à contre-cœur ma lecture en cours. Mon casque laissant apparaître mon oreille droite, je sais que le barista ne me laissera pas tranquille.

Et là, je comprends. Je lâche le livre qui, dans un fracas, vient s'écraser au sol. Mes yeux sont exorbités et mes lèvres viennent s'ouvrir en un O que j'imagine être parfait.

— Mais qu'est-ce que… ? Pourquoi… ? Comment… ? Je crois que je ne veux même pas le savoir.

— J'ai vu une photo sur instagram où c'était presque super beau !

— Et le *presque* ne t'a pas alarmé, même pas un peu ?

Orion semble choqué de mon manque de solidarité et d'empathie face à la situation. Ses yeux écarquillés me font exploser, je ne peux plus retenir mon fou rire. Des larmes prennent naissance dans le coin de mes yeux et je me retrouve obligée de me tenir le ventre, tant je suis pliée en deux par le rire.

— Tu vas m'aider au lieu de te moquer ?

Visiblement vexé, il me jauge d'un regard vainement courroucé, je la vois bien cette graine de malice toujours présente dans ces yeux si envoûtants, qui comprend tout à fait ma réaction. Le barista me fait face, les pointes de ses cheveux teintes d'un drôle de vert kaki venant goutter sur son débardeur blanc. Il a air du joker, mais un joker bien sympathique ayant abandonné son drôle de sourire flippant.

— Mais pourquoi vert ? Tu voulais être assorti à Sisi ?

— C'était supposé être du bleu !

— Orion, tu es blond. Jaune + bleu = vert !

Mon rire redouble tandis que sa mine se décompose face à la simplicité de ce que je viens d'énoncer.

— Rassure-moi *cuore mio*, tu peux arranger ça ?

Après quelques minutes supplémentaires à me rouler au sol en me moquant de lui, je me redresse et attrape une de ses mèches que je fais rouler entre mes doigts.

— Tu as essayé de les laver, j'imagine ?

— Six fois.

Ce qui explique le bruit de fond d'eau qui coule depuis tout à l'heure. Avec un sourire en coin, je jauge les dégâts. C'est laid, c'est un fait, mais seules les pointes ont l'air d'avoir été colorées.

— Tu es prêt à un petit sacrifice ?

— C'est quoi, que tu appelles un petit sacrifice ?

— Là, comme ça, je dirais deux centimètres ?

Il blêmit et, d'un geste théâtral, tend son bras en avant, mimant un malaise.

— Je vais défaillir, mais soit *amore,* si tu penses que c'est la seule solution, fais donc.

Levant les yeux au ciel, je vais vers la salle de bain. Entourée d'une volute de vapeur chaude, je comprends qu'il n'a pas exagéré en parlant de six douches. Dans un tiroir, je m'empare de la paire de ciseaux que j'utilise pour couper mes pointes, je prends aussi une serviette et m'en vais retrouver le massacre capillaire dans le salon.

Orion est à genoux sur le parquet, son visage si proche de Cinna qu'elle pourrait lui toucher le nez du bout de son museau. Puis, il penche la tête et la lapine se met à mâchouiller les pointes vertes. *D'accord, elle aussi, elle n'aime pas vraiment ce changement.*

Orion ne sursaute pas quand j'arrive près de lui, ni quand je pose ma main contre son dos pour tenter de l'effrayer. J'aurais pu rire finalement, je me suis retenue pour rien.

— Raté *tesoro*, je ne pourrai jamais avoir peur de toi. Pour toi oui, de toi, impossible.

Mes joues vire au cramoisi alors que je boude de ma frayeur ratée. Je prends ma voix la plus mielleuse, tout en battant des cils sous le sourire d'Orion.

— Même si j'avais les pointes de mes cheveux vert kaki ?

C'est petit, je le reconnais.

— À la limite, je t'appellerais *Anne Shirley*[1], mais ça s'arrêterait là.

[1] *Référence au personnage d'Anne Shirley tiré des romans* Anne de green gables *de Lucy Maud Montgomery. La petite rousse haïssant ses cheveux tente de les teindre en noir, mais se retrouve avec des cheveux verts.*

C'est encore plus petit, ça.

La malice brûle dans le regard d'Orion alors qu'il saute sur ses deux pieds et m'attrape par la taille pour me hisser sur son épaule. Il se met à tourner sur lui-même, riant au bruit de mes petits cris. Puis, nous finissons par nous écraser sur le sofa, sous les yeux de Cinna, sa tête penchée et une de ses oreilles relevée, comme si elle s'interrogeait au sujet de notre santé mentale.

Mon regard se perd, les yeux vairons face au mien. Ils vont des miens à mes lèvres à plusieurs reprises avant qu'il ne vienne mordiller ma lèvre supérieure. Je gémis sous ce contact, ce qui le fait sourire. Puis il m'embrasse délicatement le front avant de se redresser.

Je me racle la gorge et les joues en feu, je tente de redevenir maitresse de moi-même.

— Aller, monsieur Anne Shirley, laissez-moi arranger cette horreur.

J'attrape les ciseaux s'étant écrasés au sol et les pointe vers la tignasse débraillée dans laquelle j'aime glisser mes doigts.

Orion approche une chaise du centre de la pièce et s'assied dessus. Je dépose doucement la serviette sur ses épaules et le voir frissonner à ce contact fait accélérer les battements de mon cœur.

— Seulement deux centimètres, promis ?

— Je vais faire de mon mieux. Souviens-toi juste que je suis agente immobilière, pas coiffeuse.

— Laisse tomber, je vais prendre rendez-vous…

Je laisse les ciseaux se refermer bruyamment, très proches de son oreille. Tandis qu'il sursaute, je dépose mes lèvres sur le sommet de son crâne avant d'attraper la première mèche. J'inspecte les dégâts et je suis soulagée de constater qu'il a très bien réalisé sa bêtise. Uniquement le bout des pointes est atteint et je ne devrais pas avoir à lui enlever trop de masse.

Les premiers vrais coups de ciseaux résonnent et l'ambiance finit par se détendre peu à peu. À la fin, je suis plutôt fière du résultat.

— Fini, Monsieur Luke Shirley !

Orion sourit en coin à cette compilation de surnoms dont je suis plutôt suffisante. Ce sourire adoucit les traits de son visage. D'un coup, il parait soulagé alors qu'il passe la main dans ses cheveux légèrement raccourcis.

— Merci *amore.*

Il m'embrasse la joue avant de se gratter le cou.

— Je vais me rincer la nuque. Tu nous mets un peu de musique ?

Pendant qu'il se dirige vers sa septième douche, j'acquiesce et me rend à la platine à côté de l'étagère de la bibliothèque réservée aux vinyles. Mon ventre se met à me chatouiller, je comprends que des petits cheveux se sont glissés entre ma chemise blanche et ma peau. Doucement, pour leur éviter de voltiger un peu partout, je passe le tissu au-dessus de ma tête et finis en soutien-gorge noir, toujours vêtue de mon short en jean.

Assise sur le tapis, je feuillète les différentes possibilités musicales lorsque Orion revient dans la pièce. Je n'ai pas besoin de relever la tête pour savoir qu'il est là, je suis immédiatement parcourue par un sentiment de bien-être m'indiquant sa présence, je le sais, je le sens.

Ses doigts caressent mes omoplates, écartant mes longueurs rousses pour venir embrasser mon épaule dénudée. Je le sens dérouler avec délicatesse une de mes boucles prise au piège dans la bretelle de mon sous-vêtement.

Puis mon barista se relève. Je glisse un disque de *The Smashing Pumpkins* sur le tourne-disque et les premières notes résonnent dans la pièce. Au même moment, deux verres à pied remplis de café apparaissent devant moi sur le tapis.

J'observe Orion fouiller une étagère et me montrer une boîte de *Scrabble*. Avec un grand sourire, je hoche vivement la tête. Tandis qu'il installe au sol le plateau de jeu, je saute sur mes deux pieds pour aller chercher, dans la cuisine, les biscuits que j'ai confectionnés ce matin. Je m'améliore, mes biscuits à la cannelle sont bruns et pas noirs et en plus, ils ont le miraculeux goût de cannelle.

Au rythme de *1979*[1], je me déhanche au milieu du salon, tentant mon possible pour mélanger danse et service de biscuits à table, sans faire profiter le sol de ces mets.

Par miracle, c'est sans rien renverser que j'arrive à destination. Je dépose, à côté de la pioche de notre jeu,

[1] *Chanson du groupe* The Smashing Pumpkins.

l'assiette en forme de lapin pleine de biscuits à l'allure de boutons. Puis j'attends timidement une réaction d'Orion qui ne tarde pas à venir.

— *"Le courage, c'est quand on a peur, mais qu'on y va quand même"*[1].

Dans un rire, je l'applaudis. Ensuite, nous attrapons chacun un biscuit et les faisons trinquer avant de croquer avec méfiance une petite bouchée. Puis Orion ouvre soudainement les yeux avec surprise.

— J'ai affaire à l'autre *Nora,* c'est ça ?[2]

— Continue et je reprends mes biscuits.

Je coince un gâteau entre mes lèvres et je n'ai pas le temps de le manger qu'Orion se penche vers moi et m'embrasse. Un petit craquement m'indique que le biscuit s'est cassé, et mon barista s'éloigne, mon bien coincé entre ses dents. Il avale le gâteau avant de me tirer la langue. Il vient de voler sans aucun scrupule mon biscuit. *Je me vengerai.*

J'observe les petites lettres devant moi, en silence, avant de les placer innocemment sur le plateau.

---

[1] *Citation du livre* Coraline *de Neil Gaiman.*
[2] *Référence à l'autre mère dans le livre* Coraline *de Neil Gaiman.*

— “ Exploiteur ” ? Mais t’es censée n’avoir que sept lettres !

Je hausse les épaules et prends le temps de savourer une gorgée de café avant de lui répondre en souriant et chantonnant.

— Il fallait mieux compter en distribuant. Heureusement que c’est Sisi qui rend la monnaie.

Orion, incrédule, bat des cils à plusieurs reprises, il entrouvre les lèvres, mais je m’empresse de lui couper la parole, la voix toujours chantante.

— Au fait, mot compte triple, et le X, c’est dix points. Vingt-et-un multiplié par trois, ça fait soixante-trois points pour moi.

— Ok, c’est la guerre.

Une lueur de défi anime son regard rieur et je grave dans ma mémoire son visage tout souriant. À son tour, Orion affiche une expression de fierté et mes joues s’enflamment en le voyant utiliser mon “ O ” pour inscrire sur le plateau le mot “ orgasme ”.

Il veut jouer ? Ok, on va jouer. J’attrape mon verre à pied du bout des doigts et en bois une petite gorgée.

Puis, je laisse volontairement du liquide s'échapper et venir ruisseler le long de mon cou et de ma poitrine.

— Oups.

Orion se lèche les lèvres avant de se pencher lentement vers moi. Du bout de mon index, je récolte une goutte de café. Je m'apprête à lécher celle-ci, mais la bouche d'Orion se referme sur mon doigt et sa langue vient sensuellement s'approprier cette petite goutte isolée.

L'air s'épaissit autour de nous, mon souffle se fait court lorsque la langue d'Orion quitte mon index pour s'aventurer le long de mes clavicules. Je sens le café continuer de couler doucement sur mon corps, se rapprochant de mon ventre nu.

Je frissonne au contact de cette langue se glissant le long de ma poitrine. Des doigts chauds caressent mon dos en même temps, venant trouver l'agrafe de mon soutien-gorge.

— Je peux ?

Dans un souffle de plaisir, je lâche un faible oui. Orion ne se fait pas prier pour dégrafer et lancer le vêtement à travers la pièce. Le café ayant été bloqué dans son sillon par le tissu, s'aventure alors en plus grande quantité sur le bas de mon corps, quelques gouttes perlant ainsi sur mes cuisses.

La langue d'Orion quitte ma clavicule pour venir lécher mon sein, il remonte ensuite le long de mon cou, avant de descendre et d'embrasser mon téton. De coup de langue en coup de langue autour de celui-ci, il me fait lâcher de petits gémissements, le faisant redoubler d'entrain.

Entre deux vagues de plaisir, je prends sur moi pour articuler de façon entrecoupée.

— Un petit sentiment de déjà vu, non ?

Pour mon plus grand malheur, il s'éloigne de ma poitrine, plongeant son regard dans le mien, et je fais face à un brasier d'envie.

— Tu sais *Nora*, ce moment, il hante presque toutes mes nuits et anime mes rêves les plus doux.

Il s'approche de mon cou qu'il vient mordiller avec sensualité pendant que ses mains déboutonnent mon short. Je le sens glisser contre mes jambes et très vite, ma culotte le suit et ils rejoignent le reste de mes vêtements.

Son regard glisse le long de mon corps.

— Tu es magnifique *amore,* la chose la plus douce sur laquelle j'ai pu poser les yeux. Un vrai *tesoro.*

De sa main, il relève ma cuisse et à nouveau, dans des baisers entrecoupés, sa langue s'aventure sur ma peau, venant s'emparer une à une de chacune des gouttes brunes. Ma respiration s'entrecoupe et je me surprends à vouloir en demander plus sans toutefois oser.

Ses doigts viennent à leur tour caresser ma poitrine et sa langue remonte lentement de plus en plus haut dans ma cuisse avant de s'aventurer dans une zone bien plus intime. Elle s'arrête à quelques millimètres, m'arrachant un gémissement de frustration. J'entends le rire et l'excitation dans la voix d'Orion alors qu'il souffle contre mon intimité.

— Hé bien, il est obscène ce café à se glisser partout.

Puis sans attendre, sa langue me délivre de ma frustration, très vite accompagnée de ses doigts si doux.

Je ne sais pas combien de temps je reste à la merci d'Orion De Luca, nue, allongée sur ce tapis. Tout ce que je sais, c'est que cette fois-ci, aucun Valentin ne vient interrompre cette scène. Cette fois-ci, faire l'amour avec Orion De Luca à un goût de café.

C'est nous ça, un amour café.

— Ok, t'a gagné, orgasme est un mot compte triple.

24.
Un dîner latte, supplément crème

Orion se penche vers moi, ses genoux qui frôlent les miens me font frissonner à travers nos couches de vêtements. Je sens sa chaleur corporelle qui traverse son pantalon de velours et mon collant. À voix basse, il tente d'être discret, mais un Orion, ce n'est pas fait pour passer inaperçu.

— Tu aurais pu me dire que tu étais une princesse ayant grandi dans un château, *cuore mio.*

— Tu exagères à peine.

Tandis que je roule des yeux, mes parents restent silencieux. Quant à Élie, fidèle à elle-même, elle me sourit timidement, sans broncher, mais imite de sa main un pendu au bout d'une corde. *Sympa, le repas d'anniversaire.*

Ils ne sont pas comme ça d'habitude. Pour preuve, les dizaines de ballons orange et marron accrochés partout dans la maison. Ils étaient de très bonne humeur ce matin au téléphone. Mais leurs mines se sont décomposées lorsqu'ils ont aperçu, sur le pas de la porte, leur fille au bras d'un inconnu et non pas du gendre qu'ils connaissent depuis cinq ans. *J'ai peut-être omis de leur parler d'Orion et de la fin avec Eliott.*

Ce n'est pas que je ne voulais pas leur en parler, au début, c'était trop difficile. Puis je me suis sentie trop pathétique et enfin tout est devenu si beau que j'ai eu comme l'impression que les choses ont toujours été ainsi. J'ai sincèrement juste oublié.

Les mains posées sur mes cuisses, je me mets à jouer avec l'ourlet de ma jupe brune en velours côtelé. Soudainement, je me sens comme étouffée par mon col roulé noir. Mon collier de perles *Vivienne Westwood* pèse une tonne sur le bas de ma nuque. Je ne suis pas mal à l'aise, mais j'ai besoin de crever l'abcès qui, je le sens bien, pourrit l'ambiance.

— Vous m'en voulez de ne pas vous avoir parlé d'Orion ?

Mon père lève la tête vers moi, puis hausse un sourcil, comme offensé par ma question, que je trouve pourtant pertinente.

C'est ma mère qui me répond, elle aussi visiblement vexée.

— Ce n'est pas que l'on t'en veut. Simplement, quand tu m'as dit venir accompagnée, effectivement je m'attendais à ton fiancé, pas à un charmant jeune homme bien sûr, mais inconnu au bataillon.

Elle se tourne ensuite vers Élie, la montrant de sa fourchette, laissant au passage un peu de béchamel couler de celle-ci et arroser la nappe automnale. *J'aurais aimé qu'une goutte vole jusqu'à sa joue, ç'aurait pu être amusant et tous nous détendre.*

— Et toi, tu étais au courant, mais tu n'as pas cru bon de nous en tenir informés !

— C'est de la sororité maman. Comme quand ado, je ne vous rapportais pas les fois où Élie faisait le mur au milieu de la nuit.

— Élisabeth ! Comment ça, faire le mur ? C'est arrivé souvent ça ?

— C'est un autre sujet de discussion papa. N'oublie pas, c'est à Nora que vous en voulez là, pas à moi.

Le regard assassin que me lance ma sœur fait pouffer Orion sans aucune discrétion. Il attire ainsi l'attention de toute la tablée. Il pourrait se faire discret, mais à la place, il se lève, faisant au passage grincer sa chaise contre le vieux parquet, puis fait une révérence vers mes deux parents.

— Je suis Orion De Luca, et je suis sincèrement navré que notre rencontre soit si animée. Je ne voulais pas que ma présence vienne gâcher votre journée et l'anniversaire de votre merveilleuse fille.

Mon père écarquille les yeux et se tourne vers ma mère, presque émue. Je l'observe ouvrir et refermer sa bouche à plusieurs reprises avant d'en faire sortir un son.

— Il s'est excusé, je ne suis pas fou ?

Élie s'en mêle, de sa voix mielleuse, montrant bien son animosité envers les comportements de mon ex-fiancé.

— Quand Eliott a cassé le vase de l'entrée, il a dit que c'était ma faute pour l'avoir laissé trainer.

Maman hoche la tête, pensive, avant de fixer Orion droit dans les yeux.

— Je crois que je l'aime bien ce petit.

— Réservez-vous en vin, jeune homme !

Pendant que mon père remplit un peu plus le verre à pied sans attendre de réponse, Orion regarde discrètement mon assiette. Ma bouchée à la reine commençant sérieusement à manquer de garniture, il prend une fourchette de la sienne pour remplir ma pâte feuilletée.

— C'est un bon petit, ça se voit. Je l'ai tout de suite compris.

Mon père acquiesce aux paroles de ma mère comme si elles étaient saintes. *Je les aime et ils ont toujours été si unis et adorables.*

Grandir entourée d'un tel amour, c'est difficile pour le futur. C'est beau, mais ça donne envie de trouver la même chose, sauf que parfois, un bel amour, on n'en voit qu'un seul dans une vie. Je m'étais dit que je ne verrais que celui de mes parents et tant pis. C'était sans compter sur Orion. Il est mon bel amour, je le sens. Ce n'est pas comme avec Eliott. Orion, lui, il me regarde comme papa regarde maman. Orion, il me fait vibrer.

Le repas se poursuit, bien plus détendu, plus doux, plus Lynch. Maman quitte la table pour ramener un rosbif accompagné de ses fagots de haricots verts et de sa purée à l'ail maison, la recette de Mémé. Mon barista se penche vers moi, mimant de ramasser sa serviette.

— Je croyais que tu n'étais pas très viande ?

— Non, mais ils sont assez traditionnels sur leur alimentation.

Il fixe un instant mon assiette, l'eau à la bouche, *lui semble ravi du menu.*

— Je te promets *cuore mio,* que ce soir, c'est sushi et soupe miso avec du café devant *Gilmore girls.*

— Avec des edamames et des takoyakis ?

— Évidemment ! Pour qui tu me prends, un monstre ?

— Je t'ai déjà dit que tu étais l'homme parfait ?

Je remarque le sourire de ma mère, j'aperçois les paillettes de joie dans les yeux de mon père, je lis l'expression de tranquillité sur le visage de ma sœur. *Et ça fait un bien fou.*

— Et que faites-vous dans la vie, Orion ?

— Vous pouvez me tutoyer, je n'ai pas l'habitude d'être traité comme un adulte si adulte.

Au vu des joues rosies de ma mère, elle est complètement tombée sous le charme De Luca, tout comme Élie qui pose des questions, se voulant d'une discrétion ratée, sur Roméo.

— Je tiens un café en ville, mon frère aîné et moi en sommes les gérants et je suis également barista dans celui-ci. J'ai aussi des actions dans une chaine d'hôtels, mais je préfère de loin me concentrer sur les boissons à base d'arabica.

— Je comprends mieux ce qui vous a réuni.

— Donc un homme d'affaires.

Mon père ne s'est jamais mêlé de mes histoires de cœur, mais je sais au fond de lui qu'il a été soulagé quand je me suis fiancé à “ un bon parti ”. Il a travaillé toute sa vie, durement, pour que nous n'ayons jamais à manquer de rien, et ses efforts ont payé.

Et surtout, nous n'avons jamais manqué d'amour. Ç'a toujours été le plus important dans notre foyer.

Du coin de l'œil, j'aperçois mon père jouer avec sa purée du bout de sa fourchette. Je vois qu'il est préoccupé. Je le connais, comme s'il m'avait fait, je sais qu'il veut dire quelque chose, mais qu'il n'ose pas.

— Papa, dis ce que tu as à sur le cœur. Cette pauvre purée ne mérite pas ce sort.

Il hoche la tête et formule dans son esprit une phrase cohérente avant de prendre la parole, reposant au passage la fourchette qui cesse de torturer les mets.

— Tu sais Nora, j'appréciais Eliott comme homme, comme potentiel ami ou collègue en affaire. Mais je détestais sa façon de traiter ma fille.

Il fait une pause dans son discours, cherchant visiblement les mots les moins vexants possibles.

— Comme un objet, un bijou à exposer par pure vantardise. Mes enfants sont les plus beaux des diamants, mais elles ne méritent pas d'être traitées comme de simples pierres, même les plus précieuses. Ce jeune homme là, assis à côté de toi, je ne le connais pas assez, mais il me fait une meilleure impression en un repas qu'Eliott en cinq ans.

Il s'interrompt à nouveau, plongeant ses yeux bleus sur le grain de beauté sous mon œil, je perçois son sourire, ravi que j'aie cessé de le cacher.

— C'est important pour moi de savoir, mais est-ce que tu es heureuse ?

— Oui papa. Je me rends même compte que ces quelques semaines m'ont rendue plus heureuse que toutes les dernières années près d'un autre.

— Bien. Et est-ce que ce Orion te traite correctement ?

— Je les ai vus ensemble. Il la traite même plus que bien.

Je lance un sourire reconnaissant à ma sœur qui me répond par un clin d'œil tout en articulant silencieusement “ Roméo ”.

L'attention se dirige à nouveau vers mon père et son raclement de gorge. Son regard sérieux se pose cette fois sur Orion, qui ne se démonte pas. Il reste lui-même, solaire.

— Et est-ce que ma fille est pour vous une priorité ?

— Rien ne compte à mes yeux si ce n'est elle. Et Cinna, notre lapine.

Ma mère rit aux éclats à l'évocation de la petite Cinna qui doit être en train d'étaler du foin dans tout le salon de l'appartement.

— Et en plus, il a un lapin ! Que veux-tu de plus pour notre fille ?

Nous faisons une pause entre le plat et le gâteau. J'en profite pour montrer, ici et là, les pièces de la maison à Orion, lui racontant que c'est dans l'escalier principal qu'Élie et moi faisions de la luge avec les panières à linge. Je lui montre dans le jardin mon endroit préféré pour réunir des feuilles mortes et sauter dedans.

— Tu vois le meuble en chêne dans le coin ?

— Le gros truc un peu vide sur le dessus ?

— Exactement. Quand j'étais petite, une télé cathodique était posée dessus, avec un magnétoscope.

— On avait ça aussi à la maison.

Nous sourions tous les deux à ces souvenirs d'un autre temps que beaucoup ne connaîtront jamais.

— Avec Élie, on s'asseyait sur le tapis juste là, on fabriquait des cabanes de couvertures et des trônes en coussins. Puis, l'on enfilait des robes de princesse d'une qualité plus que douteuse avec des diadèmes en plastique. C'était magique ces moments où l'on regardait les VHS de *Disney*.

— Alors que nous, on ramassait des bouts de bois pour se taper dessus comme des pirates avec des sabres.

— Ça, c'est quand vous ne vous envoyez pas escalader des toits !

— Dixit la femme que j'ai dû aller récupérer en pleine nuit sur un toit justement, après un cambriolage !

J'ouvre la bouche de façon exagérée, pour lui montrer mon affront.

— Toc toc, désolée les amoureux, mais maman m'envoie vous chercher pour le dessert.

Élie se tient sur le pas de la porte, ses mains devant ses lunettes pour obstruer son champ de vision d'une possible image d'horreur.

— Par pitié, dis-moi qu'il y a du café ?

— Avec supplément crème fouettée.

Orion sourit de toutes ses dents avant de venir tapoter le cuir chevelu de mon aînée.

— Je t'ai dit que tu étais ma belle-sœur préférée ?

Je pose ma tête sur l'épaule de ma sœur, pendant que monsieur s'éloigne, allant proposer son aide à maman. Élie colle nos deux têtes, elle sourit malicieusement quand elle s'adresse à moi, j'aime cette expression sur elle.

— Alors, tu l'aimes bien ?

— Mieux que ça. Je l'aime tout simplement.

En soufflant les vingt-sept bougies sur le gâteau à la cannelle, comme une enfant, je fais un vœu.

Je souhaite que ce rêve ne prenne jamais fin.

Orion me rejoint dans le petit salon, je suis assise face à un piano droit blanc. Mes doigts glissent dessus par automatisme, laissant s'échapper l'air de *la lettre à Élise* de

Beethoven. C'est le premier morceau que j'ai appris, j'avais cinq ans et il ne m'a jamais quitté. Pas plus que *la marche turque* de Mozart, *le concerto pour piano* de Schumann ou encore *le clair de lune* de Debussy.

— Tu joues du piano en plus. Tu me caches encore beaucoup de choses, *cuore mio* ?

— Mais avoue que ce serait moins amusant de tout apprendre sur moi dès la première seconde.

— C'est sûr. Mais c'est comme ça, c'est plus fort que moi. De toi, je veux tout savoir.

Il vient s'asseoir à mes côtés sur le cousin rouge du long tabouret. Sa tête se pose délicatement sur mon épaule et tressaute au rythme de mes mouvements le long des touches noires et blanches.

Je me mords timidement la lèvre inférieure, envahie par un feu brûlant. Je brûle de lui.

— Alors, je peux te dire quelque chose que tu ignores sur moi.

— Je t'en prie.

— Tu m'as fait réaliser quelque chose. Je crois que ça

fait bien longtemps que je n'étais plus amoureuse d'Eliott. Simplement, j'étais si habituée à lui, à ce que l'on soit un nous, que je n'arrivais pas à envisager autre chose.

La lettre à Élise est finie. J'enchaine immédiatement sur *le clair de lune.* Ouvrir mon cœur me fait peur, ça me terrifie. Alors, je joue comme si ma vie en dépendait, comme si rater une note était plus important que tout ce qui se joue en moi au moment où la main d'Orion remonte le long de ma colonne vertébrale.

— Et si toi aussi Orion, tu t'habituais simplement à moi ?

— Tu sais pourquoi je suis barista, *amore* ?

— Parce que c'était ton rêve, *l'Aristote* ?

— Oui et non.

Je l'aperçois du coin de l'œil, sourire en coin, tandis que ses doigts caressent le bas de mon dos avec de très agréables petits cercles à travers mon fin pull noir. *Il sait très bien que c'est une de mes zones érogènes et en joue.*

— Mon rêve était de posséder un café avec mon frère. Pas de servir dedans. Jusqu'au jour où j'ai vu une charmante rousse toute de marron vêtue sortir du bâtiment, un café à la main. Son portefeuille a glissé de son sac et j'ai vu sa carte d'identité à cette superbe *Eleanor Lynch*. D'ailleurs, je commence à me demander quand est-ce que tu comptais me dire que tu ne t'appelais pas vraiment *Nora*, mais bon, passons. Le lendemain, à la même heure, je me suis assis au fond du café et elle est revenue. Rassurée de retrouver ses papiers. Le surlendemain, à la même heure, elle était encore là. Alors un jour, je suis sorti plus tôt que d'habitude de l'établissement et j'ai volontairement renversé du café sur cette demoiselle. Parce que je suis un crétin pas foutu d'avoir trouvé une autre façon de l'approcher. Le jour suivant, je commençais à servir à *l'Aristote*, puisque cette fois, je savais qu'elle me remarquerait.

Orion quitte le tabouret à mes côtés et me tend la main pour me relever. Un bras enroulé autour de ma taille, l'autre enlaçant mes doigts, il nous fait tourner sur nous-mêmes au milieu de ce salon. Son souffle vient remonter le long de ma nuque, laissant une trainée de baisers endiablés réchauffer ma peau, avant de se perdre au creux de mon oreille.

— J'ai attendu si longtemps que tu me voies *Nora*. Comment je pourrais simplement m'habituer à toi ?

Sur la pointe des pieds, en m'accrochant à son pull vert sapin, *c'est fou ce que j'aime cette couleur*, je lie nos lèvres avant de murmurer contre les siennes.

— Je n'ai jamais aimé Eleanor, c'était trop long comme prénom.

Puis, nous nous éclipsons dans ma chambre d'adolescente.

Et ce qui a suivi, c'est un très bon cadeau d'anniversaire.

Épilogue
Un dernier latte

Des centaines de cafés plus tard.

J'observe la petite fille aux boucles blondes courir entre les arbres. Sa robe vichy virevolte autour d'elle. Les akènes de pissenlit tournoient près de son visage poupin, telles des petites fées la suivant. Instinctivement, je caresse mon ventre rond.

Le terme est prévu pour mi-octobre, *un bébé d'automne, ça nous va bien.*

Assise à une table de *l'Aristote*, j'épie le monde à travers la baie vitrée, la paille de mon milkshake au caramel entre les lèvres. *Je tuerais pour un macchiato glacé à la place.*

Mon gynécologue m'a interdit le café, même un par jour. C'est déjà un miracle que je sois tombée enceinte, il ne faut pas tenter le diable. Adieux café, vin, sushi et toute charcuterie. La grossesse, c'est une torture gustative. Le plus difficile reste cet exil applicatif du café. *Une torture.*

Mais ça en vaut la peine. Ce bébé, *notre* bébé, vaut toutes les peines du monde. Je l'aime ce petit morceau de nous, je l'aime plus que tout. C'est étrange cet amour inconditionnel pour ce petit être. Il vit en moi, grandit de jour en jour et pourtant je ne l'ai pas encore rencontré, mais je l'aime tant. Je ne me vois plus vivre sans l'aimer, ça m'est impossible.

Je sens le menton d'Orion se poser sur mon cuir chevelu avant de le voir. Trop absorbée par ma contemplation, le monde autour de moi a pendant un instant entièrement disparu. *Lui aussi, je ne me vois pas vivre ne serait-ce qu'un instant sans l'aimer.*

Il quitte son perchoir pour venir m'embrasser. Ses lèvres sont douces, chaudes et toujours aussi addictives. Très vite, alors que sa main vient affectueusement caresser mon ventre rond, sa langue franchit la barrière entrouverte pour venir danser contre la mienne. Je ne me lasserai jamais de nos baisers café.

Café.

Le goût du café.

L'odeur, je la remarque enfin. Orion sent et a un goût de café. *Il pensait vraiment que je ne m'en rendrais pas compte ?*

Je romps notre baiser, m'éloignant suffisamment pour que mon regard, que j'espère meurtrier, le toise de haut en bas. Je croise rageusement les bras contre ma poitrine et fronce les sourcils, soudainement remplie du sentiment profond de la trahison. *Je retire ce que j'ai dit sur mon amour pour lui.*

— Comment oses-tu, sale traître.

Je coupe tout contact entre nos deux corps, je remarque alors le vide glacé que laisse le manque de sa paume contre moi, contre nous. Ne laissant pas paraître ma frustration à ce soudain manque de proximité, je m'enfonce dans mon fauteuil, la mine sombre.

Le saligot, il a osé.

Je lis de la stupeur et de l'incompréhension sur ses traits bien moins juvéniles qu'à notre rencontre. Mais elle est là, cette malice dans son regard, cet éclat qui me prouve que j'ai raison, il a une chose à se reprocher, une chose dont il est fier.

Sa voix se veut innocente et son visage angélique, mais ce regard, *celui dont je suis tombée amoureuse,* il ne ment pas et le trahit.

— Il y a un problème, *amore* ?

Faisant partie des rares personnes capables de le faire, je hausse un sourcil interrogatif, il va vraiment jouer à ça ? Jouer les gentils innocents ? Je suis outrée et mon ton le traduit bien.

— Tu sens le café, *traditore.*

— *Tesoro* ! Je travaille dans un café, je travaille le café toute la journée ! Heureusement que je sens le café ! Tu préfèrerais que je sente le terreau ?

Ma main droite se pose sur mon cœur, signe universel de ma douleur interne et de l'organe que sa traîtrise vient de briser.

— Ton travail, c'est de servir le café, pas de le boire.

Mon index accusateur quitte mon organe vital pour venir s'écraser contre son t-shirt brun. Mon corps bascule légèrement, laissant le *bola* offert par Élie émettre un petit son aigu. Elle n'est pas superstitieuse, moi non plus. Mais ce bébé, je n'y croyais pas, je n'y croyais plus.

Alors même sans superstition, je prends toutes les protections que l'on peut me donner. Instinctivement, à l'entente de ce son, mon index quitte le traître face à moi pour venir retrouver le petit être grandissant si près de moi.

Le carillon de la porte tinte et se mêle délicatement à la mélodie du bola. Tout cela est vite masqué par la voix d'Élie qui se plaint. Devant elle, Roméo dans son fauteuil roule des yeux.

— Je ne regarderai pas *Titanic*, ça ne sert à rien de pleurer Lizzie.

Je souris avec malice, il est le seul à l'appeler Lizzie, le seul a en avoir l'autorisation. Et je vois bien à ses petites joues rouges que ce surnom, qu'enfant elle haïssait pourtant, ne la laisse pas indifférente.

— Mais donc ça veut dire que si c'est un autre film, c'est oui pour le rencart ?

Sa voix pleine d'espoir fait naitre un sourire niais sur les lèvres de mon beau-frère, ça m'émue plus que je ne le pensais. Je n'avais jamais vu ma sœur se battre à ce point pour quelqu'un. Elle qui vit comme une petite abeille butinant de droite à gauche s'accroche à cette fleur depuis un petit moment maintenant.

Si au début, je n'étais pas bien certaine, j'ai vite fini par comprendre qu'elle plaisantait au sujet de Roméo, mais peu à peu, la blague a laissé place à un réel intérêt. Et au vu du sourire de l'aîné des De Luca, on ne peut pas dire que cet intérêt ne soit pas réciproque.

— À présent qu'ils sont là, j'ai une surprise pour toi.

Je sens le souffle d'Orion contre ma peau, une chair de poule agréable s'empare de moi alors qu'il embrasse ma tempe. *N'oublie pas que tu lui en veux toujours pour le café.*

— Promis, tu ne me feras pas la tête longtemps, *cuore mio.*

Ces mots font accélérer mon cœur, sait-il l'effet que sa voix a sur moi ? La chair de poule si agréable qu'elle repend le long de ma cage thoracique ?

Il se tait quelques secondes, son esprit pensif s'éloigne, allumant cette douce moquerie dans son regard. *C'est fou ce que je l'aime cette moquerie, elle ferait presque s'envoler ma rancœur.*

— Enfin, j'espère.

Sous les yeux brillants de ma sœur et de son frère, Orion me tend un sachet cartonné de grain non moulu. N'ayant pas le droit d'en boire, par moment ça m'apaise de pouvoir au moins sentir l'odeur d'arabica. Mais je ne vois pas en quoi ce cadeau va rattraper sa traitrise.

Avec méfiance, j'ouvre le sachet, et remarque alors qu'il n'est pas rempli de ces fameux petits grains de la délivrance. Je plonge une main dedans et en ressors un écrin marron, entouré d'un ruban orangé. Orion me regarde de son expression rieuse et pourtant si sérieuse, cachant une pointe d'anxiété. Ce regard, oui, il accélère toujours autant mon cœur après les années.

Dans un coin de la pièce, je remarque qu'Élie tire sur une ficelle, des centaines de feuilles colorées tombent alors du plafond. L'orange se mélange au brun, au jaune et à différentes teintes automnales. *Orion a créé l'automne en été, il l'a créé pour moi.*

Mon barista s'approche et s'empare de la petite boîte avant de poser un genou à terre, ses yeux vairons plantés dans mes noisettes, comme si sa vie en dépendait.

— *Amore*, j'aimerais beaucoup que tu deviennes ma tasse de café. *Mi vuoi sposare* ?

Il ouvre alors l'écrin et mon regard descend vers une bague en argent, ornée d'un diamant brun en forme de grain de café. C'est délicat, discret. C'est complètement moi, complètement nous. Mon cœur s'arrête, puis il redémarre, plus fort que jamais, plus vivant qu'il ne l'a jamais été, plus complet que par le passé.

Je retire le fait que j'ai retiré ce que j'ai dit sur mon amour pour lui. Je l'aime. À chaque instant, je l'aime.

Les mots se perdent en moi. Contrairement aux larmes qui, elles, ne se privent pas d'expression. Je me mords la lèvre inférieure, fixant mes yeux brillants sur les rieurs devant moi. *Comment veut-il que je puisse refuser ?*

— Orion je… Oui. Oui, bien sûr que je le veux. Oui.

Je l'embrasse comme si ma vie en dépendait, tout en le sentant glisser le petit anneau à mon doigt. *Maintenant, je me sens complète.*

J'enroule mes bras autour de son cou avant de sauter pour essayer d'enrouler mes jambes à son bassin, c'était sans compter mon ventre rond. *Mon fiancé, ce mot ne m'a jamais paru si doux,* passe alors ses bras sous mes genoux et me soulève avant de tourner sur lui-même, moi dans ses bras, *nous*, accrochés à lui.

J'observe mon annulaire gauche, ne pouvant m'arrêter de sourire contre le torse d'Orion.

— Elle est magnifique.

Ses lèvres se glissent fièrement à mon oreille pour venir murmurer une vérité qui ne l'a pas quitté depuis notre rencontre.

— Je t'avais dit que je t'offrirais une plus jolie bague.

Je ris à ces mots, je ris au souvenir de notre premier accrochage, je ris à la façon dont nous nous sommes mis ensemble.

Il embrasse ma tempe avant de venir à nouveau chuchoter contre mon oreille.

— Je peux en déduire que je suis pardonné pour mon manque de solidarité caféesque ?

— Je t'en veux un peu moins.

Son rire résonne en moi, comme la plus belle des mélodies. Ses lèvres trouvent à nouveau les miennes, comme la plus belle des excuses. Nos fronts se collent l'un à l'autre pour prononcer les plus beaux des mots.

— *Sei il mio mundo.*

— *Sei tutto per me.*

Il sourit à ma réponse, l'amusement remplissant son regard vif et heureux.

— Ton italien s'améliore, *cuore mio* !

Je ne peux me retenir de pouffer de rire, sachant pertinemment que mon accent est plus que pitoyable.

Mes pieds redescendent sur terre et ma tête se love contre la poitrine battante d'Orion. Au son de son cœur, je souris, rejouant en moi ces dernières années.

— Faire semblant de sortir avec toi a été la plus belle décision de ma vie.

— Je te l'ai dit, *cuore mio,* je n'ai jamais fait semblant.

Après un dernier baiser, *mon fiancé*, je souris à cette idée, rejoint son frère tandis qu'Élie vient déposer sa tête contre moi.

— Donc vous allez vraiment devenir mari et femme ? Ma petite sœur va se marier, et pour de vrai cette fois !

Je pose ma tête contre la sienne, incapable de quitter cette constellation du regard, le cœur battant la chamade, je sens un petit coup contre mon ventre, à l'intérieur. Ma main vient automatiquement le caresser, ma joie redoublant.

— Mieux que ça. Nous allons être *des cafés latte.*

Remerciements

J'ai du mal à croire que je suis en train de rédiger des remerciements et que ceux-ci vont pouvoir être lus. J'ai vraiment du mal à croire que j'ai réussi. J'ai toujours inventé des histoires. Même quand je ne savais pas écrire, je faisais d'affreux dessins de princesses et je demandais à ma mère d'écrire pour moi les dialogues que je lui dictais. Ensuite, je lui demandais d'installer un stand de vente de mes "livres" devant la maison. Elle n'a jamais voulu faire ce stand pour vendre mes dessins moches, et pour ça, je t'en remercie, maman ! Ils étaient atroces, mes dessins. Merci aussi pour ces après-midis à me suivre dans mes créations d'écrits, d'avoir corrigé mes premiers textes quand j'étais enfant et de ne jamais les avoir jugés.

Merci aussi à vous, papa et Kiki, d'avoir toujours, dans l'ombre, gardé un œil intéressé. Promis, si un jour j'enregistre un audiobook, vous serez les premiers à le recevoir ! Ce sera à peine gênant de vous regarder écouter les scènes de *smut* que j'ai écrites.

Merci Lolo, d'avoir écouté mes doutes et de m'avoir rassurée quand je pensais foncer dans le mur. Merci aussi d'être une bonne partie de ma playlist ! Merci Mady de m'avoir laissée te saouler à te parler de mes histoires, et merci pour tes talents d'artiste ! Oh, et merci Dawson d'avoir battu Lolo au baby-foot !

Merci à ma mémé, qui, dans sa maladresse, m'a inspiré quelques petites choses, à mon pépé, d'avoir été et d'être à jamais la personne à qui je pense quand me vient le mot "bonté". À toi aussi, James, de m'avoir soutenue dans l'ombre en m'écoutant douter et d'avoir gardé les pieds sur terre à ma place quand j'avais peur de tout rater.

Merci aussi à Thomas, toi qui partages ma vie, mes doutes du quotidien. Toi qui m'as encouragée à me lancer dans cette aventure, toi qui as écrit cette histoire de reine des citrouilles pour m'encourager à reprendre l'écriture, toi que j'aime, merci.

Quant à Nathalie, je ne sais comment te remercier pour ta précieuse aide dans la correction de mes nombreuses fautes et de mon souci avec les conjugaisons au futur ! À toi aussi, Pauline, un grand merci pour ta précieuse aide en italien, sans toi Orion aurait eu l'air bien moins crédible !

Comment écrire des remerciements sans parler de Naomie ? Merci d'avoir été la première fan d'Orion, la première lectrice de *Café Latte*, et d'avoir cru en Orion et Nora plus fort que je n'aurais jamais pu le faire. Vraiment, merci du fond du cœur d'avoir *fangirlé* sur mon premier jet, chapitre après chapitre, me donnant le courage de le retravailler encore et encore.

Merci aussi à Julie d'être toujours là après toutes ces années. On n'a peut-être pas trouvé le pays des merveilles ni été emmenées par Peter Pan, mais j'ai écrit un livre ! C'est déjà une belle merveille, je trouve, tu ne crois pas ?

Merci à Pitipeton pour son incroyable travail sur la couverture de ce roman, merci d'avoir rendu ce projet tangible. À toi aussi, Camellia, pour tes conseils sur l'autoédition et pour ton travail sur la mise en page ; sans toi, *Café Latte* ne ressemblerait sûrement pas à un vrai livre !

Merci à toi qui lis ces mots. Merci d'avoir choisi *Café Latte* parmi toutes les lectures possibles. Merci d'avoir réalisé mon rêve.

Et enfin, merci à la petite fille de six ans que j'ai été, d'avoir eu ce rêve d'écrire. On l'a fait. Nous sommes auteures.

Printed by Amazon Italia Logistica S.r.l.
Torrazza Piemonte (TO), Italy

76245415R00279